DAS GEHEIMNIS
UM GONZAGOS TOD

(1952)

Mit einem Schlag erlosch das Licht! Einzig die Senderanzeige des Radios schimmerte gelblich-matt durch die Finsternis, und das elektrische Kaminfeuer sandte einen schwachen rötlichen Schimmer durch den Raum. Eine beruhigende Melodie drang durch den Äther, begleitet vom leisen atmosphärischen Knistern der Radioübertragung. Unsere Augen gewöhnten sich nur zögernd an die Finsternis, und nach und nach hoben sich ein paar Konturen aus der Schwärze heraus. Ich strengte mich an, um etwas erkennen zu können und rief mir das Bild in Erinnerung, das sich uns noch bis vor wenigen Minuten geboten hatte: Der Salon von Monkswell Manor, der eingeschneiten kleinen Pension auf dem Land, das Sofa, der große Sessel, der Kaminsims, der kleine Sekretär mit dem Telefon, die Holzvertäfelung … Hinter dem großen Bleiglasfenster mit der gotischen Steineinfassung konnte man ein paar herumwirbelnde Schneeflocken erahnen.

Und dann mischte sich mit einem Mal ein melodisches Pfeifen unter das Radioprogramm. Jemand intonierte irgendwo in der Dunkelheit ein Kinderlied. Jemand, dessen Gestalt wir erst bemerkten, als er plötzlich mitten im Raum stand. Schwarz, finster, eine Schattengestalt, die auf den Sessel zuschlich. All das ahnten wir mehr, als wir es sahen. Dann schossen zwei Hände nach vorne, und ein unterdrücktes Röcheln kam aus dem Sessel.

Um uns herum gingen unterdrückte Schreie und gepeinigtes Aufstöhnen durch die Reihen der Anwesenden. Der Spuk war so rasch vorbei, wie er begonnen hatte. Die Gestalt verschwand, das Licht flammte wieder auf, und Mollie Ralston kam herein. Und als sie zum Sessel blickte und realisierte, wer dort lag, stieß sie einen schrillen Schrei aus.

Merridew saß zu meiner Rechten und stieß ein schwer zu deutendes Schnaufen aus. Als sich unter lautem Applaus der Vorhang schloss und das warme Saallicht des Ambassador Theaters anging, erhob er sich schwerfällig aus seinem Sessel. »Pause«, grunzte er. »Wurde auch langsam Zeit.«

Gemeinsam mit dem restlichen Publikum strebten wir auf einen der Ausgänge zu, um uns draußen mit einem Drink zu erfrischen.

»Und? Gefällt Ihnen das Stück?«, fragte ich im Hinausgehen.

Merridew wandte sich zu mir um und sah mich mit großen Augen an, als habe er die Frage nicht richtig verstanden. »Hm? Ach so, ja, ganz hübsch, ganz hübsch.«

Es war der 25. November, der Abend der London-Premiere des neuen Theaterstücks aus der Feder von Agatha Christie. *Die Mausefalle* war in den zurückliegenden beiden Monaten mit achtbarem Erfolg auf einigen Bühnen im ganzen Land aufgeführt worden, bevor das Ensemble jetzt in London angelangt war.

»Wir bleiben hier unten in der Stalls Bar«, entschied Merridew. »In der oberen Bar ist es eng, und ich habe keine Lust, mich diese langen Treppen dort hinaufzuquälen. Bis man erst mal da oben ist, ist die Pause ja fast schon vorbei.«

Die knapp fünfhundert Gäste hatten den ersten Teil des Zweiakters offenbar sehr genossen. Es herrschte blendende Stimmung. An der Bar dauerte es eine Weile, bevor ich uns zwei Gläser Champagner organisieren konnte. Als ich zu Merridew zurückkehrte, hatte dieser inzwischen einen gemütlich aussehenden Sessel okkupiert und deutete auf einen kleinen Hocker, den er für mich auserkoren hatte.

Mein Freund war ein großer Mann von enormer Körperfülle. Viele sagten im Spaß, sein Bauch habe Maß und Form eines alten Portweinfasses. Seine Stirn war hoch, sein Haar, obwohl er erst Anfang fünfzig war, ebenso ergraut wie sein Bart. Reginald Lord Merridew konnte mithilfe seiner Augen regelrecht sprechen. Unter Zuhilfenahme seiner buschigen Brauen vermochte er mit einer großen Fülle unterschiedlicher Blicke sämtliche menschlichen Gefühlsregungen bis in die feinsten Nuancen auszudrücken, ohne auch nur ein einziges Wort zu sagen. Das heißt nicht, dass er kein Mann vieler Worte war – ganz im Gegenteil. Er sprach gerne und laut, er rezitierte mit Vorliebe Shakespeare und war sich auch für beklagenswert alberne Wortspielchen nicht zu schade.

Darüber hinaus war er schon damals ganz ohne Zweifel einer der größten Detektive, die je auf unserer Insel gewirkt hatten. Und dieser Nimbus schien ihn in Verbindung mit einer Radiomeldung von heute Morgen enorm zu beschäftigen.

»Man muss sich das nur mal vorstellen: Ein amerikanischer Millionär namens Lionel Twain hat angeblich die berühmtesten Detektive der Welt auf seinen Landsitz eingeladen, um einen Mord aufklären zu lassen.« Er stieß fast beiläufig mit dem Champagner an und trank so uninspiriert, als sei es Sodawasser. »Soll ich Ihnen die Gästeliste verraten, Nigel?«

Meine Antwort wartete er nicht ab.

»Milo Perrier, Sidney Wang, Jessica Marbles, Sam Diamond und Dick und Dora Charleston! Ha! Ich frage mich, womit dieser Komiker seine Millionen gemacht hat! Mit Scherzartikeln? Das sollen die größten Detektive der Welt sein? Da muss ich aber eine ganze Menge von dieser Brause in mich hineinkippen, bevor ich darüber lachen kann!«

Mit dem nächsten Schluck war sein Glas auch schon leer.

»Ich hatte gehofft, das Stück würde Sie ein bisschen von Ihrem Ärger ablenken«, sagte ich. »Es schien mir so, als seien Sie genau deswegen mit mir hierher gegangen.«

Er rümpfte die große Adlernase. Ein wenig schief gewachsen war sie, was angeblich das Resultat einer Begegnung mit einem Cricketschläger oder einem Pferdehuf in seiner Jugend war. Es gab mehrere Varianten dieser Geschichte.

»Kennen Sie Archibald Benjamin Carruthers?«, fragte er.

Ich dachte einen Augenblick nach. Seit ein paar Jahren arbeitete ich als Anwalt in der Kanzlei Harringfield, Harringfield und Partner. Wobei ich die Hoffnung hegte, dass irgendwann einmal statt der anonymen Formulierung »Partner« mein Familienname Bates auf dem Schild stehen würde und dass der eine, sehr alte Harringfield und der andere, noch wesentlich ältere Harringfield beide nicht mehr unendlich alt werden würden.

Möglich, dass mir in einem unserer Gerichtsverfahren mal ein Carruthers begegnet war, aber ich konnte mich nicht erinnern. Ich zuckte mit den Schultern.

»Carruthers ist Professor für Englische Literatur am Merton College in Oxford.«

»Kenne ich nicht, bedaure. Was hat er mit dem Stück zu tun?«

»Seinetwegen sind wir hier.«

Um uns herum plauderten die Leute über belanglose Dinge. Sie scherzten und lachten, und sie spekulierten darüber, wie es mit dem Kriminalstück wohl weitergehen würde. Ich hatte in dieser Hinsicht keine Vermutung. Es schien mir sehr trickreich ausgetüftelt worden zu sein.

Irgendwo in einer Ecke saß Agatha Christie, die Autorin, zusammen mit ihrem Mann, der angeblich extra von irgendeiner Ausgrabung im Vorderen Orient zurückgekehrt war und dem Produzenten Peter Saunders und sah sich von tausend neugierigen Fragen bestürmt.

»Wir sind nicht wegen des Kriminalstücks hier?«, hakte ich bei Merridew nach.

Ein verächtliches Lächeln umspielte seine Lippen. Er reckte das bärtige Kinn vor. »Sie kennen mich jetzt schon etwas über ein Jahr, und wir konnten bereits ein paar vergnügliche Kriminalfälle miteinander lösen. Glauben Sie, eine von vorne bis hinten ausgedachte Mördergeschichte würde für mich eine adäquate Abendunterhaltung darstellen? Nein, im Ernst, mein alter Knabe, ich brauche keine Ablenkung. Meine Laune ist bestens, auch wenn es nicht so scheint. Die Tatsache, dass man mich nicht zu dieser Mörderhatz in Amerika eingeladen hat, sagt mir im Grunde genommen nur eines: nämlich, dass man meinen messerscharfen Verstand und mein überragendes Deduktionsvermögen so sehr fürchtet, dass man Angst hat, ich könnte den anderen allzu schnell den Spaß verderben, weil ich ihnen haushoch überlegen bin. Wenn man die zweite Riege einbestellt, wäre es doch wirklich mehr als töricht, den Besten der Besten dazu zu nehmen.«

»Das wird es sein«, sagte ich ein wenig peinlich berührt. Ich kannte sein übergroßes Ego nur zu gut. »Und weshalb sind wir nun hier, wenn nicht wegen des Stücks?«

»Aufgepasst, Nigel, alter Freund: ich werde heute Abend einen Mordfall aufklären! Und weil ich so gut in Schwung bin, sofort noch einen zweiten dazu! Und um diesen Elendswürmern jenseits des großen Teichs einen ordentlichen Schuss vor den Bug zu verpassen, werde ich sogar noch einen dritten Mord verhindern!«

»Drei Morde? Und das alles heute Abend?«

Er warf sich in die Brust und grinste selbstzufrieden. »Sogar noch vor dem zweiten Akt, mein lieber Nigel. Los, noch rasch ein Glas Champagner, bevor die Pause zu Ende ist.«

Beim zweiten Mal ging es schneller. Als ich von der Bar zurückkehrte, hatte Merridew einige Zeitungsausschnitte aus seiner Jacketttasche hervorgekramt und vor sich auf den runden Tisch gelegt.

»Ausschnitte aus einer Zeitung? Ich bin gespannt, was Sie mir erzählen wollen.«

Wir prosteten uns zu, und er begann mit seiner Erklärung, indem er mit seinem dicken rechten Zeigefinger auf einen der kleinen Papierstreifen tippte:

Gonzago an ABC
6. Oktober – Gedanken schwarz, Gift wirksam, Hände fertig.

Ich sah ihn neugierig an. »Das sagt mir nichts. Aber Sie konnten sicherlich gleich etwas damit anfangen, vermute ich.«

»Sie kennen mich. Solche kryptischen Verlautbarungen machen mich neugierig. Ich muss erwähnen, dass diese Anzeige erst vor drei Wochen in der Times erschien. Ich habe sogleich Erkundigungen eingezogen und in Erfahrung gebracht, dass sie in Manchester aufgegeben wurde. Von wem ist nicht bekannt. Es wurde in bar bezahlt.«

Neugierig versuchte ich zu erkennen, was in den anderen beiden Annoncen stand. Merridew schob sie mir eine nach der anderen hin.

Gonzago an ABC
6. Oktober – Gelegne Zeit, kein Wesen gegenwärtig.

»Aufgegeben vor zwei Wochen in Newcastle.«
Und schließlich die dritte Anzeige:

Gonzago an ABC
6. Oktober – Wie? Durch falschen Feuerlärm geschreckt?

»Letzte Woche in Birmingham aufgegeben.«

»Da reist einer ganz schön durch die Lande«, sagte ich, um überhaupt etwas zu sagen. »Aber was sollen diese Annoncen bezwecken? Ich sehe keine Chiffre, keine Möglichkeit der Kontaktaufnahme.«

»Ganz recht. Gonzago will ABC etwas mitteilen, sonst nichts. Er ist penetrant, dieser Gonzago. Er reibt es diesem ABC regelrecht unter die Nase.«

»Aber was?«

»Das, was sich am 6.10. dieses Jahres, vor wenigen Wochen also ereignet hat. Ein Mord!«

Jetzt hatte er wahrhaftig mein Interesse geweckt. Kriminalgeschichten reizen mich, und durch Lord Merridew war ich bereits in einige von ihnen leibhaftig hineingezogen worden. »Ein echter Mord?«

»Mit einem echten Toten«, sagte er mit Grabesstimme. »Ein Mann, der in einem Sessel vor dem Kamin sitzend, sein Ende fand, als sich jemand, der in seine Wohnung geschlichen war, in der Dunkelheit auf ihn stürzte und ihm die Gurgel zudrückte.«

»Wie vorhin in dem Theaterstück?«

Merridew nickte langsam und mit geschlossenen Augenlidern. »Ganz genau so. Augenscheinlich ein Raubüberfall. Ein paar belanglose Dinge wurden gemopst, nichts Auffälliges. Es stand in allen Zeitungen. Wundert mich, dass Sie sich nicht erinnern. Sein Name war Professor Phileas Ponsonby.«

Der Klang dieses Namens löste eine vage Erinnerung in mir aus. »Oh ja, doch. Da waren vor Wochen ein paar Schlagzeilen! Ein Professor … So wie der …

Wie war noch mal der andere Name, den Sie vorhin nannten?«

»Archibald Benjamin Carruthers.«

»Ha!«, rief ich laut. »ABC! Die Initialen aus den drei Annoncen!«

Ein paar der umstehenden Gäste drehten die Köpfe nach uns um.

»Fein, mein lieber Nigel, fein!«

Fehlte nur noch, dass er mir zur Belohnung ein Zuckerstückchen gab.

»Waren die beiden Kollegen?«, fragte ich.

»Ponsonby war emeritiert. Ein steinaltes Gerippe, das mit seiner Frau in Oxford lebte, aber alle paar Wochen in einer kleinen Wohnung in Nottingham weilte, wenn er dort an der Uni zu Gastlesungen eingeladen war.«

»Aber wer ist dieser Gonzago?«

Merridew hielt den Kopf schief und sah mich betrübt an, so wie ein Vater sein Kind betrachtet, wenn er feststellen muss, dass er im Begriff ist, einen hoffnungslosen Dummkopf großzuziehen. »Unser großer Dichter Shakespeare hat uns so viele wunderbare Werke hinterlassen. Endlos üppig blühende Literatur, aber bei Ihnen ist diese Saat samt und sonders jämmerlich vertrocknet. Im Drama *Hamlet* gibt es eine Schauspieltruppe am Hofe, die ein Stück aufführt …«

»Ich weiß, ich weiß!«, rief ich, um die Scharte auszuwetzen. Fast hätte ich mit dem Finger geschnippt. »Das Stück im Stück! Die Schauspieltruppe zeigt auf der Bühne einen Mord. Einem schlafenden Mann wird Gift ins Ohr geschüttet … oder so ähnlich. Hamlet will dem König mit dem Stück vor Augen führen, dass er weiß, dass der König seinen Bruder, Hamlets Vater, getötet hat, um an dessen Frau und den Königsthron zu kommen. So war es doch, oder?«

Merridew wackelte halbwegs zufrieden mit dem Kopf. »Kann man gelten lassen. Und wie hieß der Mann im Stück, der Ehefrau und Leben verlor?«

»Äh ... hm ...«

»Gon... Gon... Na?«

»Gonzago!«, jubelte ich.

»Und das Stück, das die Truppe im Hamlet aufführt heißt *Die Ermordung des Gonzago*, aber Hamlet nennt es dem König gegenüber *Die Mausefalle*!«

»Was Sie nicht sagen!«

»Oh ja.« Er trank den Champagner aus und schmatzte genüsslich.

In diesem Moment schrillte irgendwo eine Klingel. Das war das Zeichen, dass in Kürze die Pause zu Ende gehen würde. Das Publikum leerte die Gläser und setzte sich langsam in Bewegung, um rechtzeitig zum zweiten Akt wieder im Saal zu sein.

»Also gut«, fasste ich zusammen. »Jemand weiß etwas über den Mörder von Professor Ponsonby und veröffentlicht wöchentlich Annoncen, in denen er sein Wissen andeutet. Ich nehme an, die Zitate stammen aus dem Hamlet?«

»Ganz recht, alles aus der Ermordung des Gonzago.«

»Aber diese Botschaften kann doch nur jemand richtig deuten, der sich mit den Werken Shakespeares auskennt. Also besser als ich jedenfalls.«

Merridew stieß ein polterndes Lachen aus. »Jedermann kennt sich besser mit Shakespeare aus als Sie, mein lieber Nigel!«

»Na, also bitte ...« Ich versuchte mich zu sammeln. Das war jetzt nicht der Zeitpunkt für Empfindlichkeiten. In wenigen Minuten mussten wir wieder hinein, und dann würde ich auf die Auflösung dieses Rätsels bis nach dem Stück warten müssen. »Diese Annonce kann aber andererseits nur jemand verfassen, der sich ebenfalls mit Shakespeare auskennt ... Aber halt, Sie sagten vorhin, dieser Archibald Benjamin Carruthers sei Professor für Englische Literatur am Merton College. Sagen Sie bloß, der tote ... wie hieß er noch ... Ponsonby! Unterrichtete er ebenfalls ...«

Merridew schüttelte den Kopf, bevor ich die Frage zu Ende stellen konnte. »Physiker. Und zwar einer von der ganz staubtrockenen Sorte, wenn man den Nachrufen in den Zeitungen glauben kann.«

Ich stieß einen entmutigten Seufzer aus.

»Vorhin stellten Sie aber ein andere kluge Frage, mein Freund«, sagte Merridew mit einem aufmunternden Lächeln.

»Wirklich?«

»Ja, Sie fragten, was der Verfasser mit seinen Annoncen bezweckt.«

»Ja, genau! Das ist doch die Frage. Er verlangt kein Geld!«

»Also?«

»Er will Druck ausüben?«

»Richtig!«, rief Merridew laut. »Stellen Sie sich mal vor, Sie haben jemanden ermordet, und plötzlich prahlt ein Unbekannter ganz öffentlich damit, dass er über Sie und Ihre Untat Bescheid weiß. Wieder und wieder! Stellen Sie sich vor, was das in Ihnen auslöst!«

Ich versuchte es mir auszumalen, aber es gelang mir nur im Ansatz.

Merridew winkte mit einem lauten Brummen ab. »Sie können sich ja wahrscheinlich noch nicht mal vorstellen, einen Mord zu begehen.«

»Sie etwa?«

Er lachte laut auf. »Pausenlos! Bei Gelegenheit nenne ich Ihnen mal die endlos lange Liste meiner potenziellen Opfer! Seit heute Vormittag gehört übrigens auch ein amerikanischer Millionär dazu! Aber jetzt mal wieder zur Sache ...«

Die Klingel ertönte ein zweites Mal. Der Raum um uns herum hatte sich bereits merklich geleert. Mühsam stemmte Merridew seinen schweren Körper aus dem Sessel in die Höhe. »Ich will Ihnen sagen, wer hinter den Annoncen steckt. Es ist kein Literaturwissenschaftler, sondern jemand vom Theater.«

Ich stand ebenfalls auf. Plötzlich kam mir etwas in den Sinn. »Augenblick mal, Merridew. Ich las in der Zeitung, wo *Die Mausefalle* in den letzten Wochen überall gastierte. Unter den Orten war auch Manchester! Und Newcastle! Und letzte Woche waren sie in Birmingham!«

»Ganz recht, Nigel, ganz recht. Überall dort, wo auch die Annoncen aufgegeben wurden. Aber vor allen Dingen fand die allererste Aufführung dieses Mausefallenstücks wo statt?«

Wo war das noch gewesen? Ich versuchte mich zu erinnern, was ich darüber gelesen hatte, und mit einem Mal fiel es mir wie Schuppen von den Augen: »In Nottingham!«

»Und zwar am 6. Oktober im *Theatre Royal*. Und nun will ich Ihnen auch noch verraten, dass das gesamte Ensemble in diesen Tagen im altehrwürdigen *Black Boy Hotel* logierte. Das beste Haus am Platze. Ein famoser alter Kasten, in dem ich auch schon ein paar Mal abgestiegen bin. Wenn man Pech hat, erwischt man allerdings eins der Zimmer, deren Fenster auf den finsteren, schmalen May Pole Yard hinausgehen. Und da hat man einen Ausblick auf die Rückseiten der Häuser an der Clumber Street. Und nun raten Sie mal, wo das Haus steht, in dem der unglückliche Professor Ponsonby sein Ende fand!«

»Etwa …?«

Er nickte mit einem Lächeln, wie es breiter nicht sein konnte.

»Sie meinen also, jemand aus dem Ensemble hat den Mord möglicherweise beobachtet?« Was mein Freund mir da berichtete, verschlug mir schier den Atem.

»So sieht es für mich aus, mein lieber Nigel. Und bevor Sie nun sagen: Aber wie kann jemand einen Mord begehen, ohne dass er sich vergewissert, dass die schützenden Vorhänge zugezogen sind, sage ich Ihnen: Solche Dinge passieren nun mal. Ich habe eine Vermutung. Denken Sie an die Botschaft in der dritten Annonce: *Wie? Durch falschen Feueralarm geschreckt?* Sie kennen doch das Ärgernis mit dem zu feuchten Holz im Kamin, das erst stundenlang vor sich hinglimmt und gar nicht richtig brennen will. Und wenn es dann doch irgendwann ausreichend erhitzt und hinlänglich getrocknet ist, entzündet es sich häufig mit einem hellen Feuerschein in voller Gänze. Großes Pech für den Mörder, wenn er genau zu diesem Zeitpunkt sein Opfer in die Mangel genommen hat. Wie gesagt, es ist nur eine Möglichkeit von vielen.«

Einen Moment schweigen wir. Außer uns war jetzt nur noch eine Handvoll Menschen im Raum. An der Bar wurden klimpernd die Gläser beiseitegeräumt. Die Pause strebte unweigerlich ihrem Ende entgegen.

»Und deshalb sind wir also hier?«, fragte ich. »Was hoffen Sie hier denn heute Abend zu erfahren?«

Er klopfte mir gönnerhaft auf die Schulter. »Ich *habe* bereits alles erfahren, mein Junge. Versuchen Sie doch bitte einmal, sich möglichst präzise daran zu erinnern, was ich vorhin tat, bevor das Stück losging.«

Damit erwischte er mich auf dem falschen Fuß. Alles war eine einzige wilde Hetze gewesen. Ich war am frühen Abend aus der Kanzlei nach Hause gehastet, um mich rasch umzuziehen. Dann war ich in Windeseile hierher ins West End gerast, wo Merridew bereits stirnrunzelnd auf das Ziffernblatt seiner Taschenuhr guckte und verstimmt mit der Zunge schnalzte.

»Sie standen am Eingang, gleich neben der Kasse. Es sah fast so aus, als gehörten Sie zum Personal.« Ich legte nachdenklich den Zeigefinger an die Unterlippe. »Warten Sie mal, Sie sagten, Sie seien der Erste gewesen und hätten ganz schön lange auf mich warten müssen.«

Merridew grunzte zustimmend. »Man kann wirklich die Uhr nach Ihnen stellen, Nigel. Man muss nur mit einkalkulieren, dass Sie gelegentlich in einer anderen Zeitzone leben.«

»Jaja. Dann gingen wir ins Theater und gaben unsere Mäntel und Hüte ab. Sie überreichten der Garderobiere auch Ihren Gehstock. Wir waren spät dran, aber Sie bestanden darauf, unbedingt noch etwas zu trinken. Also gingen wir zur Bar, und da hat Sie dieser Mann angerempelt und Ihnen den Kaffee über den Ärmel gekippt. Dann haben wir rasch unsere zwei Scotch Soda hinuntergestürzt, und Sie sagten, Sie müssten noch kurz zur Toilette. Um den Fleck auf Ihrem Ärmel abzutupfen, erklärten Sie mir, und ich solle schon einmal hineingehen.«

»Ja, genau, und das taten Sie dann ja auch ganz brav. Als ich zu Ihnen hineinkam, öffnete sich gerade der Vorhang.«

Ich nickte bestätigend. »Sie erinnern sich an das verärgerte Flüstern und Tuscheln, als Sie sich durch die Reihe zu mir durchkämpften?«

»Soll sich nicht so anstellen, das Volk. In der ersten Viertelstunde passiert sowieso nie was Wichtiges.« Er blieb stehen und sah den letzten Leuten nach, die durch die Tür in das Theater strebten. Er lehnte sich gemächlich gegen die Wandtäfelung und faltete die Hände vor dem gewaltigen Bauch. »Ich erzähle Ihnen noch fix, was weiterhin geschah, bevor das Stück schließlich begann.«

»Aber wirklich ganz fix. Es geht gleich los.«

»Keine Drängelei, Sie Jungspund!« Er hob mahnend den Zeigefinger. »Also gut, ich war, wie gesagt, so ziemlich der erste, der ins Theater kam, und das hatte auch seinen guten Grund. Schließlich wollte ich die Leute in Augenschein nehmen, die heute besonders frühzeitig ankamen. Die Person, die ich erwartete ...«

»Sprechen wir etwa von diesem ABC?«

»Unterbrechen Sie mich nicht. Immer der Reihe nach! Ich wartete auf den Mörder aus der Clumber Street in Nottingham. Und ich war der Meinung, dass dieser Mann ...«

»... oder diese Frau?«

»Ach, Mumpitz, Nigel! Ein Würgemord! Auch wenn es nur ein schmächtiger, alter Physiker war, ist das nun wirklich nicht das Mittel, dessen sich Frauen bedienen! Dieser Mann ...!« Er funkelte mich an, um mir jede weitere Unterbrechung zu untersagen. »... würde allein kommen, da war ich mir sicher. Und er würde so früh auftauchen wie möglich, weil er nervös war und keinen Fehler machen wollte. Nur sechs Leute kamen in der ersten halben Stunde allein. Eine vertrocknete Jungfer, ein hinkender Pfaffe, eine Matrone mit Körpergeruch ... entweder zu jung oder zu alt, zu locker, zu irgendwas ... keiner passte. Aber dann beobachtete ich aus nächster Nähe, wie ein Mann ohne Begleitung mit nervösen Fingern seine Brieftasche öffnete und ein Billett herausholte. Es war mit einer Büroklammer an einer Karte befestigt, auf der in der Handschrift einer Frau – gottseidank trotzdem einigermaßen klar leserlich – geschrieben stand:

Gonzago an ABC
6. Oktober – Endlich lernen wir uns kennen!

Das ist jetzt mal ausnahmsweise kein Shakespeare mehr. Dafür war aber zu meiner Überraschung und zu meiner Freude eine Unterschrift auf dieser Karte. Der Name, den ich dort las, lautete Mignon O'Doherty.«

Ich konnte mich nicht zurückhalten. »Aber das ist doch die Darstellerin der Mrs Boyle! Die Frau, die gerade auf der Bühne erwürgt wurde!«

Es schellte jetzt ein drittes und letztes Mal.

»So ist es!«

»Aber warum? Was soll das? Warum lädt sie ihn hierher ein? Will sie ihn erpressen? Das ist doch sehr riskant, ihm dabei Auge in Auge gegenüberzutreten!«

»Genau das ist es! Riskant! Gefährlich für diese Schauspielerin! Brandgefährlich! Und genau das war Dreh- und Angelpunkt des Plans! Der Mann, der hierhergekommen ist, ist nervös! In Panik! Er steht bis in die Haarspitzen unter Strom!«

Mein Blick wanderte zur Bar, und ich erinnerte mich plötzlich an die Szene, die sich vor einer guten Stunde dort abgespielt hatte. Ich sah plötzlich einen sehr dünnen, sehr nervösen Mann mit geröteten Wangen und flackernden Augenlidern vor mir. Er balancierte eine Tasse Kaffee und stieß meinen Freund an.

»Der Mann mit dem Kaffee? Ist er es? Der, der Sie angerempelt hat?«

»*Ich* habe *ihn* angerempelt, Nigel! Aber alle glaubten, es sei umgekehrt passiert. Er selbst glaubte das auch.

Man braucht natürlich ein bisschen Geschick und ein wenig schauspielerisches Talent ... Jedenfalls hat er sich wortreich bei mir entschuldigt und bat darum, für die Kosten der Reinigung aufkommen zu dürfen. Und da habe ich ihn schlicht und ergreifend nach seiner Visitenkarte gefragt. Tusch!«

Er hielt mir mit triumphierender Geste eine kleine Karte hin. Sie war recht schmucklos gehalten, mit einer einfachen Druckschrift: *Prof. Archibald Benjamin Carruthers* stand dort zu lesen, und darunter seine Adresse und Telefonnummer in Oxford.

»ABC! Daher wissen Sie also seinen Namen!«

Merridew nestelte am Revers seines Jacketts herum. »Ich tätigte dann drei kurze Telefonate, bevor ich endlich zu Ihnen in das Theater kam. Zuerst habe ich die Nummer auf der Karte gewählt. Als sich am anderen Ende eine Frauenstimme meldete und sorgenvoll fragte: ›Archie, bist du das? Wo um alles in der Welt steckst du?‹, war ich schon hocherfreut, denn Carruthers trug keinen Ehering an der rechten Hand, jedoch am linken Ringfinger dafür gleich zwei, was bedeutet, dass er verwitwet und noch nicht wiederverheiratet ist.«

»Verblüffend«, sagte ich ehrlich begeistert.

»Dann fragte ich ganz unverfänglich: ›Verzeihung, mit wem bin ich denn verbunden?‹, und sie erwiderte in ihrer Verwirrung: ›Geraldine Ponsonby‹.« Er breitete mit der Geste eines Zauberkünstlers die Hände aus. »Tja, und somit wäre auch das Mordmotiv aus dem Oktober geklärt! Carruthers liebte Ponsonbys Frau. Die alte Leier, man kennt das ja.«

»Alle Wetter«, hauchte ich. »Das ist ja ein unglaublicher Zufall.«

Merridews Gesicht rötete sich schlagartig. Er ballte die Hände zu Fäusten. »Zufall?«, polterte er laut. »Wo denken Sie hin? Das sind Taktik und Kalkül! So etwas fällt einem nicht mal gerade eben vor lauter Langeweile beim Fünfuhrtee ein!«

»Ist ja schon gut. Sie haben natürlich recht, das war sehr klug eingefädelt. Und der zweite Anruf?«

»Mit dem verschaffte ich mir die allerletzte Gewissheit. Ich rief im Black Boy Hotel in Nottingham an und erkundigte mich, ob ein gewisser Mr Carruthers in der Nacht vom 6. auf den 7. Oktober dort übernachtet hat.«

»Aber wie kamen Sie denn darauf?«

»Wenn es jemand aus der Theatertruppe war, der ihn mit dem Wissen um seine Tat unter Druck setzt, dann konnte das nicht nur aus einem einmaligen Beobachten am Tatort erwachsen. Da musste mindestens eine zweite Begegnung nebst Wiedererkennen stattgefunden haben. Warum nicht beispielsweise auf dem Hotelflur? Jedenfalls lag ich auch hier richtig! Er trug sich mit seinem echten Namen ein. Wie unglaublich einfallslos! Aber so konnte auch seine Peinigerin herausfinden, wer er war.«

»Sie meinen also, es war diese Schauspielerin Mignon O'Doherty, die ihn per Annonce gequält hat!«

»Aber nein.«

Ein junger livrierter Mann gab uns in diesem Moment ein deutlich sichtbares Zeichen, nun wieder unsere Plätze einzunehmen. Merridew forderte mit einem ruppigen Wedeln der rechten Hand einen Moment Geduld.

»Nein?«, fragte ich ungläubig. »Wieso nicht? Ihre Unterschrift stand doch auf der Einladung!«

»Falsch!« Merridew kramte ein kleines Notizblöckchen aus der Innentasche seines Jacketts und blätterte mit seinen dicken Fingern darin herum. »Das Autogrammbüchlein meines Butlers Cresswell. Er ist klammheimlich ein gefühlsduseliger alter Bursche und liest heimlich Romane von Barbara Cartland. Sein Herz schlägt für den Kintopp und das Theater, und als er erfuhr, dass ich heute Abend hierhin wollte, bat er mich, ein paar Autogramme für ihn einzusammeln. Besonders scharf ist er auf die Signatur von Sheila Sim, die er wohl vergöttert.« Dann hielt er mir das Heftchen aufgeschlagen entgegen. »Schauen Sie mal, das ist die Unterschrift von Mignon O'Doherty, die hat er bereits. Ich kann Ihnen versichern, dass das Geschreibsel auf Carruthers' Einladung ohne jeden Zweifel eine plumpe Fälschung ist. Den Unterschied konnte ich mit großer Deutlichkeit erkennen.«

»Aber wer hat Carruthers denn dann in Wirklichkeit eingeladen? Und warum wurde er überhaupt mit der Eintrittskarte hierherbestellt?«

»Er wurde von einer Person in diese tückische Mausefalle gelockt, die der Überzeugung war, dass er jetzt endlich völlig verzweifelt und ausreichend alarmiert war, dass er nun zu allem bereit sein würde. Jemand, der ihn dazu bringen wollte, seine angebliche Peinigerin, die völlig ahnungslose Mignon O'Doherty zu ermorden!«

Ich starrte ihn an. Das, was er da vor mir ausbreitete, war schlichtweg unglaublich.

»Ich tippe auf die Zweitbesetzung, eine Schauspielerin mit Namen Marjorie Blankinsopp. Die Dame an der Kasse erzählte mir, dass sie wohl bei der Besetzung der Mrs Boyle den Kürzeren zog und jetzt Abend für Abend hinter den Kulissen herumlungern muss, in der Hoffnung, Mignon O'Doherty breche sich endlich mal die Hand, ein Bein, oder noch besser gleich das Genick. Ja, ich denke, sie wird es gewesen sein, die vom Hotelzimmer aus den Mord beobachtete, danach dem Mörder im Hotel begegnete und ihre Chance witterte! Wenn sie es war, wird ihre Handschrift auf der Einladung sie überführen. Aber andererseits ist es irgendwie auch egal, wer die anonyme Strippenzieherin war, denn sie hat ja schließlich keine echte Straftat begangen.«

Der Jurist in mir meldete sich zu Wort. »Na, na, sie hat immerhin einen Mord beobachtet und ihn nicht gemeldet.«

»Dafür ist aber letztendendes gerade durch ihre Aktivität der Mörder in die Falle gegangen.« Er trat in den Saal ein und drehte sich grinsend zu mir um. »Und durch meine natürlich.«

Der livrierte Saaldiener hatte schon den Griff der Tür in seiner Hand, um sie hinter uns zu schließen, da schoss mir mit einem Mal ein fürchterlicher Gedanke durch den Kopf: »Hören Sie, Merridew!« Ich fasste ihn am Arm. »Mignon O'Doherty starb am Ende des ersten Akts ihren Bühnentod. Das heißt doch, dass sie sich bis zum Schlussapplaus in großer Gefahr befindet! Wenn gleich irgendwann alle anderen auf der Bühne sind, kann Carruthers sie doch in aller Ruhe hinter den Kulissen zum Schweigen bringen!«, zischte ich. Aus den Augenwinkeln sah ich, dass einige Theaterbesucher verärgert zu uns herübersahen. Besonders diejenigen, an den wir uns jetzt gleich würden vorbeiquetschen müssen, hatten überaus angriffslustige Mienen aufgesetzt.

»Keine Sorge, mein Guter«, sagte Merridew und schob mich sanft auf die Stuhlreihen zu. »Sie glauben doch nicht, dass ich so etwas zugelassen hätte. Beim Schlussapplaus, das verspreche ich Ihnen, wird Mrs O'Doherty unbeschadet auf der Bühne erscheinen. Bevor das Stück begann, habe ich mir nämlich im allerletzten Moment erlaubt, diesen Carruthers in der Toilette einzusperren, nachdem ich ihn zuvor ein wenig unsanft aus dem Verkehr gezogen habe. Sie dürfen mir glauben, dass ich mit diesem Hänfling im Handumdrehen fertiggeworden bin. Dazu hätte ich noch nicht einmal meinen Gehstock gebraucht. Und dann habe ich noch rasch den dritten und letzten Anruf getätigt, mit dem ich die Polizei davon in Kenntnis gesetzt habe, dass sie hier im Ambassador Theater einen Mörder abholen kann. Das scheint wohl auch geschehen zu sein. Haben Sie mitbekommen, dass während des ersten Akts hinter den Kulissen eine Verhaftung stattgefunden hat? Sehen Sie, ich auch nicht. Die Burschen von Scotland Yard waren offenbar überaus diskret.«

Mit mühsam unterdrückten Flüchen erhoben sich die Leute in unserer Reihe aus ihren Sitzen, um uns vorbeizulassen. Wir blickten in grimmige Gesichter und ernteten hasserfüllte Blicke. Merridew verspürte offenbar nicht den Anflug von Peinlichkeit, denn er gluckste und kicherte nur allenthalben und rief immer wieder laut »Verzeihung, Teuerste« oder »Hoppla, mein Bester«. Und irgendwann saßen wir auf unseren Stühlen und atmeten tief durch.

»Glauben Sie, das Stück wird lange laufen?«, fragte ich.

Er überlegte einen Moment, bevor er antwortete: »Vermutlich nicht so lange wie das Zeug von Sophokles oder Euripides, aber jedenfalls länger als die neue Show von Frankie Howerd in Blackpool.«

Ich fand diese Antwort sehr diplomatisch.

Es wurde still um uns herum, und das Saallicht verlosch langsam.

Da kam mir noch eine letzte Sache in den Sinn: »Sie haben nun also einen Mord aufgeklärt und sogar einen zweiten Mord verhindert«, wisperte ich meinem Freund so leise es ging zu. »Aber Sie sprachen vorhin doch sogar noch von einem dritten Mord.«

Bevor es im nächsten Moment um uns herum völlig finster wurde, sah ich gerade noch Merridews Augen aufblitzen. Er beugte sich mit einem schwerfälligen Schnaufen zu mir herüber und raunte mir ins Ohr: »Ich werde Ihnen jetzt verraten, wer die einzige Person ist, die den Mord in Monkswell Manor begangen haben kann.«

Als sich der Vorhang mit einem leisen Rauschen öffnete, nannte Merridew mir den Namen, und ich wusste ganz genau, dass er auch in diesem Fall wieder einmal richtig liegen würde.

DAS RÄTSEL DER VERSCHWUNDENEN TÄNZERIN

(1956)

1

In der Tube herrschte an diesem Vormittag drangvolle Enge, so wie an jedem Arbeitstag. Berufspendler mischten sich mit Touristen aller Hautfarben. Im Sommer war London bis zum Rand gefüllt mit einem quicklebendigen Vielvölkergemisch, das es schaffte, uns steife Briten mit unseren Bowler Hats, den schwarzen Businessanzügen und dem am Arm baumelnden unentbehrlichen Schirm noch mürrischer aussehen zu lassen als sonst. Man versteckte seine griesgrämigen Gesichter hinter dem Daily Mirror, dem Guardian, der Times oder der Daily Mail, je nach politischer Gesinnung. Doch wohin ich auch blickte, in diesen Tagen schien es für sämtliche Zeitungen lediglich zwei Themen zu geben, die es wert waren, die Titelseiten zu dominieren: Die sich anbahnende Suez-Krise und der Besuch der berühmtesten Schauspielerin der Welt.

Premierminister Eden hatte sich vorgenommen, den ägyptischen Präsidenten Abdel Nasser zu stürzen, und es schien durchaus möglich, dass zu diesem Zweck schon bald Bomben auf Alexandria fallen würden. Eine Bombe der ganz anderen Art hingegen war Marilyn Monroe, die im Juli über den großen Teich gekommen war und nun schon seit zwei Monaten zu Gast in unserem Land war. Der Grund ihres Aufenthalts waren Dreharbeiten zu einem Film in den Pinewood Studios. An der Seite unseres berühmten englischen Shakespearedarstellers Sir Laurence Olivier spielte sie in einer romantischen Komödie ein Revuegirl, und seit sie ihren Fuß auf englischen Boden gesetzt hatte, war ganz England verliebt in sie.

Der Sommer war so regnerisch gewesen wie schon lange nicht mehr, aber der September schien nachholen zu wollen, was nachzuholen ging. Es war heiß. Und in der Tube war es schier unerträglich. Ich war froh, an der Station Baker Street endlich wieder aussteigen und mich von der Rolltreppe ans Tageslicht hinaufbefördern lassen zu können.

Ich hatte eine Verabredung mit meinem Freund Reginald Lord Merridew, der mich ohne Angabe von Gründen mit einer knappen Notiz hierher beordert hatte, wie das so seine Art war. Auf der anderen Seite der mehrspurigen Marylebone Road sah ich ihn bereits stehen und mir mit seinem Gehstock zuwinken. Ich schlängelte mich mutig durch den unablässig fließenden Verkehr und begrüßte ihn schon wenige Minuten später. Mein helles Sommerjackett hatte ich mir über die Schulter gehängt. Merridew steckte in einem sandfarbenen Anzug mit maisgelber Weste und weinroter Fliege.

»Mein lieber Junge«, rief er fröhlich. »Was für ein wunderbarer Tag, da werden Sie mir doch zustimmen, oder?«

Ich wackelte vage mit dem Kopf. »Für September ist es ziemlich heiß. Aber Sie blühen doch sonst erst im Nieselregen so richtig auf. Was macht Sie so fröhlich, Merridew? Die Freude quillt Ihnen ja aus allen Knopflöchern.«

»Hatten Sie nicht vorgestern Geburtstag?«

»Ja, allerdings. Ein paar Freunde haben mich zum Dinner ins Bianchi's in der Frith Street entführt, und hinterher sind wir im Gargoyle Club gelandet, einem Tanzschuppen in Soho.«

»Haben Sie sich davon erholt?«

»Gerade so. Wo gehen wir hin?«

Er fasste mich am Arm und lenkte mich mit sanfter Gewalt in die Richtung eines großen Gebäudes, das wohl jeder nur allzu gut kennen dürfte, und vor dessen Eingangstür eine große Menschenschlange geduldig darauf wartete, hineingelassen zu werden.

»Jetzt kommt mein Geburtstagsgeschenk für Sie, mein alter Knabe.«

»Madame Tussauds?«, fragte ich ungläubig. »Sie haben doch nicht etwa vor, mich in dieses Wachsfigurenkabinett zu schleppen?«

Er lachte kollernd. »Das überrascht Sie, was? Nein, nein, Sie brauchen sich keine Sorgen zu machen. Es soll ja ein Vergnügen für Sie werden.«

»Ich kann mir wirklich etwas Unterhaltsameres vorstellen, als mir all diese versteinerten Gesichter mit den starren Augen und dem gequälten Lächeln anzugucken.«

»Ich weiß, ich weiß. Und ich teile Ihre Aversion durchaus, aber heute gibt es für Sie etwas ganz Besonderes!« Er ließ mich nicht los und streckte die Hand mit dem Gehstock nach vorne, den er hin und her schwingen ließ als sei er eine Machete, der Bürgersteig der afrikanische Dschungel und die Passanten gefährliche Schlingpflanzen.

Zu meiner Überraschung ließen wir die Warteschlange rechts liegen, und er dirigierte mich links in den Allsop

Place. Dann ging es rechter Hand in die York Terrace, und nach ein paar Metern passierten wir eine Toreinfahrt und fanden uns in einem großen Hinterhof wieder, auf dem ein paar Autos und Lieferfahrzeuge parkten. Wir befanden uns auf der Rückseite des weltberühmten Wachsfigurenkabinetts.

»Kein roter Teppich, kein Empfangschef in Livrée, aber dennoch ist es nicht immer ein Abstieg, wenn man den Hintereingang nimmt«, plauderte Merridew fröhlich, während er sich von den zahlreichen Nebeneingängen und Türen eine auswählte, die ihm die richtige zu sein schien. Er öffnete sie, und vor uns führte eine Treppe hinauf.

»Lord Merridew!«, rief eine junge Frau im weißen Kittel erfreut. »Wie schön, dass Sie es heute einrichten konnten!« Sie hatte ihr malzbraunes Haar zu einem Pferdeschwanz zurückgebunden, der keck auf und ab tanzte, als sie uns auf der Treppe entgegenkam.

Sie musterte mich und schenkte mir ein strahlendes Lächeln.

»Mein Freund Nigel Bates hatte jüngst Geburtstag, und er wünschte sich nichts sehnlicher, als bei unserer kleinen Unternehmung Mäuschen spielen zu dürfen.«

»Dann gratuliere ich noch nachträglich.« Sie reichte mir ihre Hand. »Mein Name ist Cathy Markham. Selbstverständlich darf er zuschauen. Wir wollen ihm doch seinen sehnlichsten Wunsch nicht abschlagen.« Ihr Lachen war bezaubernd wie überhaupt ihre ganze Erscheinung, und ich konnte nicht umhin, mir ihre schlanke Figur unter dem unförmigen Kittel vorzustellen, als sie vor uns die Treppenstufen hinaufstieg. Ich wurde immer begieriger, herauszufinden, welches denn wohl mein großer Geburtstagswunsch war. Eine Ahnung, worum es sich dabei handeln konnte, hatte ich immer noch nicht.

Wir folgten einigen Gängen, bogen ein paar Mal rechts und links ab, bis wir schließlich in einen Raum eintraten, in dem es chemisch roch. In zahlreichen Regalen stapelten sich Kisten, Körbe, Pakete aus braunem Packpapier, Dosen und Kartons unterschiedlicher Größe. Es gab künstliche Hände, Schachteln voller Glasaugen, Perücken, und auf zwei von mehreren großen Tischen lagen künstliche Körper ohne Köpfe. Wir waren augenscheinlich in der Werkstatt des Wachsfigurenkabinetts gelandet.

»Mr Anselm kommt gleich«, sagte Cathy und bot uns Sitzplätze an. Zwei ziemlich alte, zerschlissene Sofas waren mit Überwürfen aus geblümtem Vorhangstoff halbwegs einladend hergerichtet worden.

»Möchten Sie einen Tee?«

Oh ja, den mochten wir. Und als sie entschwand, um uns diesen Wunsch zu erfüllen, wäre sie in der Tür beinahe mit einem bärtigen Mann im schlabbrigen, gestreiften Pullover zusammengestoßen. Seine Brille hatte er hinaufgeschoben, sodass sie beinahe in seinem lockigen, grau melierten Haar verschwand.

»Frederick Anselm«, stellte er sich uns mit Handschlag vor. »Schön, dass Sie herkommen konnten. Ich verspreche Ihnen, dass es auch gar nicht wehtut.« Er machte den Eindruck eines zerstreuten Professors. Mit ausgestrecktem Arm dirigierte er Merridew auf einen drehbaren Hocker ohne Lehne. »Es ist wichtig, dass Sie aufrecht sitzen. Das kommt der späteren stehenden Position am nächsten. Hat Cathy Ihnen die Skizzen gezeigt?«

Merridew verneinte, und Anselm holte einen flachen Karton aus einem der Regale, dem er mehrere Fotografien und ein paar Zeichnungen entnahm, die er auf dem Tisch vor Merridew ausbreitete. »Nun, was sagen Sie?«

Die Fotos zeigten allesamt meinen Freund in unterschiedlichen Posen. Es waren Pressefotos, die bei verschiedenen Anlässen aufgenommen worden waren. An einige der Ereignisse konnte ich mich sogar erinnern.

»Hm, man könnte denken, Sie hätten mit Absicht die unvorteilhaftesten Bilder ausgewählt«, sagte Merridew mit einem angedeuteten Naserümpfen. Er sah mich an. »Was meinen Sie, Nigel?«

Nun, da ich endlich begriffen hatte, worum es bei unserem Besuch ging, lachte ich ihn frech an. Er tat so, als sei es das größte nur denkbare Vergnügen, anwesend zu sein, wenn eine Wachspuppe dieses aufgeblasenen Aristokraten angefertigt wurde. Ich deutete auf eine Bleistiftzeichnung, die den großen, massigen Körper meines Freundes darstellte. Es waren nur die Gliedmaßen und der grob skizzierte Kopf. Er sah aus wie eine aufgeblähte, unbekleidete Schaufensterpuppe. »Das sind Sie, wie Sie leiben und leben. Vor allen Dingen, wie Sie leiben. Dieser Bauch, das Doppelkinn ... Das sind Sie, Merridew.«

Cathy kam mit dem Tee.

»Für mich zwei Stück Zucker«, sagte ich.

Merridew wehrte ab. »Ich muss ein bisschen auf mein Gewicht achten.« Das konnte nur ein soeben spontan gefasster Vorsatz sein. Dergleichen hatte ich noch nie von ihm gehört.

»Kürzlich saß noch Marlon Brando auf diesem Platz«, erklärte Cathy mit einem gewissen schwärmerischen Ton in der Stimme.

Merridew grunzte verächtlich. »Sie sind ja nicht gerade wählerisch.«

Dann machten sich Anselm und seine Assistentin ans Werk und begannen, meinen Freund minutiös zu vermessen. Ich unterdrückte ein Gähnen. Es gab durchaus spannendere Darbietungen.

Maßbänder wurden um die Unterschenkel und Oberarme geschlungen, Zahlen wurden notiert, mit einem großen Feldzirkel wurden die Abstände zwischen Scheitel und Kinn, zwischen den Mundwinkeln und den Pupillen erfasst.

Irgendwann kam eine andere junge Frau im Kittel und rief Cathy zur Tür. Dann tuschelten sie miteinander, und Cathy verließ wortlos den Raum, ohne sich zu uns umzusehen.

»Ich übernehme für einen Moment«, sagte die Frau zu Mr Anselm gewandt und lächelte uns freundlich zu.

»Kommen etwa alle Aspiranten persönlich hierher, um sich vermessen zu lassen?«, fragte ich.

»Nein, eher wenige«, sagte Anselm beiläufig und kritzelte sehr konzentriert etwas auf seinen Block.

Ich tippte auf eine herumliegende Zeitung. »Was ist mit Marilyn Monroe?«

»Oh ja, ist in Vorbereitung. Kommt aber auch nicht persönlich. Wir mussten zu ihr. Wie gesagt, die Wenigsten besuchen uns hier. Umso schöner, dass Lord Merridew uns die außerordentliche Ehre zuteilwerden lässt.«

Während die Assistentin mit einer Schieblehre Merridews Ohren vermaß, begann Anselm Detailskizzen des Kopfes anzufertigen.

Mit meiner Teetasse schlenderte ich an den Regalen entlang und musterte die Gliedmaßen und Köpfe. Einige kamen mir bekannt vor. Mit anderen konnte ich nichts anfangen. Die starren Blicke der Glasaugen waren mir unheimlich. Schließlich gelangte ich zur breiten Fensterfront und blickte in den Hof hinunter.

Dort unten sah ich Cathy Markham, die die Hände tief in den Taschen ihres weißen Kittels vergraben hatte und mit gesenktem Kopf den Hof überquerte.

Zwischen den geparkten Autos trat in diesem Moment ein Mann in einem dunkelblau karierten Jackett und Hut hervor. Ich konnte ihn nicht genau erkennen, dazu war die Entfernung zu groß. Ich sah eine runde Hornbrille und einen kleinen, zwei Finger breiten Schnurrbart. So steif, wie er dort stand, erinnerte er mich an eine Wachspuppe.

Cathy blieb vor ihm stehen und hielt den Kopf in einer Art Büßerhaltung gesenkt. Offenbar wurden nicht viele Worte gewechselt. Irgendwann streckte der Mann seine rechte Hand aus und fasste nach dem Kinn der jungen Frau. Er zwang sie, ihren Kopf zu heben, um ihm in die Augen zu sehen. Kurz darauf wandte sie sich wieder um und ging mit weit ausholenden Schritten zurück zum Gebäude. Der Mann mit dem Hut verschwand im gleichen Moment auf dieselbe unauffällige Art und Weise, auf die er zuvor erschienen war.

»Ist es wieder dieser Kerl?«, knurrte Anselm der jungen Frau an seiner Seite halblaut zu, während er die Bleistiftspitze über das Papier huschen ließ.

Seine Assistentin bejahte. »Es sei sehr dringend, hat er gesagt.«

»Ich werde Cathy darauf hinweisen müssen, dass sie kostbare Arbeitszeit vergeudet.«

»Darf ich atmen?« Merridews Blick traf den meinen, und er sah sogleich, dass ich gerade eine interessante Beobachtung gemacht haben musste. Ich zuckte bedeutsam mit den Augenbrauen, um ihm zu verdeutlichen, dass ich ihm später Bericht erstatten würde.

»Aber warum nicht. Atmen Sie ruhig, Mylord«, sagte Anselm. »Wir wollen doch, dass Sie gesund und munter bleiben. Für die Besucher unseres Hauses ist es ein umso größerer Spaß, dass es sich bei den ausgestellten Personen um quicklebendige Prominente handelt, denen man sich sonst nur schwerlich nähern kann.«

»Diese Menschen werden mich doch wohl nicht ... anfassen?«

»Es gibt Absperrungen. Bei Alan Ladd mussten wir den Abstand vergrößern. Die jungen Frauen sind immer drübergeklettert, um sich mit ihm fotografieren zu lassen.«

»Schauderhafte Vorstellung.« Merridew verzog angewidert den Mund.

Im Folgenden wurden noch ein paar Fotografien angefertigt, und dann war die Vorstellung auch schon beendet.

Als wir nach unserer Verabschiedung wieder die Treppe hinuntergingen, kamen wir an einer halb offen stehenden Tür vorbei.

Die tränenerstickte Stimme, die wir ganz unerwartet dahinter vernahmen, war allem Anschein nach die von Cathy Markham.

»Er tut es, er tut es! Wenn ich es dir doch sage!«, schluchzte die Person hinter der Tür. Es handelte sich offenbar um ein Telefonat, denn eine Erwiderung war nicht zu hören. »Du kennst ihn, er schreckt vor nichts zurück.« Wieder folgte eine Pause. »Ja, aber sicher, man muss es beim Namen nennen: Mord!«

Mord? Merridew weitete alarmiert den Blick und legte den Finger auf die Lippen.

»Am Bootshafen in Datchet«, sagte die junge Frau und schniefte. »Um halb zwei. Oh Gott, ich kann es immer noch nicht glauben!«

Ein Wort des Abschieds war nicht zu hören, wohl aber das Klacken eines Telefonhörers auf der Gabel.

»Mord.« Merridew wisperte ganz leise in mein Ohr. Es folgte eines seiner unvermeidlichen Shakespeare-Zitate: »*Wie fällt doch ein Geheimnis den Weibern schwer!* Kommen Sie Nigel, wir gehen rasch raus, und Sie erzählen mir, was Sie vorhin am Fenster gesehen haben.«

Wir gingen schnell die letzten Stufen hinunter, verließen das Gebäude durch die Tür, durch die wir hineingekommen waren, und auf dem Hof beschrieb ich ihm die kleine stumme Szene, deren Zeuge ich vorhin unfreiwillig geworden war.

Merridew zog die Nase kraus und kratzte sich hinterm Ohr. »Nun, ich hoffe, der erste Teil meines Geburtstagsgeschenks hat Ihnen schon mal ein bisschen Vergnügen bereitet.«

»Der erste Teil?« Ich konnte nicht verhehlen, dass mir der Sinn nicht nach einer weiteren Demonstration von Merridews unbeschreiblicher Egozentrik stand.

»Ja, ganz recht. Wir sind noch nicht fertig. Ich denke mir, dass Sie vor Freude ganz aus dem Häuschen sein werden, wenn ich Ihnen verrate, dass Sie heute Nachmittag mit mir einen kleinen Ausflug vor die Tore der Stadt machen dürfen!«

»Lassen Sie mich raten: Der Bootshafen von Datchet?«

Er nickte mit einem gönnerhaften Lächeln.

»Oh famos, das Wetter ist prächtig. Wir könnten mit offenem Verdeck fahren!«

»Momentchen, Momentchen! So ein Spaß hat seine Grenzen! Ich zwänge mich Ihnen zuliebe zwar ausnahmsweise in Ihr unbequemes kleines Spielzeugauto, um Ihnen eine Freude zu machen, aber wir wollen es doch nicht gleich übertreiben!«

2

Der Bootshafen des kleinen Örtchens Datchet lag an der Themse, nur knapp zwei Meilen von Windsor entfernt.

Es waren etwa vierzig Boote, die unterhalb des kleinen Parkplatzes an zwei metallenen Stegen vor Anker lagen. Es handelte sich um ein paar morsche Kähne, einige Ausflugsschiffchen, aber auch ein paar größere Boote, die durchaus komfortabel und teuer aussahen.

»Hier überspannte bis vor hundert Jahren die Geteilte Brücke den Fluss«, dozierte Merridew, während er sich aus dem Wagen quälte. »Auf der gegenüberliegenden Seite hatte Berkshire mit Holz gebaut, und hier baute Buckinghamshire mit Eisen. In der Mitte des Flusses wurden die beiden Hälften irgendwie miteinander vermurkst. Muss kurios ausgesehen haben.«

Jenseits des Flusses markierte ein einzelnes Gebäude die Position des früheren Brückenkopfs. Dahinter erstreckten sich Felder und Äcker, und in der Ferne sahen wir Windsor Castle mit seinem riesigen Rundturm schläfrig in der Mittagssonne liegen.

Ich schloss mein Auto ab und wollte gerade fragen, auf was wir denn jetzt warteten, als Merridew einen Laut des Erstaunens ausstieß. »Potztausend, wenn das nicht mein alter Freund …!« Er eilte zu einem der Autos auf dem Parkplatz und klopfte übermütig auf das Wagendach. Die Scheibe wurde heruntergekurbelt, und das mürrische Gesicht eines Mannes um die sechzig kam zum Vorschein. »Merridew? Verdammt, was tun Sie denn hier?«

»Wir machen eine kleine Landpartie. Ich wollte gerade meinen Freund zu einer kleinen Bootstour überreden.«

Das war mir neu, und darüber hinaus war es eine freche Lüge, denn Merridew verabscheute Bootsfahrten.

»Kein Wort glaube ich Ihnen, Merridew«, knurrte der Mann und kletterte aus dem schwarzen Vanguard. Er zog sich den zerknitterten Schlips zurecht. »Wenn Sie auftauchen, gibt es immer Probleme.«

»Wirklich nur eine unschuldige, kleine Landpartie. Darf ich vorstellen, Nigel, das ist mein alter Freund Superintendent Roger Smith!«

»Nee, nee, ich bin raus«, sagte der Mann mit verkniffenem Gesicht. »Schon anderthalb Jahre. Ein Segen, sag ich Ihnen. Ist alles nicht mehr das, was es mal war.«

»Oho, kein Polizeidienst mehr? Und was tun Sie hier? Im Auto sitzen und aus alter Gewohnheit die Enten observieren?«

»Kleines Päuschen. Hab ja jetzt viel Zeit.« Smith ließ den Blick über die Autodächer schweifen und den Kopf langsam hin und her gehen. Weder Merridew noch mir entging, dass es hier an diesem Platz sehr wohl etwas oder jemanden zu beobachten gab.

»Sie recken ja so den Hals. Machen Sie die Schwäne nach?«, fragte Merridew mit einem Kichern.

Smith trat näher an uns heran und senkte die Stimme. »Hören Sie, Merridew, ich freue mich ja auch, Sie zu sehen. Hätte gar nichts gegen ein gelegentliches Pint im Pub, aber ich muss jetzt leider …« In diesem Moment fuhr er zusammen und riss Augen und Mund in stummem Entsetzen weit auf. Dann entfuhr ihm ein lauter Fluch: »Verdammt und zugenäht, so ein elender Mist!«

Wir alle sahen ein Auto, das aus der Reihe der parkenden Fahrzeuge zurückgesetzt hatte und jetzt mit aufheulendem Motor an uns vorüberraste. Es war ein türkisfarbener Ford Anglia. Wir alle starrten auf die Personen, die wir im Wageninneren erkennen konnten. Hinter dem Steuer saß unverkennbar der Mann, den ich noch am Vormittag auf dem Hinterhof des Wachsfigurenkabinetts gesehen hatte. Das dunkel karierte Jackett, der Hut, der Schnurrbart, die runde Brille … es gab kaum einen Zweifel.

Viel größer war jedoch die Überraschung, auf dem Beifahrersitz eine Frau zu sehen, die man hier am allerwenigsten erwartet hätte.

»Ist sie das?«, rief Merridew. »Ist sie das wirklich, Smith?«

»Ja, verdammt, es ist sie!«, rief der Ex-Polizist aufgebracht. »Aber sie sollte es nicht sein, verflucht noch mal!«

Sie war deutlich zu erkennen, da ihr Antlitz nur ein paar Handbreit an uns vorübersauste. Die Haare der jungen Frau waren platinblond, das Gesicht zierlich, mit einer feinen, spitzen Nase, leicht geröteten Wangen und einem lächelnden, halb geöffneten Mund mit kräftig geschminkten Lippen. Die blauen Augen mit den dunkel getuschten Wimpern waren geradeaus gerichtet, und die geschwungenen dunklen Brauen zeugten weder von großer Furcht noch von Wut oder großer Heiterkeit. Sie sah aus, als sei es das Selbstverständlichste von der Welt, dass sie mit diesem Mann mitfuhr.

»Was macht Marilyn Monroe hier?«, rief ich aufgeregt.

»Wenn ich das wüsste, verflucht!«, schrie Smith. Der Mann, der so gewirkt hatte, als könnte ihn nichts aus der Ruhe bringen, ruderte aufgeregt mit den Armen. »Los, rein in mein Auto, sonst verlieren wir sie!«

Und ehe wir's uns versahen, waren wir schon zu ihm in den schwarzen Vanguard gestiegen. Noch nie hatte ich meinen Freund Merridew so behände auf einen Beifahrersitz klettern sehen. Ich warf mich auf den Rücksitz, und noch ehe ich die Tür richtig geschlossen hatte, raste Smith auch schon los.

Der Ford war an der Ausfahrt der Parkfläche mit quietschenden Reifen rechts abgebogen und war schon nicht mehr in Sicht.

Zwei andere Autos waren nun zwischen ihm und unserem Fahrzeug.

»Die Nummer«, raunzte Smith und griff mit grimmigem Blick um das Lenkrad. »Habt ihr euch die Nummer merken können?«

»Ich muss ehrlich sagen, dass ich nur Augen für das Wageninnere hatte«, sagte ich zerknirscht.

»Ich fürchte, ich muss auch passen«, gab Merridew gequält zu. »MF irgendwas.«

»MF?« Smith schnaubte verärgert. »Nord West London … Hilft uns auch nicht viel weiter. Wir verlieren sie!«

»Warum ist sie hier?«, fragte Merridew. »Was haben Sie mit ihr zu tun?«

»Sie dreht nen Film in Iver. Mit Sir Laurence Olivier. Fragen Sie mich nicht was, interessiert mich auch nicht. Irgend so'n Kostüm-Kokolores. Die haben mich beauftragt, nach ihr zu gucken, und ich kann euch verflucht noch mal sagen, dass es leichter ist, nen Eimer voll Aale zu beaufsichtigen!«

»Reporter und Fans?«

»Das auch. Aber vor allen Dingen sie selbst! Überdreht und unberechenbar. Mal will sie hier hin und dann plötzlich da hin. Seit ihr Mann vor ein paar Tagen nach Paris abgedampft ist, läuft sie völlig aus dem Ruder.«

Ich erinnerte mich daran, gelesen zu haben, dass ihr frisch Angetrauter, der amerikanische Dramatiker Arthur Miller, der seit ihrer Ankunft im Juli an ihrer Seite war, zu einer Geschäftsreise aufgebrochen war.

»Da sind sie!«, rief Merridew, als der Ford nach der nächsten Kurve wieder in Sicht kam. Doch schon wenige Momente später war er bereits wieder verschwunden.

»Wir verlieren sie!«, wiederholte Smith, schlug wütend auf das Lenkrad und trat das Gaspedal durch. »So ne Schande!«, fluchte er. »So ne verfluchte Schande!«

»Was wollte sie denn da am Hafen?«, fragte ich.

»Keine Ahnung. Heute Mittag sagte sie, es ginge ihr nicht gut, hat sich dann von Evans, dem Chauffeur Richtung Parkside House fahren lassen, und dann musste er plötzlich anhalten und sie bei den Booten rauslassen.«

»Und er ist weitergefahren?«

»Das kam mir ja gleich komisch vor. Er fuhr weg, und sie ging runter zu den Booten. Da hab ich dann mein Auto abgestellt, und gerade, als ich sie suchen will, tauchen Sie plötzlich auf. Es ist zum Mäusemelken. Ich hab sie nur einen Moment aus den Augen gelassen, und schon is sie weg!«

»Parkside House in Englefield Green? Sie wohnt bei Lord Garrett Ponsonby Moore?«, fragte Merridew.

»Er und seine Frau sind ausgezogen und haben alles der Monroe und ihrer Ami-Mischpoke überlassen. Ich hab da auch'n Zimmerchen.«

Wir ließen die letzten Häuser von Datchet hinter uns und hatten nun eine lange Gerade vor uns, die direkt auf die Brücke über die Themse zu führte. Von dem Ford war weit und breit nichts zu sehen.

»Wir haben sie verloren!«, kam jetzt nur noch ein schwaches Keuchen von Smith. Er kaute auf der Unterlippe. Und dann glomm offenbar doch noch einmal ein Funke Hoffnung in ihm auf: »Vielleicht ist ja alles halb so wild, und sie macht nur eine ihrer Extratouren. Womöglich lässt sie sich ja von diesem Kerl nach Parkside bringen. Das ist meine einzige Chance. Sonst bin ich den Job los, und das Gespött der alten Jungs ist mir sicher.«

»Wie weit ist es denn noch?«, fragte ich.

»Knappe vier Meilen.«

»Na, dann geben Sie mal Gas«, beschwor ihn Merridew.

Wir erreichten das hölzerne Tor von Parkside House in rekordverdächtiger Bestzeit. Smith sprang aus dem Wagen und öffnete einen Flügel, sodass wir hineinfahren konnten. Auch hier gab es keine Spur des anderen Wagens. Dafür stand eine große Limousine auf dem Vorplatz, ein auf Hochglanz polierter Austin Princess mit cremefarbener Karosserie, schwarzer Motorhaube und schwarzem Dach.

Wie der geölte Blitz lief Smith zum Haus hinüber und klingelte Sturm.

»Es war der Mann vom Parkplatz bei Madame Tussauds.«

Merridew sah mich überrascht an. »Der Mann, mit dem die Assistentin sprach?«

»Ja, der Mann hinterm Steuer, das war er. Ich bin mir absolut sicher.«

»Donnerwetter, das fügt ja schon mal ein paar Sachen zusammen. Aber es ist ein bisschen wie die Geteilte Brücke. So richtig passt das alles noch nicht.«

Als Smith mit mürrisch nach unten gezogenen Mundwinkeln von der rosenumrankten Eingangstür des weißen Hauptgebäudes zurückkam, wussten wir gleich, dass er in ernsten Schwierigkeiten steckte.

»Weder sie, noch der Kerl, noch ein türkisfarbener Ford Anglia, verdammt!«, knurrte Smith, als er wieder zu uns ins Auto stieg. »Evans, der Fahrer weiß von nichts. Halten Sie mal rechts an, hat sie gesagt, und ihm dann befohlen, weiterzufahren. Das gibt's doch nicht! Warum trifft die sich da mit fremden Männern?«

»Viel schlimmer noch: Warum verschwindet sie so einfach von der Bildfläche?«, sagte ich.

»Entführt?«, fragte Smith mit gerunzelter Stirn.

Merridew nickte nachdenklich. »Könnte man meinen.«

»Na Mahlzeit! Die berühmteste Schauspielerin der Welt, entführt! Mitten im Film! Die Katastrophe der Katastrophen! Dagegen ist die Suezkrise ein Senioren-Tanztee. Ich kann einpacken, Jungs.«

Ich konnte in diesem Moment Merridews Gesicht im Spiegel sehen. Da war dieses verräterische Flackern in seinen Augen, das ich nur zu gut kannte. Er hatte Feuer gefangen.

»Wo bleibt denn Ihr Kampfgeist, alter Knabe? Noch ist offenbar keine Lösegeldforderung eingegangen. Ja, noch weiß niemand, dass das blonde Püppchen aus Übersee überhaupt weg ist.«

»Außer uns«, warf ich ein.

Smith stöhnte. »Aber was sollen wir denn jetzt tun? Wir haben weder das Kennzeichen, noch wissen wir, wer der Knilch ist, der das Auto gefahren hat!«

»Stimmt nicht ganz, mein Guter, stimmt nicht ganz.«

Smith starrte Merridew ungläubig an. Der zwinkerte heiter zurück. »Bei einem Pint werden wir Ihnen erzählen, was wir wissen. Und dann wollen wir doch mal sehen, ob es uns nicht gelingen kann, die Entführung zu beenden, bevor sie überhaupt so richtig angefangen hat.«

Wir saßen im Schatten eines Sonnenschirms auf den hölzernen Bänken vor dem *Fox and Hounds* in Englefield Green, und Smith ließ sich unser Erlebnis vom Vormittag erzählen. Während ich so exakt wie möglich wiedergab, was wir bei dem ominösen Telefonat belauscht hatten, hatte Merridew in Windeseile einen üppigen Ploughman's Lunch mit zwei Pint Bitter hinuntergespült. Smith hatte mir mit zusammengekniffenen Augen sehr aufmerksam zugehört. Er war ein gewiefter, alter Kriminaler, der sich seine Emotionen nur selten anmerken ließ. Die Wut über den verpatzten Überwachungsauftrag hatte ihn vorhin zwar übermannt, aber mittlerweile hatte er sich offenbar wieder gefangen.

»Ich schulde Ihnen noch einen Gefallen, Smith«, sagte Merridew mit generösem Tonfall und pikte mit einem silbernen Zahnstocher zwischen seinen Zähnen herum. »Sie erinnern sich doch an den Fall Oldwicker?«

»Klar, wie könnte ich den vergessen?«

Zu mir gewandt erklärte Merridew: »Wissen Sie, Nigel, es war vor zwölf Jahren. Der Mörder von Mike Oldwicker, diesem berühmten Tiefseetaucher aus dem Örtchen Wheel in Wiltshire, hätte mich um ein Haar mit einer Harpune durchbohrt, als ich ihm und seinem perfiden Verbrechen auf die Schliche kam. Aber Superintendent Smith hat ihn im letzten Moment mit einer Sauerstoffflasche ausgeknockt.«

Auf den Lippen des Expolizisten zeigte sich der Anflug eines Lächelns, als er in sein fast leeres Bierglas blickte. »Ach was, Merridew, wir sind quitt. Sie waren immerhin derjenige, der das Rätsel um das mysteriöse Ableben Oldwickers gelöst hat!«

Merridew strahlte. »Oh ja, und was für ein überaus vergnüglicher Mord das war! Dieser tollkühne Mike Oldwicker ertrank nicht etwa zweihundert Meter tief im salzigen Indischen Ozean, sondern mitten in seinem Wohnzimmer in Wiltshire im ziemlich kalkhaltigen Leitungswasser! In sitzender Haltung auf einem geblümten Sofa!«

»Ertrunken?«, fragte ich ungläubig. »Im Wohnzimmer?«

Merridew gluckste vor Vergnügen. »Oh ja, beim Anprobieren seines neuen Taucheranzugs! Der Mörder hatte unbemerkt den Wasserschlauch an die Öffnung für die Sauerstoffzufuhr angeschlossen, und dann – Wasser Marsch!«

Ich blickte auf meine Armbanduhr. »Meine Herren, so sehr ich Ihre nostalgischen Anwandlungen auch nachvollziehen kann, wäre es nicht an der Zeit, etwas zu unternehmen?«

Smith hatte wieder sein ernstes Gesicht aufgesetzt und nickte. »Allerdings. Es wird langsam Zeit. Ich hab's euch erzählt: Marilyn Monroe schluckt Pillen und verschläft regelmäßig den Drehbeginn. Alle am Set sind schon völlig mit den Nerven runter, weil sie manchmal einfach ein, zwei Tage gar nicht erscheint. Wenn es uns gelingt, sie zu finden, bevor überhaupt einer gemerkt hat, dass sie weg ist, ist vielleicht noch was zu retten.«

»Wenn es keine Lösegeldforderung gibt, ist das doch eigentlich auch nicht gut«, warf ich ein.

Die beiden sahen mich fragend an.

»Na, immerhin sprach die junge Frau am Telefon von Mord.«

»Mord, richtig! Oh Mann«, stöhnte Smith. »So ein verfluchter Dreck.«

»Wir fahren noch einmal zu Madame Tussauds und fühlen der jungen Dame im Kittel ein wenig auf den Zahn.«, entschied Merridew. »Und Sie, Roger, kümmern sich darum, dass wir noch heute Nachmittag Zutritt zum Studio bekommen.«

»Um Gottes Willen, die werden wissen wollen, was ihr da zu suchen habt!«, protestierte Smith.

Merridew winkte mit großer Geste ab. »Kein Mensch wird uns von echten Bewunderern der Kinematographie unterscheiden können. Wir kommen wegen des dort entstehenden Meisterwerks *Der Prinz und die Tänzerin*, und wegen nichts anderem!«

»Junge, Junge, wenn das mal gut geht«, knurrte Smith.

3

Wir fanden Mr Anselm im untersten Stock der Ausstellungsräume des Wachsfigurenkabinetts. Er war ausgesprochen verwundert, uns schon so rasch wiederzusehen. Seine Brille hatte er immer noch auf den Kopf geschoben, und ich fragte mich, ob er sie überhaupt benutzte, oder ob sie nicht vielmehr eine Art modisches Accessoire war.

Er erklärte uns ungefragt sein Vorhandensein im Ausstellungsraum: »Die Besucher werfen immer mit irgendwelchen Sachen nach Hitler.«

»Bisschen spät«, grunzte Merridew.

»Sehen Sie, hier. Die Nase ist schon wieder ramponiert.«

In der Tat hatte irgendein Wurfgeschoss deutliche Spuren im Gesicht des Diktators hinterlassen. Anselm war mit provisorischem Flickwerk beschäftigt, während die Besucher des Museums vorbeigingen und sich schaudernd der morbiden Atmosphäre des Horrorkabinetts hingaben.

»Und hier unten wird wohl auch mein Freund, Lord Merridew zu stehen kommen?«, fragte ich keck.

Merridew warf mir einen böse funkelnden Blick zu. »Keine blöden Witzchen, Nigel. Ich gehöre ja wohl eher zu den gekrönten Häuptern weiter oben!«

Aber Anselm gefiel der Spaß. »Ihr Freund hat irgendwie recht. Gleich neben Crippen und Christie, das wäre doch was. Ihre Klientel, oder nicht?«

»Pah! Denen hätte ich zu ihrer Zeit jedenfalls schneller das Handwerk gelegt!«

Ich beschloss, das Gespräch in die richtige Bahn zu lenken: »Wir haben eine Bitte, die Ihnen vielleicht ein wenig ungewöhnlich vorkommen mag. Wissen Sie wohl, wo sich Miss Markham zurzeit aufhalten könnte? Wir würden gerne mit ihr sprechen.«

»Miss Markham? Cathy?«

»Ganz recht«, sagte Merridew in betont unverfänglichem Tonfall. »Wir müssten ihr ein, zwei klitzekleine Fragen stellen.«

»Seltsam, dass Sie sich nach ihr erkundigen. Sie ist heute nicht aus der Mittagspause zurückgekommen.« Anselm machte ein ernstes Gesicht. »Eigentlich wäre das hier ihre Aufgabe.«

»Ist sie krank geworden?«

»So scheint es«, sagte Anselm. »Ich hoffe, es ist nichts Ernstes, denn wir haben im Moment einen kleinen personellen Engpass.«

»Eine plötzliche Übelkeit.« Die Stimme kam von der anderen Assistentin, die überraschend aus dem Dunkel trat. »Es kam wie angeflogen. Cathy wurde von einem Moment auf den nächsten sehr blass und bat darum, nach Hause gehen zu dürfen.«

Anselm wedelte mit der Hand in ihre Richtung. »Miranda Fowley haben Sie ja heute Morgen schon kennengelernt.«

Erst jetzt betrachtete ich sie genauer. Ihre Züge waren ausgesprochen hart, fast unweiblich, die Augenbrauen dunkel und streng zusammengeschoben.

Merridew konnte die Aufregung in seiner Stimme nicht verbergen, als er fragte: »Hat Miss Markham jemanden, der ... Miss ist doch korrekt, oder?«

Während Anselm nur unwissend mit den Schultern zuckte, nickte die junge Frau zustimmend. »Sie ist nicht verheiratet.«

»Ist sie sonst wie liiert?«, führte ich die Frage meines Freundes fort.

»Nein, schon eine ganze Weile nicht mehr. Überhaupt gibt es da kaum Männerbekanntschaften. Vor zwei Jahren war da mal einer aus Camden Town, aber das endete in einer Katastrophe.«

»Inwiefern?« Merridew stellte seine Fragen weniger schroff und fordernd als üblich, mit nahezu sanftem Tonfall. Bei Frauen zeitigte das häufig die erhoffte Wirkung. »Was war denn so katastrophal?«

»Der Kerl hatte sich nicht unter Kontrolle. Cathy musste oft das Haar offen tragen, und mal saß der Scheitel links, mal rechts, damit die Locke über das jeweilige Auge ... Sie verstehen schon ...« Ihre Handbewegung machte deutlich, was vorgefallen war.

»Heute Morgen, da war ein Mann auf dem Hof«, sagte ich.

»Crippen!«, lachte Miranda Fowley auf. »Bei Gott, nein!«

»Crippen?«

Ihr Finger deutete in eine Ecke des Raumes irgendwo hinter mir. Als ich mich umwandte, sah ich das wächserne Abbild des Mörders Dr. Hawley Crippen, und ich konnte eine Ähnlichkeit mit dem Mann, den ich gesehen hatte, nicht verhehlen. Das Abbild eines verklemmten Einzelgängers. Das Gegenteil eines Mannes, der Frauen mit seinem Charme anzuziehen vermochte.

»Wir nennen den Kerl Crippen, weil Cathy uns seinen richtigen Namen nicht nennen mag. Er hat sie schon ein paar Mal hier aufgesucht, und das scheint ihr irgendwie unangenehm zu sein. Sie sagt, er sei ein entfernter Verwandter.« Miranda Fowley begann, Anselms Werkzeuge aufzulesen und in einer ledernen Tasche zu verstauen.

Anselm legte nachdenklich den Finger an die Unterlippe. »Ich habe sie einmal in Hampstead Heath gesehen. Sie saßen zu zweit auf einer Bank und blickten auf London herunter. Sah irgendwie nicht nach einem trauten Tête-à-Tête aus.«

Ich versuchte, mir noch einmal die Szene vom Vormittag ins Gedächtnis zurückzurufen. Der Mann hatte sie beim Kinn gefasst. Oder war es die Wange gewesen?

»Aber warum interessiert Sie das eigentlich alles?« Anselm lächelte unsicher. »Hat der Kerl was verbrochen?«

»Man weiß es nicht«, murmelte Merridew nachdenklich und rieb sich mit dem Zeigefinger die Spitze seiner krummen Nase. »Man weiß es nicht. Wo wohnt Miss Markham? Ich fürchte, wir haben Grund, ihr schleunigst einen Besuch abzustatten.«

Die beiden sahen uns alarmiert an.

»Denken Sie etwa, sie ist in Gefahr?«, fragte Anselm.

Statt einer Antwort deutete Merridew nun auf die Ledertasche. »Haben Sie Papier da drin?« Die einfühlsame Befragung war abrupt beendet, und er schlug wieder seinen üblichen Kommandoton an: »Zwischen ihrem ganzen Wachsklimbim werden Sie doch sicher einen Block und einen Bleistift da drin haben.«

»Sicher«, stammelte Anselm. »Stift ... Block ..., aber, äh ...«

Seine Assistentin hatte schon mit flinken Fingern beides hervorgeholt.

»Heute Morgen haben Sie ja ein paar halbwegs akzeptable Skizzen von mir fabriziert. Und nun zeichnen Sie uns doch mal ganz flott ein brauchbares Portrait dieses Kerls mit dem Hut, wenn ich bitten darf.«

An Cathy Markhams Adresse, die Miranda Fowley in der Registratur erfragt hatte, fanden wir ganz in der Nähe der King's Cross Station, am Ende der Frederica Street ein zweigeschossiges, freistehendes Backsteinhäuschen mit zwei großen Dacherkern. Ein Schild wies es als Pension aus. Auf unser Klingeln hin öffnete eine kleine, alte Dame mit silbernem Dutt und rosigen Bäckchen. Sie stellte sich uns als die Pensionswirtin Mrs Wilberforce vor.

»Miss Markham? Aber gewiss, die wohnt bei mir. Ich fürchte, ich kann Ihnen jedoch keinen Besuch bei ihr erlauben. Herren haben dort oben keinen Zutritt.«

Merridew blickte auf die kleine Gestalt hinab. »Aber was denken Sie denn von uns, Madam?«

»Ganz egal, wie respektabel Sie auch erscheinen mögen, meine Herren, ich mache da keine Ausnahme!«

Sie führte uns in ihr Wohnzimmer, das eng und plüschig war, mit üppig grünen Pflanzen, schweren, gerafften Vorhängen, Borte und Litze überall und dicken Orientteppichen – und mit drei Papageien, die auf Stangen und in Käfigen vor sich hin plapperten und flatterten.

Mrs Wilberforce wies auf das mit rotem Samt bespannte Sofa. »Überhaupt möchte ich eigentlich nur noch ungern Herren in dieses Haus lassen. Ich habe in der Vergangenheit schlechte Erfahrungen gesammelt. Miss Markham ist da mit mir einer Meinung. Ein anständiges Kind. Setzen Sie sich hin.«

»Hinsetzen!«, befahl ein Papagei.

Trotz ihrer schildkrötenhaften Statur wirkte Mrs Wilberforce ungeheuer resolut, und wir fügten uns notgedrungen und nahmen Platz.

»Ist Miss Markham denn wohl zuhause?«, fragte Merridew.

»Sie sollte auf der Arbeit sein. Sie hat eine Anstellung auf der Marylebone Street als …«

»Wissen wir«, grunzte Merridew. »Dort ist sie aber nicht. Wir wollen wissen, ob sie in ihrem Zimmer ist.«

»Nun, sie könnte vorhin gekommen sein, als ich hinterm Haus nach den Kürbissen gesehen habe, und …«

»Würde Sie wohl bitte nachsehen, ob sie da ist?«

»Wenn Sie die Güte hätten, mir zuerst einmal zu sagen, welche Legitimation Sie überhaupt …«

»Himmelherrgott«, platzte es aus Merridew heraus. »Gehen Sie jetzt rauf, und schauen Sie nach, ob sie in ihrem Zimmer ist!«

Die alte Frau stemmte die Hände in die Seiten und schob trotzig das Kinn vor. »Sie mögen einen feinen Zwirn tragen und eine goldene Uhrkette haben, Ihre Fliege mag aus reiner Seide sein, und Ihre Schuhe sind vermutlich aus der Savile Row, aber all das kann nicht darüber hinwegtäuschen, dass Ihre ungehobelten Manieren auf eine höchst fragwürdige Kinderstube schließen lassen, mein Herr.«

Ein Papagei flatterte mit den Flügeln und rief: »Kinderstube!«

Dann wandte sie sich um und trippelte auf die Zimmertür zu. »Sie rühren sich nicht vom Fleck, Gentlemen!«

»Nicht vom Fleck!«, schnarrte ein Papagei. Und bevor die Pensionswirtin hinausging, wandte sie sich noch einmal zu uns um. »Sind Sie musikalisch?«

Wir schüttelten beide simultan den Kopf.

»Sie spielen kein Instrument?«

Erneutes Kopfschütteln.

»Gut«, sagte sie. »Das spricht für Sie.«

»Eins ist schon mal sicher«, sagte ich, als sie verschwunden war, »hier hat der Mann mit Hut bestimmt keinen Zutritt. Kein Wunder, dass er Cathy Markham auf der Arbeit belästigt.«

»Warum flüstern Sie?«

»Wir werden belauscht«, sagte ich leise und zeigte auf unsere gefiederten Bewacher.

»Papperlapapp«, knurrte Merridew ungeduldig. »Ich hoffe, die alte Schachtel legt einen Zahn zu, sonst mache ich ihr eine Federboa aus ihren drei Krummschnäbeln.«

»Nicht so ruppig, Merridew. Glauben Sie wirklich, Cathy Markham ist in Gefahr?«

»Vielleicht wollte sie ja diese Entführung verhindern. Wenn man nur wüsste, mit wem sie telefoniert hat.« Er knetete seine Hände, die er auf dem Knauf seines Gehstocks gefaltet hatte. »Mrs Wilberforce!«, rief er schließlich laut, sodass die alte Frau es gewiss bis in den ersten Stock gehört haben musste. Die Papageien flatterten alle drei aufgeregt mit den Flügeln.

Und fast im selben Augenblick erschien die kleine Gestalt der Pensionswirtin wieder im Türrahmen. »Bedaure, aber sie ist nicht da, Gentlemen.«

»Haben Sie geklopft?«

»Ja, das tat ich!«

»Haben Sie ins Zimmer hineingesehen?«

»Auch das habe ich gemacht!«

Merridew sprang vom Sofa auf. »Jetzt reicht's aber! Wir müssen sofort einen Blick in das Zimmer der jungen Dame werfen!«

Jetzt war es mit der Geduld der Alten endgültig vorbei. »Das werden Sie keinesfalls tun, Gentlemen! Miss Markhams Zimmer betreten Sie nur über meine Leiche!«

»Da müssen wir ja nicht mehr lange warten«, entfuhr es meinem Freund.

Einen kurzen Moment blickten die beiden Kontrahenten einander starr in die Augen.

Ehe wir's uns versahen, hielt Mrs Wilberforce plötzlich einen Regenschirm in der Hand und erhob zitternd die Stimme. »Zeter und Mordio werde ich schreien, hören Sie! Man kennt mich auf der hiesigen Polizeistation, und im Nu wird jemand kommen und Sie verhaften! Verlassen Sie auf der Stelle mein Haus. Hören Sie, auf der Stelle!«

»Auf der Stelle!«, krähte einer der Papageien hinter uns her, während wir das Wohnzimmer verließen.

Merridew drehte sich noch einmal um und versuchte es ein letztes Mal: »Können Sie uns wenigstens sagen, wo Miss Markham sein könnte, wenn sie nicht auf der Arbeit oder in ihrem Zimmer ist?«

»Darüber kann ich Ihnen keine Auskunft geben!« Sie hatte die Schirmspitze immer noch auf uns gerichtet. »Sie hat keine Verwandten. Vielleicht ist sie bei einer ihrer Freundinnen. Bei Miss Peabody oder Miss Menzies oder Miss Fitzwilliam womöglich.«

»Oder bei diesem Mann?« Geistesgegenwärtig hatte ich die Zeichnung hervorgeholt, die uns Mr Anselm kurz zuvor angefertigt hatte.

Sie warf nur einen flüchtigen Blick darauf. »Ich sagte bereits, dass Miss Markham keine Männerbekanntschaften pflegt!«

»Kennen Sie den Mann?«

»Nein! Macht er Musik?«

»Das wissen wir nicht. War er schon mal vor dem Haus?«

»Nein! Gehen Sie jetzt!«

»Gehen Sie jetzt!«, echote es von nebenan.

Wir gaben uns schließlich geschlagen und stolperten auf die Straße hinaus.

»So ein zähes, altes Reptil«, zischte Merridew wütend. Es geschah nur sehr selten, dass es ihm nicht gelang, verstockte Zeugen zum Reden zu bringen, aber an dieser hartleibigen Alten hatte er sich zweifellos die Zähne ausgebissen.

»Da vorne ist ein Telefon, Nigel. Kommen Sie, wir rufen Smith an. Vielleicht hat der inzwischen etwas herausgekriegt, das uns weiterbringt.« Und dann stapfte er mit so gewaltigen Schritten auf die rote Telefonzelle zu, als wollte er sie umstoßen.

4

Noch nie zuvor in meinem Leben war ich in einem Filmstudio gewesen. In der Wochenschau hatte ich schon einmal den ein oder anderen Einblick in die großen Londoner Studios bekommen. Es war aus Elstree berichtet worden, aus Twickenham, Shepperton und Ealing, aber als wir uns jetzt vor den Fachwerkgiebeln des Eingangsgebäudes der Pinewood Studios in Iver im Westen Londons wiederfanden, war ich doch etwas aufgeregt. Smith empfing uns vor der Pförtnerloge mit tief herunterhängenden Mundwinkeln und winkte unseren Wagen durch. Zur Rechten standen zahlreiche andere Autos auf einem Parkplatz, auf dem wir den Nash-Healey abstellten.

Mit großen Schritten kam Smith auf uns zu. »Ich bleibe dabei, das ist keine gute Idee«, knurrte er. »Wenn einer von euch auch nur ein einziges falsches Wort sagt, wittern die gleich was.«

Merridew lachte süffisant. »*Wer trügen will, kann einen Schein wohl stehlen!*«

»Kein Sterbenswort über die Entführung!«

»Machen wir doch mal eine Frage draus«, konterte Merridew. »Hat es schon ein Sterbenswort über die Entführung gegeben?«

Smith schüttelte den Kopf. »Nichts. Alle denken, sie liegt in Parkside in der Heia.« Er bedeutete uns mit einer Handbewegung, ihm zu folgen.

Wir gingen eine belebte Straße entlang. Arbeiter kamen Kisten schleppend oder mit Gabelstaplern vorbei, schwatzende Personengruppen standen mit oder ohne Kostüm herum, teilweise in Zivil, teilweise als Weltkriegssoldaten ausstaffiert ... es war ein buntes Durcheinander. Smith führte uns zwischen großen Gebäudekomplexen und an kleinen Parkanlagen vorbei, und vor dem Eingang zu einer großen Halle zeigte er einen Ausweis und sagte zu einem Uniformierten barsch: »Gehören zu mir«, woraufhin wir passieren konnten.

Die Decke im Inneren des gewaltigen Gebäudes war in unerreichbarer Höhe, die Seitenwände waren in weiter Ferne zu erahnen. Schwarze Vorhänge verhinderten größtenteils den Durchblick, und überall wanden sich dicke Kabelstränge auf dem Boden herum.

Bei jedem Schritt mussten wir jemandem ausweichen, der uns entgegenkam. Wenn wir irgendwo stehen blieben, standen wir unweigerlich irgendwem im Weg.

Metallisches Hämmern war zu hören und großes Stimmengewirr in der Ferne.

»Wenn es irgendwie geht, halte ich mich von diesem Chaos fern.« Roger Smith machte ein Gesicht, als müsse er sich durch einen Käfig voller Aussätziger kämpfen. »Alles Verrückte, wenn ihr mich fragt.«

Irgendwie kamen wir nicht an das eigentliche Set heran. Aktuell stellte es nach Smiths Angaben den rotvioletten Salon in der Botschaft des fiktiven Balkanstaats Karpathia dar. Ich hätte zu gern einen Blick darauf geworfen, aber ich hatte den Verdacht, dass Smith uns in konzentrischen Kreisen drum herum führte, weil er fürchtete, wir könnten jemandem begegnen, bei dem wir uns verplappern könnten.

»Sagen Sie mal, Smith, wann kommen wir denn endlich an? Ostern?«, rief mein Freund Merridew. »So finden wir ja nie einen, den wir befragen können!«

Smith fuhr herum und legte verärgert den Finger auf die Lippen. »Schschscht! Sprechen Sie nicht von *befragen*! Erwähnen Sie auch nicht so was wie *Indizien* oder *Alibi*! Am besten, es merkt niemand, dass Sie überhaupt hier sind!«

»Na, da brat mir doch einer nen Storch! Merridew!«, ertönte laut eine Stimme hinter uns. Wir fuhren herum und sahen uns einem großgewachsenen Mann im mittleren Alter gegenüber, der in einer über und über mit Goldlitze und Troddeln verzierten Paradeuniform steckte. Sein schmallippiger Mund war zu einem breiten Lächeln verzogen, und unter der langen, spitzen Nase hatte man ihm einen künstlichen Schnurrbart angeklebt.

Merridew riss die Arme hoch und hätte beinahe mit seinem Stock einem Requisiteur die Vase in den Händen zertrümmert. »Wattis, Donnerwetter! Sagen Sie bloß, Sie machen bei diesem Hokuspokus mit!«

Natürlich kannte ich Richard Wattis. Sein erkahlender Schulmeisterschädel mit der runden Brille tauchte irgendwann in nahezu jedem Film auf, der in unserem Land gedreht wurde. Dass er zu Merridews Bekanntenkreis gehörte, war mir allerdings neu.

Er trat näher, strich mit seinen dünnen Fingern über das Revers meines Jacketts und schnurrte süßlich: »Und eine stattliche Begleitung hast du mitgebracht, Merridew.«

Merridew stellte mich vor und erklärte, dass uns sein alter Freund Smith einen Rundgang am Set versprochen hatte.

Wattis ließ die dünnen Augenbrauen in die Höhe wandern, wandte sich an Smith, der nervös auf der Unterlippe kaute, und sagte tadelnd: »Na, na, na! Das sollte Sir Larry wohl besser nicht erfahren. Sie wissen doch, dass Olivier … na, dass wir eigentlich alle ein bisschen unter Strom stehen. Diese Dreharbeiten sind ein Desaster. Der Film dürfte eigentlich gar nicht gedreht werden. Monroe und Olivier! Du meine Güte, das sind Sonne und Mond, aber fragt mich nicht, wer wer von beiden ist. Die begegnen einander auch nie, und das hat seinen guten Grund, möchte ich meinen.« Er fasste mich beim Arm und schob mich stellvertretend für alle in Richtung Ausgang. »Kommt mit, Ihr Buben, wir gehen eine qualmen.«

Wenige Minuten später befanden wir uns wieder draußen vor der Halle. Smith blickte ununterbrochen die Studiostraße hinauf und hinunter.

Wattis hielt uns seine Zigarettenschachtel hin, aber keiner von uns griff zu. Der Schriftzug *Olivier* war auf die Schachtel gedruckt.

»Larrys eigene Sorte bei Benson und Hedges. Er kriegt zwei Pence pro tausend verkaufte Stück, hat alle zwanzig Wochen 500 Päckchen zur freien Verfügung und verteilt sie an uns, als wären's Sahnebonbons. Schmecken scheußlich.« Wattis inhalierte tief, legte den Kopf in den Nacken und flatterte dramatisch mit den Wimpern. »Noch zwei Monate und der Albtraum ist vorüber.«

Plötzlich zuckte er zusammen und sah Merridew mit weit offenem Mund an. »Bist du etwa beruflich hier, Merri Mouse? Sag schon, hat jemand Marilyn ermordet?«

Smith unterdrückte ein Stöhnen und rieb sich in einer verzweifelten Geste durchs Gesicht.

Mein Freund lachte auf. »Ach was, Dickie, wo denkst du hin! Mein Freund hier wollte mal Filmluft schnuppern. Er ist ein großer Cineast, weißt du?«

Nun galt Wattis' Aufmerksamkeit wieder ganz mir. »Oh wirklich, ist das so?«, säuselte er. »Nun, ich könnte Ihnen allerhand erzählen, mein lieber Nigel. Und auch zeigen …«

Ich räusperte mich nervös und schoss die erste Frage ab, die mir durch den Kopf ging und halbwegs sinnvoll erschien: »Gäbe es denn wohl Menschen, die Marilyn Monroe etwas antun könnten?«

»Na, ich zum Beispiel!«, rief Wattis aufgebracht. »Mir wäre es wirklich egal, wenn Marilyn morgen tot umfallen würde. Wir zwängen uns jeden Tag frühmorgens in diese abscheulichen, steifen Kostüme mit den brettharten Krägen und schwitzen uns da drinnen halb zu Tode. Und sie schläft gemütlich aus oder kommt einfach überhaupt nicht. Ihr Leben besteht aus Pillen, Sprit, Sex, noch mehr Pillen …« Er seufzte sehnsüchtig. »Mein Gott, das muss wundervoll sein.«

Merridew kicherte tonlos in sich hinein. Sein gewaltiger Bauch zitterte vor Vergnügen.

»Ist sie denn hier?«, fragte ich aufs Geratewohl.

»Ach so …« Wattis musterte mich jetzt abschätzig. »Sie kommen wohl nur wegen ihr, stimmt's? Alle kommen immer nur wegen ihr. Die haben ja keine Ahnung.«

»Sie ist gar nicht so übel wie alle tun«, murmelte Smith in einem schwachen Versuch, die Hollywood-Diva zu verteidigen. Ich glaubte ihm. Er war ein abgebrühter Bursche mit einem Blick für das Wesentliche. Wenn er einen Funken Sympathie für seine Schutzbefohlene verspürte, kam das nicht von ungefähr.

Wattis ruderte mit einem Kopfwackeln zurück. »Na gut, mag ja sein. Aber sie ist hier einfach fehl am Platz. Frag da drinnen mal jemanden. Da gibt es keinen, der mit ihr was zu tun haben will. Außer der Maskenbildnerin, aber die ist seit zwei Tagen auch weg.«

»Weg?« Merridew hob den Kopf.

»Gefeuert. Fristlos. Hat Requisiten mitgehen lassen, um sie zu verhökern. Das muss man sich mal vorstellen.«

Auch Smith sah ihn verwundert an. »Hab ich gar nicht mitgekriegt.«

»Peabody, die kleine, pummelige mit dem schiefen Mund«, erklärte Wattis. »Man hat einen von Marilyns langen, weißen Handschuhen aus der Ballszene bei ihr im Auto gefunden. Zack – kurzer Prozess.«

»Peabody?«, fragte Merridew. Auch er hatte sich offenbar gleich an den Namen erinnert, den Mrs Wilberforce in ihrer Aufzählung von Cathy Markhams Bekanntschaften erwähnt hatte.

»Ja, Belinda Peabody aus Watford. Langweilige Person, ein richtiges Pflänzchen Rührmichnichtan. Nicht, dass ich ihr irgendwelche Avancen gemacht hätte ... Wir haben ab und zu hier draußen gestanden und gepafft. Sie war so verschlossen wie eine Auster. Na, die kann froh sein, wenn sie überhaupt noch mal einen Job kriegt.«

Merridew sah mich auffordernd an. »Zeigen Sie unserem Freund Dickie doch mal die Zeichnung, mein lieber Nigel.«

Ich holte das Blatt Papier aus der Innentasche meines Jacketts und faltete es auseinander.

»Den kenne ich!«, rief Richard Wattis aufgeregt. »Der streunt hier ab und zu rum. Die Aufseher haben ihn schon ein paar Mal rausgeworfen, aber die Peabody scheint ihn irgendwie immer wieder reingeschmuggelt zu haben! Ich weiß nicht, ob er bei ihr landen konnte. Hab sie mal mit dem Auto in Hampstead Heath rausgelassen. Da war sie, glaube ich, mit dem verabredet.« Er nahm die Skizze und blickte noch einmal genauer hin. »Ja, doch, ich bin mir ganz sicher. Das ist der Kerl. Schmieriger, kleiner Bursche, oder?« Er legte plötzlich die Stirn in Falten. »Ich glaube fast, der hat sich nur an die Peabody rangemacht, um hier reinzukommen. Und wisst Ihr auch, warum ich das glaube?«

Wir zuckten mit den Schultern.

»Wartet hier mal einen Moment!« Er huschte durch die Tür ins Innere der Filmhalle.

»Merri Mouse?«, fragte ich. »Habe ich richtig gehört? Merri Mouse?« Ich konnte ein Lachen kaum unterdrücken.

Merridew schnaufte nur und ging nicht weiter darauf ein. Er wandte sich zu Smith um und redete sehr energisch auf ihn ein. »Belinda Peabody aus Watford –

aufschreiben, den Namen! Sie sollten schleunigst versuchen, etwas über diese Frau herauszukriegen!«

»Aber wie denn?«

»Ihre ehemaligen Kollegen? Da gibt es doch bestimmt jemanden, der Ihnen noch was schuldig ist!«

»Wie kommen Sie denn ausgerechnet auf diese Maskenbildnerin?«

Merridew erzählte ihm in groben Zügen, was wir bei Mrs Wilberforce in Erfahrung gebracht hatten, und als er damit fertig war, erschien auch schon wieder Richard Wattis und wedelte mit einem großen, braunen Umschlag. »Habe ich aus Larrys Garderobe.« Er sah sich rasch nach allen Seiten um, bevor er ihn öffnete und ein paar großformatige Fotografien herausholte.

Der Anblick des eng beieinanderstehenden Trios amüsierte mich: Wattis und Smith gaben sich mit hin und her gehenden Köpfen überaus geheimniskrämerisch und mein Freund Merridew stellte ganz unverhohlen seine Neugier zur Schau, indem er mit vorgereckter Adlernase die Fotos betrachtete.

»Das sind Fotos von Marilyns Ankunft im Juli«, erklärte Wattis. »Am Abend gab es eine große Pressekonferenz im Savoy in London.«

Auf den Fotos waren fast ausnahmslos Sir Laurence Olivier und Marilyn Monroe zu sehen. Auf einigen aber auch ihre Ehepartner Vivien Leigh und Arthur Miller.

»Guck mal hier, sogar ihr hat er sein Kraut aufgedrängt.« Olivier zündete Marilyn auf einem der Bilder eine Zigarette an. Ein Foto, das scheinbar große Intimität widerspiegelte – oder sie vielmehr vortäuschte, wenn ich all das bedachte, was ich inzwischen über dieses Filmprojekt erfahren hatte.

»Hier!« Richard Wattis wedelte mit einem Foto. »Hier ist es!«

Die Aufnahme war von irgendjemandem gemacht worden, der bei der Pressekonferenz ungewöhnlicherweise hinter den beiden weltberühmten Schauspielern gestanden hatte. Man sah ihre Hinterköpfe und ihre Rückenpartien. Vor allen Dingen aber sah man vor ihnen eine ganze Meute von Journalisten, deren Köpfe hinter den Fotoapparaten verborgen waren. Sie schienen alle gleichzeitig auf den Auslöser zu drücken, weil das Motiv, das sich ihnen in diesem Augenblick bot, offenbar besonders lohnenswert war. Alle schossen dasselbe Bild.

Nur einer nicht.

Einer von ihnen hielt seine Kamera mit dem Objektiv nach unten. Er dachte nicht daran, ein Foto zu machen. Er starrte nur in Richtung der platinblonden Kino-Göttin, die gerade erst über den großen Teich nach England gekommen war. Es gab keinen Zweifel: das war der Mann, den ich am Vormittag in London gesehen hatte.

Merridew fingerte aufgeregt in seiner rechten Westentasche nach einer kleinen, ausklappbaren Lupe im Lederetui, die an einer Kette hing. Als er sich damit über das Foto beugte, gab er ein zufriedenes Brummen von sich, so wie ein Bär, der doch tatsächlich das verflixte Honigglas aufgeschraubt bekommen hat.

»Oho! Der Presseausweis an der Brust ... Daily Mail!«, murmelte er. »Na bitte, wer sagt's denn! A. Gilchrist.« Er sah zu uns auf und strahlte mit rot glänzenden Wangen. »Dickie, damit machst du uns eine große Freude.«

»Ich merke es«, sagte der Schauspieler mit zusammengekniffenen Augen. »Und ich fresse einen Besen samt knackigem jungem Straßenfeger, wenn du hier nicht doch in irgendeiner Sache ermittelst, Merri!«

Merridew senkte vertraulich seine Stimme, und ich merkte, wie Smith zur Salzsäule erstarrte. »Weil ich dich nun mal so gut leiden mag, Dickie, verrate ich es dir. Es geht …« Diesmal blickte er sich vorsichtig um. Smith biss sich auf die Fingernägel. »… um eine Bande von räuberischen Film-Devotionalien-Händlern!«

»Ha! Wusste ich's doch!«

»Jede Menge Taschentücher, Schlipse und Manschettenknöpfe von Danny Kaye sind in Umlauf. BHs und falsche Wimpern von Diana Dors. Und ein Rasierapparat von Dirk Bogarde ist gerade für fünfhundert Pfund verhökert worden! Alles von den Filmsets gemopst!«

»Dirk Bogarde?«, hauchte Wattis ergriffen. »Der dreht gerade hier in Halle drei. Hach, da wäre ich lieber. Ein Weltkriegsdrama und nicht so ein Kostümtingeltangel!« Er zündete sich eine neue Zigarette an.

Merridew klopfte ihm auf die Schulter. »Bleibt aber unter uns.«

»Selbstredend.«

Als wir gingen, rief Wattis noch: »Ach, und Nigel … Wenn Sie doch mal Lust auf ein Ründchen durch Soho haben – Merri Mouse hat meine Nummer!«

Kurz darauf saßen wir wieder in meinem Auto und verließen das Studiogelände auf dem Weg, auf dem wir gekommen waren. Mein erster Besuch in einem Filmstudio hatte keine prägenden Eindrücke hinterlassen. Dazu hatten wir einfach nicht tief genug ins Herz des cineastischen Kreißsaals vordringen können

Smith war unterwegs zu Scotland Yard. Widerwillig zwar, doch überzeugt davon, dass es von großer Wichtigkeit war, alle Quellen anzuzapfen, derer er habhaft werden konnte.

»Schon wieder Hampstead Heath«, sagte ich. »Ist es Ihnen aufgefallen?«

»Natürlich ist mir das aufgefallen. Ein blinder Einbeiniger ohne Ohren hätte das mitgekriegt. Das Männlein mit Hut pflegt seine Damenbekanntschaften mit Vorliebe auf die Heide zu entführen.«

»Ist ja auch schön dort oben.«

»Ja, aber auch eine reichlich züchtige Angelegenheit. Ziemlich belebt ist es da doch immer. Halt, Momentchen mal!« Er griff mir fast ins Steuer, als er rief: »Fahren Sie da vorne mal rechts.«

»Was? Nicht nach London? Wir wollten doch zur Daily Mail. Ich sagte Ihnen doch, dass mein alter Kumpel Clarence Philby dort arbeitet.«

»Keine Sorge, wir besuchen Ihren Clarence schon noch, aber ich möchte zuvor noch einen kleinen Umweg machen.«

Gehorsam setzte ich den Blinker und bog rechts ab. »Etwa noch mal nach Datchet?«, fragte ich, als ich kapierte, dass wir nun den Weg nahmen, den am Mittag auch Marilyn Monroe mit ihrem Fahrer genommen haben musste.

»So ungefähr. Ich möchte bei dieser Themsebrücke einen kleinen Halt machen.«

»Und was hoffen Sie dort zu finden?«

Er wackelte mit dem Kopf und schob die Unterlippe vor. »*Hoffnung ist oft ein Jagdhund ohne Spur.* Ich weiß noch nicht. Sachen … Dinge … irgendwas.«

Als wir wenig später auf die Brücke zufuhren, konnte ich mir nicht verkneifen, noch einmal auf das Treffen mit Wattis zurückzukommen: »Merri Mouse? Habe ich das vorhin richtig mitbekommen?«

»Das bereitet Ihnen Spaß, was? Ich versichere Ihnen, dass Dickie Wattis der einzige Mensch auf Gottes Erden ist, der mich so nennt. Gemeinhin sind meine Kosenamen deutlich passender.«

»Die da wären?«

»Mr Mystery, Murderdew oder einfach ganz bescheiden Mighty M! Da vorne! Sehen Sie die Einmündung?«

Gerade als die Brücke in Sicht kam, zweigte linker Hand zwischen dem Gestrüpp, das die Fahrbahn säumte, ein Weg ab.

»Da rein, los!«

Reflexartig bremste ich und bog links ab, was den Fahrer hinter uns zu lautem Hupen veranlasste.

Der Weg verlief ein paar Meter entlang der Straße und führte dann nach rechts unter der Brücke durch. Unter der Fahrbahn, am Brückenkopf, war ein breiter Streifen, auf dem mühelos ein Auto parken und sogar wenden konnte.

»Was denken Sie, Nigel, wäre das nicht ein famoses Plätzchen, um lästige Verfolger abzuschütteln?«

»Möglicherweise.«

»Fragen wir doch mal die Burschen da!«

Zwei Angler hockten ein paar Meter weiter auf ihren Klappstühlen am Ufer und hielten geduldig ihre Angeln ins Wasser.

Ich schaltete den Motor ab, und wir stiegen aus. Merridew ächzte und machte zur Lockerung demonstrativ ein paar rudernde Bewegungen mit den Armen. »Junge Junge, eine Schildkröte hat in ihrem Panzer ja mehr Platz!«, knurrte er und warf die Autotür mit mehr Schwung zu als nötig. »He, ho, die Herren da!« Er ging auf die beiden zu und winkte mit dem Gehstock. »Was angeln wir denn heute?«

Die zwei Männer blickten zuerst einander in die knorrigen Gesichter, bevor einer halblaut herauspresste: »Sie werden nicht drauf kommen: Fische.«

»Hohoho!« Merridews Lachen war so dröhnend, dass es die Wasseroberfläche zu kräuseln schien und sicherlich dem Erfolg dieses Angelausflugs wenig zuträglich war. »Was denn für Fische?«

Wieder suchten die beiden zuerst den Blickkontakt mit dem jeweils anderen, bevor einer sagte: »Sie wollen jetzt aber nicht die lateinischen Namen und all so was?«

»Hechte? Barben?«, fragte ich, da mein Vetter Olly mich zwei- oder dreimal im Jahr mit zum Angeln nahm.

Den beiden Männern erschien ich im Gegensatz zu meinem Freund ein akzeptabler Gesprächspartner zu sein – vielleicht auch weil ich meine Stimme etwas dämpfte. Sie deuteten auf ihre Eimer. »Paar Barben«, sagte der eine. »Und nur ein Aal.«

Der andere rümpfte die Nase. »Früher war hier mehr los. Da sprangen einem die Jungs von selber in den Eimer, wenn man da vorne um die Ecke kam.«

Der eine nickte mit grimmigem Gesicht und spuckte ins Wasser. »Ist heute zu viel Dreck im Fluss. Hier geht's ja noch, aber ab London braucht man's gar nicht mehr zu versuchen. Richtige Drecksbrühe ist das da.«

Aus den Augenwinkeln beobachtete ich meinen Freund, der unterdessen im Schatten der Brücke den unbefestigten Boden untersuchte. Er stocherte mit dem Stock zwischen den Brennnesseln herum und fuhr mit den glänzenden Schuhspitzen durch die dürren Grasbüschel. Das Fragen überließ er mir. Vermutlich steckte ihm noch der Besuch bei Mrs Wilberforce in den Knochen.

»Kommen hier viele angeln?«, plauderte ich also weiter.

»Kann man nicht sagen.«

»Sind Sie denn regelmäßig hier?«

»So ziemlich.«

»Immer an derselben Stelle?«

»Oft«, sagte der eine.

»Meistens«, der andere.

Was der Erste wiederum mit »Manchmal nicht« quittierte.

Ich atmete tief durch. Fabelhafte Zeugen mit Aussagen von bemerkenswerter Präzision und apodiktischer Bestimmtheit. Es war die helle Freude.

»Heute Mittag, so zwischen halb zwei und zwei, waren Sie da auch hier?«

»Wir gucken nicht auf die Uhr«, meinte der eine.

»Also nach eins? Kann schon sein« der andere.

»Möglich isses«, waren sie sich einig.

»Kam da vielleicht ein Auto unter die Brücke gefahren?« Augenblicklich grinsten sie einander breit an.

»Kommen öfters Autos hier runter«, sagte der eine und kicherte anzüglich.

»Aber nicht zum Angeln.« Das dreckige Lachen, in das sie jetzt simultan ausbrachen und das sie mit wildem Schenkelklopfen begleiteten, vertrieb mit Sicherheit auch noch die letzten Fische.

»Und heute Mittag, war da eins?«

Sie nickten beiläufig, und während der eine begann, eine Pfeife zu stopfen, schnäuzte sich der andere in ein kariertes Taschentuch.

Mit dem ersten Paffen des Tabakqualms kam endlich die erhoffte Auskunft: »So was Türkises. Ford, glaub ich.«

»Aha!«, rief ich laut und blickte zu Merridew hinüber, der gänzlich unbeteiligt tat und sich gerade tief nach etwas bückte. »Konnten Sie denn sehen, wer darin saß?«

Der Angler mit dem Taschentuch deutete mit seinem krummen Daumen schräg hinter sich. »Können Sie nicht sehen, wenn der Wagen unter der Brücke steht. Zu schattig, gucken Sie doch.«

Er hatte recht. Aber ich wusste ja, wer in dem Auto gesessen hatte. Bemerkenswert erschien mir, dass es offenbar keinen Streit oder kein Handgemenge in dem Auto gegeben hatte.

Das hätten die beiden mit Sicherheit mitbekommen.

»Also dann Petri Heil«, sagte ich und ging zu Merridew hinüber.

»Sie haben ein Auto gesehen. Es war sicher der Ford Anglia, und ich wette ...«

»Ja, ja, ja!«, winkte Merridew ab. »Habe alles mit angehört. Verdammt ausgefuchste Verhörtaktik haben Sie drauf, alter Knabe. Miss Monroe war also hier. Habe ich auch so schon herausgefunden.«

»Ach, und wie?«

Statt einer Antwort hielt er mir einen Zigarettenstummel unter die Nase. Ich konnte deutlich Spuren eines blassen Lippenstifts auf dem Filter erkennen, und außerdem stand mit winzig kleinen, goldfarbenen Buchstaben der Name *Olivier* darauf geschrieben.

5

Ich kannte Clarence Philby noch aus dem College. Während ich die juristische Laufbahn eingeschlagen hatte, war er irgendwann in den Journalismus abgedriftet, was seinem Naturell sehr entgegenkam. Er war immer schon ein großspuriger, wichtigtuerischer Kerl gewesen, der der Meinung war, keine Frau der Welt könnte ihm widerstehen. Sein Schnurrbart war in der Mitte geckenhaft gescheitelt und stand struppig nach beiden Seiten ab. Fortwährend bleckte er das Gebiss und zeigte einen deutlich sichtbaren Spalt zwischen den Schneidezähnen.

»Kommt Jungs, kommt, ich habe nicht viel Zeit!« Um uns herum tobte der Lärm des Großraumbüros einer Zeitungsredaktion. Eine kakophonische Symphonie für drei Dutzend Stimmen, acht Zimmertüren, mindestens fünfundfünfzig Telefone und ebenso viele Schreibmaschinen. Philby stellte meinem Freund Merridew seinen wackligen Bürostuhl zurecht, schob mehrere Stapel Papiere zur Seite und hockte sich halbwegs auf die Schreibtischkante. Ich blieb stehen. »Egal hinter was Ihr her seid«, sagte er mit verschwörerischem Tonfall und winkte uns näher zu sich heran. »Ich habe da eine heiße Story am Laufen. Der Duke of Edinburgh ist allein in der Weltgeschichte unterwegs ... die Britannia schippert Richtung Australien ... Muss ich noch mehr sagen? Heißes Eisen, scharfe Kiste, das geht hoch wie eine Bombe, sage ich euch!«

»Wir brauchen nur eine winzige Auskunft, Philby«, begann ich.

»Was denn, was denn?« Er sah auf die Uhr. »Schon fast fünf. Muss gleich los.«

Es war mir nicht unangenehm, dass er schnell zum Punkt kommen wollte. »Wer von Euch war im Juli bei der Marilyn-Pressekonferenz?«

»Monroe?« Er sah mich überrascht an. »Na, ich!«

Unsere verdutzten Gesichter brachten ihn zum Lachen. »Glaubt ihr, sonst wer aus dem Laden würde mit so ner heißen Sache beauftragt? Da nehmen sie natürlich den Besten. Da schicken sie Philby!«

»Im Savoy? Du?«

»Im Savoy? Ach so, nein. Ich war am Tag zuvor in Heathrow, als sie mit diesem langweiligen Stückeschreiber und ihren 27 Koffern ankam ... ungelogen, 27 Stück, Mannomann! Und ich war am Nachmittag sogar noch mal im kleinen Kreis in Parkside House. Danach hatte ich die Schnauze voll. Marilyn hier, Marilyn da ... Wisst ihr, was hier jedes Mal los ist, wenn sie wieder irgendwo gesehen wurde? Letztens in Stratford. Dann auf der Regent Street, im Park von Windsor Castle ...« Er machte eine wegwerfende Handbewegung. Ich erinnerte mich daran, was Smith über die Sprunghaftigkeit der Schauspielerin gesagt hatte. »Das Interessanteste daran ist, dass es sich bei mindestens vier dieser Sichtungen gar nicht um die echte Monroe, sondern um ein Double handelt. Eine Doppelgängerin. Man weiß ja gar nicht mehr, wo man dran ist!«

»Aber wer war denn nun an Ihrer Stelle im Savoy?«, hakte Merridew unbeirrt nach.

»Ach so, ich habe die Sache im Haus weitergegeben. Außerdem hatte ich sowieso gerade diese Geschichte in Dover. Heißes Eisen! Habt ihr von dem Mädchenhändlerring gehört?«

»Nein!«, rief Merridew barsch, der bis jetzt mit über dem Bauch gefalteten Händen wie ein kostümierter Buddha in sich ruhend, auf dem unter ihm ächzenden Bürostuhl gesessen hatte. »Sie mögen keine Zeit haben. Wir auch nicht! Wer war an Ihrer Stelle am 15. Juli auf der Pressekonferenz im Savoy?«

Philby zeigte uns sein schmierigstes Grinsen. »He Mann, Jungs, was wird das? Ein Verhör oder was?«

»Die Frage ist doch nicht schwer zu beantworten, Philby«, sagte ich.

Er stand auf, zog eine Schublade seines Schreibtischs auf und holte eine Flasche Martell's hervor. Zwischen den Papierbergen auf der Tischplatte fand er zwei Gläser, von einem benachbarten Schreibtisch holte er ein drittes. Er pustete in alle einmal kurz hinein, bevor er großzügig ausschenkte. »Bisschen Sprit, bevor wir trockenfahren, okay?«

Widerstandslos tranken wir. Der Brandy schmeckte mies, aber Merridew guckte nicht einmal unzufrieden.

»Ich möchte Ihnen ein kleines Geschäft vorschlagen, Mr Philby«, sagte er. »Sie beantworten uns diese klitzekleine Frage, und ich biete Ihnen dafür eine Exklusivstory über meine spektakulärsten Ermittlungen.«

Philby setzte ein Pokerface auf und spitzte die Lippen. »Na, ich weiß nicht. Ist doch alles Schnee von gestern.«

»Wie bitte?«, empörte sich Merridew. »Das Geheimnis der vertauschten Grabsteine von Tunbridge Wells?«

Wenig beeindruckt legte Philby die Stirn in Falten.

»Das Rätsel der scharlachroten Grünfinken?«

Philby deutete ein Gähnen an.

»Das Geheimnis des marinierten Maharadschas?«

Jetzt stand Philby auf und blickte wieder auf seine Uhr. »Sorry, Leute, so kommen wir nicht weiter. Ich muss langsam los. Heiße Sache, wie gesagt ...«

Merridew schnaubte empört: »Sie feilschen hier mit uns rum wie ein türkischer Teppichhändler. Das schmeckt mir nicht, Mann. Das schmeckt mir ganz und gar nicht!« Er erhob sich mit bemerkenswerter Schnelligkeit und trat so nahe an Philby heran, dass sein praller Bauch ihn beinahe berührte.

Bevor die Situation außer Kontrolle geriet, fasste ich in die Innentasche meines Jacketts und hatte den zusammengefalteten Zettel bereits in der Hand, als Merridew lautstark befahl: »Stecken lassen, Nigel!« Sein Kinnbart zitterte vor Erregung.

Dann zog er seinerseits etwas aus der Tasche, und ich stellte überrascht fest, dass er klammheimlich das Foto aus dem Filmstudio hatte mitgehen lassen.

Er hielt es Philby vor die Nase.

»Wer ist der Mann mit dem Presseausweis Ihres Blatts?«

Einige der Journalisten um uns herum blickten inzwischen irritiert von ihren Schreibmaschinen auf oder hielten die Sprechmuscheln ihrer Telefonhörer zu.

Philby nahm die Fotografie und hielt sie sich ganz dicht vor die Augen. »Den kenne ich«, sagte er leise. »Verdammt, den kenne ich irgendwoher.«

»Kein Wunder, auf seinem Presseausweis ist ja auch zu lesen, dass er ein Kollege von Ihnen ist«, brummte Merridew. »A. Gilchrist. A für was? Albert? Achmed? Athanasius?«

Philby blickte von dem Foto auf und starrte uns mit dem Ausdruck äußerster Verwirrung an. »Annabelle!«

»Annabelle?«, fragte ich. »Was redest du da, Philby?«

»Annabelle Gilchrist! Eins von den Mädchen oben im fünften Stock. Die vier M: Muttis, Menüs, Mode, Möbel.« Er schüttete sich einen Brandy nach und stürzte ihn hinunter. Seine Hand zitterte dabei. »Ich dachte, ich tu ihr nen Gefallen, wenn ich sie statt meiner da hinschicke. Wir waren früher mal ein paar Wochen zusammen, und im letzten Jahr ging es ihr nicht so gut, weil ...«

»Ein paar Wochen? Wann war das?«

»Na, eigentlich nur eine gute Woche ...« Er rang sich ein unsicheres Grinsen ab. »Nun ja, letztlich waren es nur vier Tage, in denen wir auf dem Boot ihres Onkels auf der Themse rumgeschippert sind. Ganz schön enge Kajüte, wenn ihr versteht, was ich meine.« Er zwinkerte uns kumpelhaft zu, vermutlich um seine eigene Unsicherheit zu verbergen. »Aber diese Sache mit dem Savoy ... Mannomann, das hätte ich nicht von ihr erwartet.«

Er wollte sich gerade erneut einen Brandy einschütten, als Merridew ihn grob am Handgelenk fasste.

»Los, erzählen Sie's uns, während wir nach oben in den fünften Stock fahren.«

Als wir kurz darauf im Fahrstuhl standen, raufte sich Philby die Haare. Seine Überheblichkeit war wie weggeblasen, seine Hände zitterten. »Diese blöde Pute«, fluchte er jetzt, da uns niemand belauschen konnte. »Dieses dämliche Weib! Die hat sie doch nicht alle! Diesen Kerl da hin zu schicken!«

»Aber Sie haben doch Ihrerseits Miss Gilchrist ins Savoy entsandt.« Merridew beobachtete Philby kaltblütig und mit zusammengekniffenen Augen, so als sei er eine Fliege, die im Spinnennetz zappelt.

»Das war doch was anderes! Ich wollte das Mädchen doch einfach nur ein bisschen aufmuntern! Ich … ich hatte sie doch …«

»Was hast du angestellt, Philby?«, bohrte ich.

»Es waren doch nur diese paar Tage auf dem Boot. Oh Mann, ich hab so aufgepasst, aber … verdammt, das kann doch passieren! Ein paar Wochen später hatten wir dann den Salat. Sie wollte es nicht, und ich erst recht nicht, und da habe ich dann …« Er verstummte.

»Sie zu einem Arzt geschickt?«, fragte Merridew gnadenlos.

»Grundgütiger, wenn das jetzt alles rauskommt!«

»Gratulation«, sagte ich abfällig. »Heiße Kiste, was?«

Er rang verzweifelt die Hände. »Dieser Arzt ist irgendwann aufgeflogen. Hat seine Approbation verloren und wäre beinahe im Kittchen gelandet …« Zu unserer Verblüffung tippte Philby auf das Foto, das Merridew immer noch in der Hand hielt. »Und das da …« Er sah uns mit leerem Blick an. »Das ist der Kerl!«

Mit einem leisen Glockenton öffnete sich der Aufzug. Wir waren im fünften Stock angekommen.

»Wie bitte? Das ist der Arzt?«, fragte Merridew, während wir uns zwischen den Schreibtischen voranbewegten. »Dieser Arzt, der verbotenerweise Abtreibungen vorgenommen hat?«

Auf dieser Büroetage saßen ausschließlich Frauen. Es waren zwar nur halb so viele Menschen in einem Raum wie unten, aber auch wenn es eigentlich unmöglich erschien, war es trotzdem doppelt so laut.

»Wo war die Praxis dieses Mannes? Wie heißt er?« Merridew löcherte Philby unentwegt mit Fragen. »Wurde bekannt, wer in den Genuss seiner Behandlungen gekommen war?«

»Nicht so laut!«, zischte Philby und guckte nervös zu den Frauen hinter den Schreibmaschinen hinüber. Jetzt hatte er offenbar den Schreibtisch erreicht, den er gesucht hatte. Der Stuhl war leer, die Lampe ausgeschaltet, und eine Schutzhülle ruhte über der Schreibmaschine.

»Los, geben Sie schon Antwort, Mann!«

Philby presste in einer Geste der Verzweiflung die Finger gegen die Schläfen und sagte gequält: »Fragen, Fragen, Fragen … Ich weiß es doch auch nicht. Der Kerl hieß Bickley. Dr Hywel Bickley … na ja, inzwischen wird er ja kein Doktor mehr sein. Die Praxis war in St. Pancras, aber die ist inzwischen weg. Vorletzten Monat wollte ich da erst mit einer …« Er hielt beschämt inne und wurde rot. »Vergesst das bitte. Vergesst bitte alles.«

»Ha! Hätten Sie wohl gerne, Philby«, trompetete Merridew und rammte ihm den Ellenbogen in die Seite. »Es mag ja so etwas wie Vergesslichkeit geben. Ich hörte davon. Scheint verbreitet zu sein. Aber tragischerweise leide ich unter exakt dem Gegenteil. Unheilbar, nicht zu kurieren. Ich kann einfach nichts vergessen, so sehr ich mich auch anstrenge!«

Er wandte sich um und blaffte unvermittelt die nächstsitzende junge Frau an: »He, Sie, Frollein! Wo ist Miss Gilchrist?«

Die Frau zuckte desinteressiert mit den Schultern. »Annabelle ist heut nicht gekommen. Sie sagte, sie hätte was zu erledigen. Hat ne Menge Überstunden angehäuft im letzten Monat.«

Merridew grabschte kurz entschlossen nach dem Telefon. Während er mit den groben Bewegungen seines dicken Zeigefingers die Wählscheibe rotieren ließ, blätterte ich mich ein wenig durch die Papiere auf Miss Gilchrists Schreibtisch. Notizen, Fotografien, Modezeitschriften … An einem kleinen Terminkalender blieb mein Blick hängen. Es gab zahlreiche Einträge, mit denen ich nichts anzufangen wusste. Das meiste war völlig unleserlich. Hauptsächlich waren dort Namen und Uhrzeiten notiert. Ich blätterte ein bisschen hin und her, aber ich fand weder einen Dr. Bickley, noch Cathy Markham oder Belinda Peabody, geschweige denn Marilyn Monroe oder auch nur das Kürzel MM. Dafür aber fand ich immer wieder in größeren zeitlichen Abständen die Abkürzung HH, und ich zeigte mit dem Finger darauf, sodass Merridew, der mit angestrengtem Gesicht auf die Telefonverbindung wartete, es sehen konnte.

»Was denken Sie? Hampstead Heath?«, fragte ich leise.

Er nickte langsam und nachdenklich. »Warum nicht, Hampstead Heath …« Dann wurde seine Stimme laut.

»Ah, Smith, da sind Sie ja endlich! Es gibt was zu tun! Hywel Bickley – ehemals Arzt irgendwo in St. Pancras. Schauen Sie mal schleunigst, was Sie zu diesem Burschen finden können! Ich möchte diese Sache gerne beenden, bevor es dunkel wird!«

6

Hywel Bickley wohnte jetzt im East End in Stepney, so hatte Smith herausgefunden. Ich hatte mich geweigert, mit dem Nash-Healey dorthin zu fahren. Östlich der Aldgate Pumpe hatte mein feiner Wagen nichts verloren.

Auch der Taxifahrer musterte uns feine Pinkel im Rückspiegel, und ich glaubte bei ihm einen skeptischen Gesichtsausdruck erkennen zu können.

Die zwangsweise Schließung von Bickleys Praxis hatte ganz offensichtlich zum unvermeidlichen gesellschaftlichen Abstieg geführt. Die hiesigen Straßen wurden von winzigen, zweigeschossigen Reihenhäusern aus Backstein dominiert. Einige Häuserlücken offenbarten immer noch Kriegsschäden, die andernorts längst beseitigt worden waren. Auf den Straßen spielten rotznasige Lümmel Fußball mit leeren Konservendosen. Die Entscheidung, ein Taxi zu nehmen, war die richtige gewesen.

»Was sagen Sie zu meiner Theorie, Merridew?«

»Hm?« Er hatte während der ganzen Fahrt neben mir gesessen, die Hände auf dem Knauf des Stocks gefaltet und das bärtige Kinn daraufgelegt. So musste eine Eule aussehen, wenn sie in ihrem Nest brütete.

»Die Theorie mit der Doppelgängerin«, wiederholte ich. »Philby erzählte doch, dass es eine Doppelgängerin gibt. Oder mehrere. Sie könnte doch im Auto gesessen haben. Vielleicht ist es alles nur ein großer Schwindel!

So wie es aussieht, ist Marilyn gezielt zum Bootshafen gefahren, um dort jemanden zu treffen. Was, wenn das ihre Vertraute, die entlassene Maskenbildnerin war? Was, wenn danach im Auto nicht die echte Marilyn saß, sondern eine Doppelgängerin ... Gibt es nicht Beleuchtungsdoubles beim Film? Was meinen Sie, Merridew?«

»Nette Idee, Nigel, nette Idee«, brummte er. »Aber glauben Sie mir, das Gesicht, das wir in Datchet im Inneren des Autos gesehen haben, war ohne jeden Zweifel das der einzig echten Marilyn Monroe. Wir sind da!«

Der schwarze Vanguard stand auf der anderen Straßenseite. Als Smith uns bemerkte, stieg er aus. Er sah immer noch grimmig aus. Das schien sein Alltagsgesicht zu sein.

»Merridew, wenn das mal gutgeht ...«

»Haben Sie Zweifel?«

»Naja, wenn ich ehrlich bin ...«

»Töricht, alter Knabe. Ganz schön töricht. Nummer 143, sagten Sie?«

»Genau. Da haust er jetzt. Wovon er lebt, wusste beim Yard keiner so genau. Hat alles verloren.«

»Ich nehme stark an, dass er nicht verheiratet ist.«

»Ledig, 48 Jahre alt, stammt aus Tregaron in Wales. Sehen Sie, da steht sein Auto.«

Der türkisfarbene Ford Anglia war ordnungsgemäß neben dem Rinnstein abgestellt worden. Merridew umrundete den Wagen und spähte neugierig durch alle Fenster ins Innere. Schließlich nahm er seine Lupe heraus und betrachtete die Karosserie nahe der Beifahrertür. Er kratzte vorsichtig mit dem Finger daran, holte schließlich ein Taschentuch hervor und rieb damit über den Lack. Dann nickte er bedächtig und murmelte zu sich selbst: »Hatte ich mir so ähnlich gedacht.«

Smith atmete tief durch und sagte entschlossen: »Ich werde jetzt PC Dixon vom Dock Green Revier Bescheid geben. Ist gleich hier um die Ecke. Guter Mann. Er kommt dann mit zwei oder drei Officers rüber und greift zu.«

»Darauf möchte ich nicht warten«, brummte Merridew. »Die zertrampeln hier nur wieder alles, und am Ende sind wir so schlau wie am Anfang.«

Smith plusterte sich auf. »Oh nein, wir warten, Merridew! Das ist Sache der Polizei!«

Ich stimmte ihm zu. »Er hat recht. Das ist zu riskant.«

»Quatsch!«, polterte mein Freund und ballte die Fäuste. »Was wollen Sie, Smith? Ein Riesenspektakel mit Polizeisirene und Marilyn Monroe im Kugelhagel? Tausend Fotos von der berühmten Sexbombe, wie sie aus den Klauen des Entführers gerettet wird? Dann müssten Sie doch erst mal Ihren Auftraggebern erklären, wie es überhaupt dazu kommen konnte, dass sie verschwand!«

Smith holte tief Luft, um lautstark etwas zu erwidern, schluckte es aber herunter. »Am wichtigsten ist mir ehrlich gesagt, dass der Frau nichts passiert«, sagte er kleinlaut. Irgendwo unter seiner harten Schale verbarg er offenbar ein weiches Herz, das hatte ich längst geahnt.

Merridew tippte ihm mit dem Stockknauf gegen die Brust und sagte fast sanft: »Keine Sorge. Ich verspreche Ihnen ein gutes Ende in jeder Hinsicht. Wir retten sie und keiner kriegt mit, was wirklich passiert ist.«

Ich betrachtete meinen Freund und fragte mich wieder einmal, woher er nur immer die Gewissheit nahm, dass sein Plan in Erfüllung gehen würde. Ja, welchen Plan hatte er überhaupt?

»Das ist das Haus?«, fragte er. In einem der Gebäude war ehedem im Untergeschoss ein Laden gewesen, dessen Schaufenster jetzt mit Brettern vernagelt waren. Eine alte OXO-Reklame rostete vor sich hin.

Smith verzog den Mund. »Ja, da haust er. Reichlich verkommen, das Ganze.«

Die Jalousien der beiden Fenster im ersten Stock waren heruntergelassen. Das Haus sah aus wie tot.

Merridew blickte den Straßenzug einmal hinauf und wieder hinunter. »Diese Buden sehen mir so aus, als hätten sie die üblichen verkommenen Gärten und verrotteten Hintereingänge«, sagte er.

»Wird so sein.« Smith nickte ergeben.

»Na, dann mal los!«

»Merridew ...«, setzte ich noch einmal an, um ihn umzustimmen.

Er funkelte mich unternehmungslustig an. »*Der Feige stirbt schon vielmal, eh er stirbt. Die Tapferen kosten nur einmal den Tod!*« Es war beschlossene Sache. Wir marschierten los.

Wir mussten zweimal um die Ecke gehen, um den kleinen Pfad zu erreichen, der zwischen den von Merridew vermuteten Gärten hindurchführte. Die rechts und links davon liegenden Grundstücke waren schmal wie die dazugehörigen Häuser und je etwa 25 Yards lang. Die Rückseiten der Häuser waren ebenso gleichförmig wie die Straßenfronten. Wir zählten durch und fanden die Gartenpforte, die wir benutzen mussten. Sie war nicht verschlossen, und es sah eigentlich so aus, als würde sie sich wegen des Rosts und des wuchernden Krauts nur mit Gewalt öffnen lassen, aber erstaunlicherweise schwang sie ohne Mühe auf.

Zu unserem Glück waren die Sträucher und das Gestrüpp hier derart außer Kontrolle, dass uns keiner aus der Nachbarschaft beobachten konnte.

Dieses Mal benutzte Merridew seinen Stock tatsächlich wie eine Machete, indem er uns einen Weg durch das kniehohe Gras bahnte. Obwohl der Pfad aus Steinplatten dazwischen kaum noch zu sehen war, waren doch die Halme stellenweise halbwegs zu Boden getrampelt. Das schien noch nicht lange so zu sein, und ich konnte nicht sagen, dass mich das beruhigte.

Schließlich erreichten wir die Hintertür, von der der rote Lack größtenteils abgeplatzt war. Auch sie war nicht abgeschlossen.

»Pflegen Entführer sich nicht für gewöhnlich zu verbarrikadieren?«, fragte ich skeptisch.

»Welche Entführer kennen Sie denn schon?«, entgegnete Merridew grantig und schob die Tür auf. Ein muffiger Geruch schlug uns entgegen.

Jetzt schob sich Smith nach vorne. »Ab hier ist das mein Job«, sagte er bestimmt.

Merridew pustete verächtlich. »Wenn Sie auf Ihre alten Tage unbedingt noch mal Polizist spielen wollen – bitteschön.«

Wir befanden uns in einem winzigen Treppenhaus, von dem aus eine offenstehende Tür nach vorne in den ehemaligen Laden führte. Der Tresen, die Regale, alles war noch da – teilweise sogar noch die Konserven und Pappschachteln – aber alles was dort stand oder lag, war verstaubt und von Spinnweben umspannt.

Einen Keller gab es offenbar nicht. Unter der Treppe stand dort, wo in vielen anderen Häusern eine Tür hinab führte, nur noch weiteres Gerümpel.

Smith spähte vorsichtig die Treppe hinauf. Auf Zehenspitzen betrat er die erste Stufe, und das Knarren, das ertönte, schallte höllisch laut durch die staubige Stille.

Von oben kam keine Antwort. Kein Laut war zu hören. Und so gingen wir mutig nach oben. Smith ließ das vor uns liegende Stück der Treppe dabei nicht aus den Augen. Er war in seinem Element, und wenn er noch seine Dienstwaffe gehabt hätte, hätte er sie jetzt mit Sicherheit nach vorne gereckt.

Die Stille war gespenstisch. Was war, wenn wir uns am falschen Ort befanden? Wenn Bickley sein Entführungsopfer irgendwo anders versteckt hielt?

Wir erreichten den ersten Stock, und Merridew unterdrückte ein Schnaufen. Vor uns lag eine Tür mit einem Milchglasfenster, die zu der Wohnung führte. Dahinter regte sich nichts. Keine Bewegung war zu erkennen, kein Geräusch drang zu uns heraus.

Smith zögerte keinen Moment und machte sich an dem Drehknauf zu schaffen. Für ihn war eine abgesperrte Tür erwartungsgemäß kein Hindernis. Nur wenige Augenblicke später schwang sie mit einem leisen Ächzen auf. Wir sahen uns alle drei an. Ein Flackern der Augen, ein Nicken, ein angriffslustig vorgerecktes Kinn

– wir polterten beinahe gleichzeitig in den kleinen Flur hinein.

Und wir sahen Marilyn!

An allen Wänden, auf Bildern, in Schwarz-Weiß, in Farbe, winzig klein und in Lebensgröße. Mittendrin die Garderobe, an der der Hut und das dunkelblau karierte Jackett hingen. Marilyns Gesicht hing auch an den Wänden des vor uns liegenden Zimmers, das konnten wir schon durch die offene Tür hindurch erkennen. Ihre Portraits waren mit Reißzwecken befestigt oder hinter Glas gerahmt. Wir sahen ihr strahlendes Lächeln auf herumliegenden Schallplattenhüllen und auf den künstlichen Gesichtern einiger kleiner Puppen auf dem Fensterbrett.

Stumm deutete ich auf einen weißen auseinandergefalteten Fächer, der in einem Rahmen an der Wand des Zimmers hing. Darunter lag ein langer, seidig glänzender Handschuh auf einem Sideboard. Zweifellos die gestohlenen Filmrequisiten.

Langsam traten wir in den Raum ein. Ein kleiner Kamin mit einem rostigen elektrischen Kaminfeuer, ein Grammophon, auf dem die Schallplatte rotierte und auf der der Tonarm bei jeder Umdrehung am Ende der Rille zurücksprang. Aus dem Lautsprecher kam ein leises, beständiges Knistern. Da war ein Spülbecken mit einer kleinen, ramponiert aussehenden Küchenanrichte zur Linken, und rechts vor dem Fenster mit der herabgelassenen Jalousie stand ein Tisch mit zwei Stühlen.

Auf einem der Stühle saß ein Mann in Hemd, Weste und Hose, sein Kopf lag auf der Tischplatte, auf der sich ein kleiner See von Blut gebildet hatte.

Sein rechter Arm hing herab, und die schlaffe Hand berührte beinahe die Pistole, die auf dem Boden darunter lag.

Hywel Bickley hatte sich selbst gerichtet.

Bis auf die noch feucht glänzende Blutlache war nichts auf dem Tisch. Weder ein Abschiedsbrief, noch irgendetwas, das in Richtung Erpresserschreiben oder ähnliches deutete.

»Verdammt«, zischte Smith. »Wo ist sie? Wo hat das Schwein sie versteckt?«

Dann sahen wir die Tür, die zum Nebenraum führte. Der Schlüssel steckte von unserer Seite im Schloss, und Smith machte einen Satz darauf zu und drehte ihn um. Im nächsten Augenblick stieß er die Tür zu dem angrenzenden Schlafzimmer auf. Auch hier war es halbdunkel.

Ein platinblonder Haarschopf war zu erkennen. Im schmalen Bett lag ein menschlicher Körper, halb von einer geblümten Steppdecke verhüllt.

Smith war sofort auf den Knien und tastete nach dem Hals der Frau, die dort lag. Es dauerte einige quälend lange Sekunden, bevor er zu uns aufsah und die Augen aufriss. »Sie lebt!«, rief er. »Verdammt und zugenäht, sie lebt!«

Wir traten näher und sahen die geschlossenen Augen mit den langen, getuschten Wimpern und die kunstvoll in Form gezupften, dunklen Augenbrauen. Der Mund mit den leuchtend roten Lippen war halb geöffnet. Die Gesichtszüge waren entspannt, und unter der Decke hob und senkte sich mit sanften, gleichmäßigen Atemzügen Marilyn Monroes Brust.

»Was für ein Wahnsinniger!«, entfuhr es mir. »Entführt sie und jagt sich eine Kugel durch den Kopf!«

»*Nie glücklich ist, der ewig dem nachjagt, was er nicht hat*«, murmelte Merridew mit Grabesstimme. »Er hat bekommen, was er so sehr begehrte, aber als er es hatte, erkannte er, dass er es doch nicht besitzen konnte.«

»Und nun?«, fragte ich, an Smith gewandt. »Wie geht es weiter?«

»Lassen Sie mich Marilyn bitte von hier wegbringen«, sagte der Ex-Polizist leise. »Es ist doch keinem geholfen, wenn man sie hier findet.«

Eine Weile herrschte Stille, dann sagte Merridew: »Hm, ja, meinethalben. Die Polizei ist selbst schuld, wenn sie mal wieder nicht zur rechten Zeit kommt.«

»Helfen Sie mir, Nigel?«, fragte Smith. »Wenn ich das Auto hinters Haus fahre, kriegen wir sie vielleicht unbeobachtet rausgetragen.«

Ich nickte ergeben. Das alles widersprach dem, was ich als Anwalt tagtäglich zu verteidigen hatte, dem geltenden Recht unseres Landes. Aber dennoch war ich im Zwiespalt. Einerseits veränderten wir damit den Tatort auf sträfliche Art und Weise, andererseits, was sollte ich der Entscheidung eines altgedienten Polizisten und eines berühmten Privatdetektivs entgegensetzen? Bickley war tot. Wegen der Entführung konnte man ihn ohnehin nicht mehr belangen. Mir sollte es recht sein.

Smith verschwand, um den Wagen zu holen. Ich blieb an Marilyns Seite und betrachtete sie. Ihre makellose Schönheit stand im krassen Kontrast zu der schäbigen Wohnung um uns herum. Merridew strich in der Zwischenzeit wie ein großer, fetter Kater durch die Räume, und ich hörte immer wieder sein Schnaufen und ab und zu ein leises Geräusch der Überraschung oder des Missfallens. Haderte er am Ende doch mit seiner Entscheidung, das Entführungsopfer fortzuschaffen?

Als Smith nach einer kurzen Weile ganz außer Atem zurückkehrte, half ich ihm, die wunderschöne Frau halbwegs aufzurichten. Sie gab ein leises Stöhnen von sich, und ihre Wimpern flatterten ein wenig. Als wir sie hochhoben, spürte ich ihren warmen Atem an meinem Hals, und ich fühlte die warme, seidige Haut ihrer nackten Arme unter meinen Fingern.

Gemeinsam mit Smith trug ich in einem baufälligen, heruntergekommenen Reihenhaus in Stepney die wohl berühmteste Schauspielerin der Welt eine knarrende Treppe hinunter, und sie würde nie erfahren, dass sie überhaupt hier gewesen war. Obwohl wir uns in diesem Moment so nahe waren, wie zwei Menschen einander nur sein konnten, würden wir uns nie persönlich kennenlernen.

Als wir im Erdgeschoss ankamen, warf ich einen Blick nach oben und sah meinen Freund Reginald Lord Merridew, tief in Gedanken versunken, auf dem oberen Treppenabsatz stehen.

Es ging alles reibungslos vonstatten. Smith hatte es offenbar gerade so geschafft, den Vanguard auf dem schmalen Weg zwischen den schiefen Gartenzäunen, den wuchernden Sommerfliederbüschen und Holundersträuchern hindurchzubugsieren. Im Schutz der üppigen Gartenvegetation trugen wir Marilyn zum hinteren Gartentor, und ohne große Mühe legten wir sie auf den Rücksitz des Wagens und deckten sie mit einem Mantel zu, der darin gelegen hatte.

Bevor er einstieg und losfuhr, legte mir Smith die Hand auf die Schulter und lächelte schief. »Merridew und ich sind jetzt endlich quitt, aber von jetzt an haben Sie was gut bei mir.«

Dann fuhr er davon.

Merridew war immer noch in der Wohnung.

»Können Sie sich nicht losreißen? Wir sollten verschwinden, bevor Smith die Polizei herschickt. Ich wüsste gerne, was er ihnen sagt. Vielleicht, dass ein Schuss gehört wurde, oder so was ähnliches.«

»Da wird ihm schon etwas einfallen. Er ist ein alter Fuchs, unser Roger Smith.« Merridew kratzte sich hinterm rechten Ohr. »Bevor wir uns jetzt gleich auf Französisch verabschieden, will ich Ihnen aber rasch noch etwas zeigen.« Er winkte mir, ihm zu folgen. Ich gab mir Mühe, nicht immer wieder zu dem Toten am Tisch hinüberzusehen.

Es gab ein kleines Badezimmer mit einem fleckigen Waschbecken und einer Toilette ohne Deckel.

»Sehen Sie hier!« Die Spitze seines Gehstocks wies auf einen Holzkopf mit einer blonden Perücke. Form und Länge des Haars waren sehr ähnlich der Frisur, der Schauspielerin, die wir gerade erst aus großer Not befreit hatten. Die Perücke war billig und aus Kunsthaar.

»Das kann unmöglich ein echtes Filmrequisit sein«, sagte ich. »Wohl eher was, das die Bordsteinschwalben so tragen, oder?«

»Hm, ja, zweifellos. Da sind noch drei Dinge, die Sie sich ansehen sollten, alter Knabe.«

An der Garderobe nahm er mit spitzen Fingern den Hut und deutete auf das Schweißband im Inneren. Darauf klebte ein kaum wahrnehmbarer heller, staubiger Film. Er sah mich bedeutungsvoll an und hängte den Hut zurück.

»Dann das …« Neben dem Spülbecken stand eine Tasse, randvoll mit einer dunklen Flüssigkeit, aus der die Schnur eines Teebeutels heraushing. Ich schnupperte. »Tee? Denken Sie, er ist vergiftet? War der für Marilyn bestimmt?« Wer wusste schon, was in einem solchen kranken Gehirn vor sich ging.

»Kommen Sie nach nebenan. Da wäre schließlich noch dies …« Im Schlafzimmer hatte er inzwischen das Kopfkissen aufgeschüttelt und die Steppdecke zugeschlagen. Nichts deutete darauf hin, wer hier vor ein paar Minuten noch gelegen hatte.

Merridew zeigte auf die Pantoffel, die vor einem windschiefen stummen Diener standen. Sie hatten ein dunkelblaues Schottenkaromuster.

»Das sind Bickleys Pantoffel.«

Merridew seufzte. »Und das reicht Ihnen?«

Obwohl ich nichts mehr herbeisehnte, als diese Bruchbude endlich verlassen zu können, ging ich in die Hocke und betrachtete die ausgetretenen Pantoffel, die an den Spitzen schon ganz fadenscheinig waren.

»Würden Sie die dunklen Kleckse darauf wohl erkennen, wenn ich Sie mit der Nase darauf stoßen würde?«, knurrte Merridew verärgert.

Er hatte recht. Jetzt, wo er es erwähnte, sah ich die Flecken auf dem rechten Pantoffel. Sie waren mir nicht aufgefallen, da alles um uns herum verschossen, vergilbt und fleckig war.

Als ich an dieser Stelle mit dem Finger darüberfuhr, bemerkte ich, dass es dort ein wenig feucht war. Meine Fingerkuppe war leicht rot gefärbt. »Ist das etwa Blut?«, fragte ich entsetzt und musste sofort an die Blutlache unter dem Kopf des toten Bickley denken.

»Darüber können Sie nachdenken, während wir versuchen, in diesem unwirtlichen Stadtteil irgendwo ein Taxi aufzutreiben, das uns zum letzten Ort unserer Ermittlung bringt.«

»Wohin denn?«

»Wir wollen den drei Damen die frohe Botschaft überbringen, dass ihr Peiniger endlich keine Gefahr mehr für sie darstellt, und dass ihr trauriges Geheimnis nun immer eins bleiben wird.«

»Cathy Markham, Annabelle Gilchrist und Belinda Peabody. Wissen Sie denn, wo sie sind?«

»Nun, ich habe zumindest eine Idee, wo wir es versuchen könnten.

Wann kommen wir drei uns wieder entgegen?
Im Blitz und Donner, oder im Regen?
Wenn der Wirrwarr stille schweigt,
wer der Sieger ist, sich zeigt,
Das ist, eh der Tag sich neigt.
Wo der Ort?
Die Heide dort!«

»Hampsteadt Heath!«

»Also, auf, auf!«

7

Ich war schon eine Ewigkeit nicht mehr auf dem Parliament Hill in Hampstead Heath gewesen. Dieser wohl schönste Ausblick über unsere ganz und gar unvergleichliche Hauptstadt hatte nichts von seinem Zauber verloren. Die Stadt breitete sich in der Abendsonne vor uns aus, ein Meer von Häusern, Türmen und Antennen. Die mächtige Kuppe von St. Paul's war in der Ferne zu sehen und die Houses of Parliament. Spaziergänger schlenderten überall um uns herum über die Wiesen, Kinder tollten in der Gegend herum.

Ich erkannte Cathy Markham gleich wieder, obwohl sie nicht ihren weißen Arbeitskittel trug. Die anderen Frauen glich ich mit dem ab, was wir über sie gehört hatten. Annabelle Gilchrist war dem schmierigen Philby auf den Leim gegangen. Sie war eine üppige Schönheit mit rotblondem, dauergewelltem Haar. Belinda Peabody hatte Richard Wattis bescheinigt, dass sie eine »kleine pummelige mit einem schiefen Mund« war. In Anbetracht der Tatsache, dass Wattis eher der Männerwelt zugetan war, mussten wir wohl dieser Beurteilung nicht allzu viel Gewicht beimessen. Er hatte stark übertrieben.

Sie saßen zu dritt auf einer der Bänke, blickten auf die Dächer von London hinunter und schwiegen. Im Gegensatz zu den anderen Ausflüglern schleckten sie kein Eis und aßen keine mitgebrachten Sandwiches oder Scotch Eggs.

Ob dies die Bank war, auf der sie sich alle zwangsweise mit Hywel Bickley getroffen hatten? Dann war dies ein äußerst symbolträchtiger Ort für alle drei.

Sie beachteten uns nicht, bis wir fast unmittelbar neben ihnen angelangt waren. Als Cathy Markham uns sah, schrak sie zusammen, und die Blicke ihrer Freundinnen flogen ebenfalls in unsere Richtung. Sie wollten aufspringen, aber Merridew sagte sanft: »Es gibt keinen Grund, wegzulaufen, meine Damen. Mein Freund Nigel und ich wünschen uns nur einen kleinen, harmlosen Plausch.«

»Worüber?«, fragte Cathy Markham leise. Sie musste den Blick mit der flachen Hand gegen die Strahlen der tiefstehenden Sonne beschirmen. »Geht es um Ihre Wachsfigur, Lord Merridew?«

Er grunzte vergnügt. »Nein, ausnahmsweise soll es nicht um mich gehen. Heute geht es um Sie. Um Sie drei.« Er legte die Hände auf dem Stockknauf zusammen und streckte die krumme Nase in die Luft. »Es geht um drei gepeinigte Frauen, denen das Leben übel mitgespielt hat. Nicht so übel allerdings, wie es jener Mann tat, der ...«

Belinda Peabody unterdrückte einen Aufschrei.

»Er ist tot!«, platzte es aus mir heraus. Ich konnte diese harmlosen jungen Frauen nicht leiden sehen.

Merridew fuhr mit tadelndem Blick zu mir herum. »Spielverderber, Nigel! Schämen Sie sich! Wie können Sie schon alles verraten!« Dann verzog er seinen Mund zu einem Lächeln. »Obwohl es ja ohnehin keine Überraschung ist, nicht wahr, meine Damen?«

»Was meinen Sie, Merridew?«

Er legte die Hände auf dem Rücken zusammen und drehte dabei den Stock wie einen Propeller hin und her, während er begann, langsam im Kreis um mich, die Frauen und die Bank herumzuschlendern.

»Mein lieber Nigel, bitte rufen Sie sich doch einmal die Worte des Telefonats in Erinnerung, das wir heute Morgen bei Madame Tussauds mit angehört haben.«

Annabelle Gilchrist und Belinda Peabody sahen Cathy Markham mit einer Mischung aus Überraschung und Verärgerung an.

»Er tut es, er tut es!«, flötete Merridew in einer schlechten Frauenstimmenimitation. »Wenn ich es dir doch sage! Du kennst ihn, er schreckt vor nichts zurück.«

»Sie haben mich belauscht?«, rief Cathy Markham verärgert.

»Sie waren erregt, Miss Markham. Äußerst erregt! Zurecht erregt, möchte ich sagen! Da ist ein Mann, der Sie immer wieder auf der Arbeit aufsucht. Crippen nennen sie ihn bei Tussauds. Ein kleiner, verklemmter Typ mit Hut. Und Sie sind nicht die Einzige, die er aufsucht … heimsucht, sollte man wohl besser sagen. Auch Miss Peabody drangsaliert er an ihrem Arbeitsplatz im Filmstudio. Und Miss Gilchrist ist im Büro des Daily Mail auch nicht vor ihm sicher. Er zwingt Sie, ihn hier zu treffen. Auf dieser Bank? Ja, ich denke, das ist die Bank. Er zwingt Sie, Dinge für ihn zu tun.«

»Warum sollte er das können?« Belinda Peabody brach ihr Schweigen. »Sehen wir aus wie wehrlose kleine Mädchen?«

Merridew kicherte und setzte zur zweiten Umrundung an. »Nein, allerdings nicht. Aber auch die stärkste Frau kann von einem finsteren Geheimnis in die Knie gezwungen werden. Sie alle drei haben Mr Bickley als Arzt kennengelernt. Er hat ihnen aus einer verzweifelten Lage herausgeholfen. Keine von Ihnen konnte damals allerdings ahnen, dass er Sie in eine noch verzweifeltere Lage hineinmanövrieren würde.«

»Wovon reden Sie?«, zischte Annabelle Gilchrist.

»Bickley flog auf, verlor seine Approbation, verlor alles. Nur eines blieb ihm: die Verehrung für eine unerreichbare Filmgöttin auf der anderen Seite des Atlantik! Diese Leidenschaft füllte ihm seit seinem Niedergang die trüben Tage. Und als wie durch ein Wunder ausgerechnet diese Angebetete nach England kam, um hier einen Film zu drehen, da erinnerte er sich Ihrer und spannte Sie drei ein, um ihm zu helfen. Miss Peabody, Sie mussten ihm Zugang zum Set verschaffen und ihm Devotionalien besorgen. Ein Fächer aus der Ballszene, ein Handschuh …«

»Die habe ich ihm verkauft!«, rief Belinda Peabody patzig.

»Ach was. Sie haben diese Diebstähle für ihn durchführen müssen, weil er Sie in der Hand hatte. Sie haben mit Ihrer Entlassung dafür bezahlt! Und Sie, Miss Gilchrist, Sie haben ihm den Ausweis überlassen, der ihm den Zutritt zur Pressekonferenz im Savoy gewährte. Er kam seinem Idol so nahe wie nie zuvor.«

Jetzt blieb Merridew vor Cathy Markham stehen. Sie war die jüngste, hübscheste von den Dreien.

»Bei Ihnen, Miss Markham, war ich mir eine Weile unschlüssig, was er von Ihnen verlangt haben könnte. Aber als ich die billige blonde Perücke in seinem Badezimmer sah, da hatte ich plötzlich so eine Ahnung, da wurde mir klar, welches schreckliche Laientheater er von Ihnen verlangte, um seine Besessenheit zu befriedigen.«

Cathy Markham senkte den Kopf mit einem Ruck und verbarg das Gesicht in den Händen. Als sie laut begann zu schluchzen, zitterte ihr brauner Pferdeschwanz. Die Hände ihrer Freundinnen strichen ihr tröstend über den Rücken.

»Sie haben mit Sicherheit am ärgsten leiden müssen, Miss Markham.« Er legte in tiefem Bedauern das bärtige Kinn auf die Brust und schwieg einen Moment, bevor er fortfuhr: »Heute Morgen sagten Sie am Telefon noch Folgendes: ›Ja, aber sicher, man muss es beim Namen nennen: Mord!‹ Und ich habe zuerst gedacht, dass Sie Hywel Bickley eines Mordes für fähig hielten.« Er schmunzelte. »Eine Deutung Ihrer Worte, die übrigens bis jetzt noch immer für meinen Freund Nigel Bates die einzig richtige zu sein scheint.«

So war es. Sie fürchteten, dass Bickley irgendwann Gewalt anwenden konnte. Welche andere Deutung konnte es für diese Worte denn wohl geben?

»Aber ... ich verstehe nicht, Merridew ...«, stammelte ich.

Er lächelte mich nachsichtig an und sagte milde: »Das macht Sie ja so sympathisch, Nigel.« Er setzte seinen Weg fort. »Es gab einen Plan, alter Knabe. Einen Plan, der aus tiefster Verzweiflung heraus geboren wurde. Normalerweise ist das keine gute Ausgangsbasis, aber in diesem Fall wurde etwas beinahe Geniales konstruiert. Hywel Bickley ... ich möchte ihn gar nicht mehr Doktor nennen ... verzehrte sich vor Anbetung für Marilyn Monroe. Und so wurde beschlossen, ihm das zu geben, was er sich so herbeisehnte.« Er setzte wieder die künstliche Frauenstimme auf: »Am Bootshafen in Datchet. Um halb zwei!« Dann hob er dramatisch den Stock. »Hier beginnt der Plan. Meine Damen, unterbrechen Sie mich bitte, wenn ich falsch liege! Aber nur dann!«

Die drei Frauen blickten hilfesuchend zu mir, aber ich war zu ahnungslos, um ihnen zur Seite zu stehen. Worauf wollte Merridew hinaus? Alles war doch klar: Bickley hatte Marilyn entführt und sich danach erschossen.

»Erster Akt: Der Bootshafen!«, dröhnte Merridew. »Belinda Peabody bittet Marilyn Monroe dorthin. Unter irgendeinem Vorwand. Sie waren die Vertraute der Schauspielerin und werden ihr am Telefon gesagt haben, Sie könnten ihr die Wahrheit über die plötzliche Kündigung erzählen. Oder irgend sowas. Die Schauspielerin lässt sich von ihrem Chauffeur dort absetzen, geht an Bord des Boots ihres Onkels, und ... wird betäubt!« Er schlug mit dem Stock auf die Rückenlehne der Bank.

Ein paar Flaneure drehten ihre Köpfe zu uns um. Was dachten sie wohl von dem Schauspiel, das hier geboten wurde?

»So, und nun zweiter Akt: Auftritt Smith, der Wachhund. Er muss überlistet werden! Alles muss so schnell gehen, dass man gar nicht richtig weiß, was passiert ist. Dazu braucht es das Auto von Hywel Bickley – warum das kein Problem ist, ergibt sich aus dem Folgenden – Marilyn Monroe und Bickley selbst. Bickley selbst ist aber unabkömmlich – hier gilt dasselbe wie für das Auto – und Marilyn Monroe ist bewusstlos.«

»Die Doppelgängerin!«, warf ich ein. »Es war nicht doch nicht die echte Marilyn!«

»War sie wohl!«, donnerte Merridew. »Aber nicht aus Fleisch und Blut! Zwei nachgerade geniale Ideen helfen hier, das Manöver zum Erfolg werden zu lassen. Sie erinnern sich, dass ich vorhin das Auto untersuchte, Nigel. Was fand ich?« Er holte sein Taschentuch hervor. Auf dem blütenweißen Stoff war eine zarte Spur einer cremefarbenen Masse zu sehen. »Wachs! Denken Sie daran: Adolf Hitler kriegt andauernd das Gesicht demoliert, und das kann auch einer stocksteif lächelnden Wachspuppe passieren, die sich beim Ein- und Aussteigen wehrt.«

»Marilyn«, hauchte ich. »Aus Wachs?«

»Ausgeliehen, Miss Markham, nicht wahr?« Bevor sie überhaupt antworten konnte, fuhr er fort. »Und der Fahrer des Wagens?« Merridew sah mich fragend an.

»Ist nicht abkömmlich, sagten Sie. Warum auch immer.«

»Eben! Entsinnen Sie sich doch bitte der Spuren in Bickleys Hut. Make-up! Kein Problem für eine Maskenbildnerin vom Film, sich in einen Mann mit Hut, Brille und Schnurrbart zu verwandeln! Zumal sie nur im Vorbeifahren gesehen wird oder in der Ferne, vom Fenster der Wachswerkstatt aus.«

Mir schwirrte der Kopf. Ich blickte nun meinerseits hilfesuchend die Frauen an. Ihre Gesichter waren wie versteinert. Ein sicheres Zeichen dafür, dass Merridew mit allem richtig lag.

»Wir verfolgen das Auto! Der arme Smith schwitzt Blut und Wasser, weil sein Schützling entführt wird. Bickleys Auto ist plötzlich verschwunden. Wie vom Erdboden verschluckt. Es wartet eine Weile unter der Themsebrücke, der falsche Bickley raucht eine Zigarette. Blassrosa Lippenstift, Nigel, nicht das Kirschrot von Marilyn! Und dann geht es zurück zum Bootshafen, und in aller Ruhe kann die echte Marilyn eingeladen werden!«

Er hatte recht. Merridew hatte wie immer recht. »Aber wenn Miss Peabody Marilyn zum Bootshafen bestellt hat, wird Marilyn das doch unter Umständen zu Protokoll geben!«, versuchte ich mich an einem Gegenargument.

Merridew wischte meinen Einwand ruppig beiseite. »Wenn der Plan so läuft, wie er von unseren drei klugen Köpfen entworfen wurde, kann Miss Peabody das leugnen, und es wird dem Entführer Bickley zugeschrieben. Die Verbindung zu Miss Gilchrist und dem Boot ihres Onkels ist schließlich niemandem bekannt. So, nun aufgemerkt: Dritter Akt! Marilyn wird in das Haus von Bickley gebracht. Von hinten durch den Garten, unbeobachtet, störungsfrei. Keiner sieht was, keiner kriegt was mit. Am allerwenigsten Bickley, denn der ist zu diesem Zeitpunkt schon tot.«

Ich schrak auf, aber Merridew funkelte mich an und brachte mich zum Schweigen, bevor ich den Mund aufmachen konnte.

»Ja, Sie haben richtig gehört, Nigel. Der ›Mord‹ von dem am Telefon die Rede war, wurde nämlich nicht von

Bickley begangen, sondern von diesen drei verzweifelten Frauen!«

Er hatte seine Stimme gesenkt. Die Situation war absurd. Um uns herum genossen die Menschen froh und unbeschwert den zur Neige gehenden Spätsommerabend, und wir sprachen von Mord und Totschlag, von Täuschung und Betrug.

»Gut. Marilyn kommt nun also ins Bett, und das Schlafzimmer wird abgeschlossen, so wie der Entführer das tun würde. Wenn Ihr Plan gelungen wäre, wäre Marilyn irgendwann aus der Betäubung aufgewacht, hätte vermutlich aus dem Fenster um Hilfe geschrien und wäre befreit worden. Ihr angeblicher Entführer würde posthum für alles verantwortlich gemacht werden, was geschehen ist. Die Dekoration seiner Behausung hätte alles restlos erklärt. Jetzt wird nur noch husch, husch, die wächserne Marilyn zurück zu Madame Tussauds gebracht und Ende gut, alles gut. Aaaaber …« Er erhob dramatisch Stimme, Kopf und Gehstock. »Jetzt werden Fehler gemacht. Die am Tisch sitzende Leiche hat noch die Pantoffel an. Das passt nicht zu einem Mann, der gerade erst einen Filmstar in sein Schlafzimmer gesperrt hat. Ebenso wenig übrigens wie der Tee, den er sich gekocht hat, und der mittlerweile so stark ist, dass man einen Bootsrumpf damit teeren könnte. Nebenbei bemerkt sind schon Leute für geringere Verbrechen hingerichtet worden als für die Verwendung von Teebeuteln. Bickley ist am Morgen erschossen worden, nehme ich an. Mit seinem eigenen Revolver?«

Er blickte die drei Frauen an, die ihrerseits ohne die kleinste Regung auf ihre Hände, auf das Gras zu ihren Füßen oder in weite Ferne starrten.

»Wer auch immer ihm die Pantoffel auszog, um sie gegen Straßenschuhe auszutauschen, hat dummerweise nicht das Blut bemerkt, das vom Tisch tropfte und im Schottenkaro kaum zu sehen war.« Merridew räusperte sich und sagte etwas leiser: »Vermutlich wird die Polizei es übrigens auch nicht bemerken.«

Er trat nun hinter die Bank, stellte den Stock beiseite und stützte sich mit seinen beiden gewaltigen Händen auf die Lehne. Er sprach jetzt mit einfühlsamer Stimme zu ihnen herab.

»Ich wüsste sehr gerne noch, wie Sie drei sich eigentlich kennenlernten.«

Es war Cathy Markham, die als Erste ihre Stimme wiederfand.

»Annabelle hat damals Belinda die Praxis von Bickley empfohlen, als sie in diese schreckliche Lage geriet. Annabelle war von ihrem Kollegen Philby dorthin geschickt worden. Ich selbst war über den Schwager meiner Mutter an die Adresse gekommen.«

Annabelle Gilchrist übernahm das Wort: »Wir sahen keinen anderen Ausweg. Bickley war ein unangenehmer Mensch, aber er hat uns in dieser Situation geholfen. Dass er so ein Schwein war und uns dann später erpresste, konnten wir da ja noch nicht ahnen.«

Und schließlich sagte Belinda Peabody: »Als er drohte, unsere Namen öffentlich zu machen, haben wir angefangen, ihn zu beobachten. Und so haben wir die kleine

Cathy kennengelernt. Sie sagten es schon so richtig: Sie hat am schlimmsten unter ihm gelitten.«

Dann wurde es still. Die Sonne war jetzt fast untergegangen. Kinder jauchzten durch den Abend, irgendwo bei den Bäumen wurden Studentenlieder gesungen, ein Transistorradio spielte einen Marilyn Monroe Song.

»Sie können uns nicht nachweisen, dass Bickley sich nicht doch selbst erschossen hat!«, sagte Cathy Markham plötzlich leise. »Es könnte genauso gut sein, dass wir ihn tot aufgefunden haben und nur die günstige Gelegenheit genutzt haben.«

Ich blickte meinen Freund von der Seite an. Ich kannte ihn nun schon eine ganze Weile, und ich wusste, wie sehr er seine Triumphe genoss. In seinem Gesicht regte sich jetzt nichts. Er hatte die krumme Adlernase hoch erhoben und die Daumen in die Taschen seiner Weste gesteckt. Sein Blick ruhte auf der großen Stadt an der Themse. Auf der Stadt, in der jeden Tag fürchterliche Verbrechen verübt wurden. Aus den niedersten Motiven. Aus Habgier, Neid oder Rache.

Er erwiderte nichts, sondern sagte nur leise: »*Fasst frischen Mut. So lang ist keine Nacht, dass endlich nicht der helle Morgen lacht.*«

DAS GEHEIMNIS
DES BOMBAY SAPHIRS

(1958)

1

Als wir nach einer langen Fahrt gegen Mittag im Städtchen Grantham aus dem Zug stiegen, waren unsere Glieder so steifgefroren und unsere Köpfe von der aufsteigenden Heizungsluft so stark erhitzt, dass ich das Gefühl hatte, die Schneeflocken, die uns entgegenwirbelten, müssten zischend auf Stirn und Wangen verdampfen. Der Bahnsteig und das Bahnhofsgebäude waren nur leicht bepudert, aber der Wetterbericht hatte mehr Schnee für die kommende Nacht angekündigt. Merridew hatte zwar lautstark verkündet, der Tag, an dem er der Wettervorhersage sein Vertrauen schenke, sei der Tag, an dem er davon überzeugt sei, dass die Erde eine Scheibe ist, aber trotzdem hatte er meinen Vorschlag, mit dem Auto nach Dorincourt Castle in Leicestershire zu fahren, kategorisch abgeschmettert: »Der Tag, an dem ich mich freiwillig in Ihrer Sardinendose durch den Schnee fahren lasse, ist der Tag, an dem die Wettervorhersage wahr wird.«

Wir hatten versucht, Tickets für den Flying Scotsman zu bekommen, der zwischen London St. Pancras und Edinburgh verkehrte, aber über die Weihnachtsfeiertage schien ganz England auf Reisen zu sein. Also hatten wir den Bummelzug genommen. Wir hatten nicht viel Gepäck, denn unser Aufenthalt auf Dorincourt Castle sollte nicht mehr als eine halbe Woche dauern. Zum Jahreswechsel wollte Merridew wieder in London sein.

»Diese Bahnfahrt war ein gute Übung, Nigel«, brummte Merridew, als er sich schnaufend über die metallene

Stiege auf den Bahnsteig hinunterwälzte. »In den Stately Homes of England zieht es wie Hechtsuppe ... oder sagen wir, im Winter zieht es dort wie Hechtparfait. Und für die heißen Ohren sorgt dann schon das qualmende Kaminfeuer.«

Ich trug unsere beiden Koffer, und Merridew schlenkerte leichthändig seine zierliche Aktentasche, während wir auf das Bahnhofsgebäude zugingen. Mit dem Gehstock bohrte er kleine Löcher in die dünne Schneedecke.

Ein Bentley mit laufendem Motor erwartete uns bereits, um uns die restlichen zehn Meilen zum Dörfchen Dorincourt und zu unserem Gastgeber, dem Earl von Dorincourt zu bringen. Ein schnauzbärtiger Chauffeur begrüßte uns mit feierlichem Gesicht und verstaute das Gepäck im Kofferraum, nachdem er uns formvollendet die Türen des Fonds geöffnet und Merridew beim Einsteigen geholfen hatte.

Im Inneren des Wagens war es mollig warm, und Merridew freute sich über die Klappe aus Wurzelholz, hinter er zu Recht eine kleine Bar vermutete. Ungeniert fischte er zwei silberne Becher hervor und schenkte uns aus einer ebenfalls darin befindlichen kleinen Flasche Whisky ein.

Wir prosteten uns zu, und der Wagen fuhr los.

Die Landschaft in dieser Gegend platzt vor Vielfalt im Winter nicht gerade aus allen Nähten. Weiß verhüllte Äcker und Felder grenzen an weiß verhüllte Felder und Äcker, und es gibt wenig, was daraus hervorsticht. Aber als wir wenig später am Rande eines großen, zugefrorenen Sees entlangfuhren, sahen wir Dorincourt Castle auf einer Anhöhe über dem anderen Ufer liegen, und dieser Anblick im milchig verschleierten Winterlicht war doch zweifellos erhebend. Eine Unmenge von zinnenbewehrten Türmchen unterschiedlicher Größe formierten sich zu einer beinahe lebendig wirkenden Silhouette aus gelblichem Stein.

»Nirgendwo ist der Himmel höher und die Luft reiner als hier auf dem Land«, seufzte Merridew.

Der Chauffeur ließ das kleine Dorf, das denselben Namen trug wie das Schloss, und dessen wenige Häuser sich um ein mickriges Kirchlein versammelten, linker Hand liegen und bog kurz nach einer Bushaltestelle rechts auf eine Brücke ab, die uns über den See, auf dem ein paar Kinder Schlittschuh liefen, geradewegs auf das Torhaus zu führte.

»Der alte Lord gehört mehr oder weniger zu meiner Familie«, erklärte Merridew. »Er heiratete 1910 meine Tante zweiten Grades, Lady Barbara Boyle de Tolsley. Sie wurde sehr rasch schwanger, erlag aber im vierten Monat einer Lungenentzündung. Onkel Cedric hat nie wieder geheiratet. Er ist wirklich die Güte in Person und lädt Jahr um Jahr alle möglichen Leute ins Schloss ein, um nicht vor Einsamkeit zu vergehen, aber er hat sich nie wieder fest an jemanden gebunden.«

»Aber wenn ich es recht verstehe, sind wir nicht nur eingeladen, um dem alten Herrn über Weihnachten ein bisschen Gesellschaft zu leisten.«

Merridew legte das bärtige Doppelkinn auf die Brust und fuhr mit dem dicken rechten Zeigefinger in den Trinkbecher, um auch nicht das letzte Tröpfchen des guten Scotchs umkommen zu lassen. »Ganz recht, mein guter Nigel, ganz recht.« Mit einem Schmatzen lutschte er den Finger ab. »Gesellschaft hat er offenbar genug, wie er mir am Telefon erzählte. Nur scheint sich blöderweise der ein oder andere Gesell in der ganzen Bande zu befinden, zu der man sich nicht allzu gerne gesellt.«

»Das ist mir zu kryptisch.«

Wir rollten zwischen den beiden gewaltigen Flügeln des Torhauses hindurch die Auffahrt hinauf. Einige Kinder stiefelten, dicht vermummt, ebenfalls auf das Castle zu. Man sah ihre rotgefrorenen Nasen zwischen Mützen und Schals hervorleuchten.

Merridew winkte. »Nun, man kann sich seine Gäste nicht immer aussuchen. Cynthia Ashby-Delefant, eine entfernte Großnichte von Onkel Cedric, ist ein verwöhntes, kleines Früchtchen. Sie ist dieses Jahr anscheinend mit ihrem neuen Galan zugegen, und der hört auf den klangvollen Namen Terence Willeford.«

»Terence Willeford?« Der Name war mir ebenso bekannt wie vermutlich den meisten anderen Bewohnern dieses Landes. »Etwa der Terence Willeford, der behauptet, er könne die Kronjuwelen stehlen?«

Merridew nickte und betrachtete mit gespitzten Lippen die vorbeiziehenden großen, in Form geschnittenen Buchsbäume, die weiße Hauben trugen. »Eben der. Ein krimineller Aufschneider, der sich nicht entblödet, mit seinen Untaten auch noch zu protzen und sie zwischen zwei Buchdeckeln zu veröffentlichen.«

Terence »Terry« Willeford war ein halbseidener Ganove aus Ipswich, der das halbe Leben im Gefängnis verbracht hatte. Er verkaufte sich in letzter Zeit medienwirksam als Gentleman-Ganove, was ihm in der Sauregurkenzeit dieses Sommers die ungeteilte Aufmerksamkeit der Boulevardpresse eingetragen hatte. Er hatte seine Memoiren verfasst und sie mit dem reißerischen Titel »Kronjuwelenklau für Anfänger« versehen. Nach Art eines Autoreparatur-Handbuchs schilderte er, wie er vorgehen würde, wenn er es sich zum Ziel gesetzt hätte, die berühmteste ikonische Kostbarkeit des gesamten Commonwealth zu entwenden. Da dies alles nur rein hypothetisch geschildert wurde, gab es offenbar keinerlei Handhabe, ihm die Veröffentlichung zu untersagen. Sein Lebensweg vom Dachdecker in Ipswich zum Jetset-Liebling war in diesem Buch eigentlich nicht mehr als seitenfüllendes Beiwerk. Sein Portrait stand monatelang neben den Bücherstapeln im Schaufenster jeder Buchhandlung des Landes, und es machte den Anschein, als würde er damit fast so viel Geld machen, als habe er die Juwelen wirklich gemopst.

»Aber Terence Willeford sagte doch erst letzte Woche in der BBC, dass er seiner Vergangenheit abgeschworen habe.«

Ein spöttisches Grinsen kräuselte Merridews Mundwinkel. »Eine Ratte bleibt eine Ratte, auch wenn man ihr Tischmanieren beibringt. Sie sind Anwalt, Nigel, Sie kennen doch diese Sorte zur Genüge. Wir alle wissen, dass es einem notorischen Dieb mächtig in den Fingern juckt, wenn er fette Beute wittert.«

»Nun, da dürfte er hier ja auf dem Land doch eigentlich recht gut aufgehoben sein«, vermutete ich. »Die East

Midlands im Winter sind für so einen Ganoven nicht gerade das Schlaraffenland.«

»Das könnte man meinen, Nigel!« Merridew rutschte auf seinem Sitz hin und her. Der Fahrer hatte den Wagen vor dem Eingangsportal zum Stehen gebracht und stieg aus, um die Türen zu öffnen. Merridew brachte seine anderthalb Zentner in Position, um sie aus dem Wagen zu wuchten. »Aber ab und zu will das Schicksal es noch mal so richtig wissen, und so kommt es ausgerechnet in diesem Fall auf die Idee, es so einzurichten, dass ein anderer Gast etwas mit sich führt, um das er sich so sehr sorgt, dass er es über die Weihnachtstage nicht einmal einem Schließfach der Bank von England anvertrauen würde.«

»Und das wäre?«

Die Tür schwang auf, und Merridew sagte, während er tief Luft holte: »Nichts Geringeres als der berühmte Bombay Saphir!« Dann presste er seinen massigen Körper aus dem Wageninneren hinaus in den grauen Winternachmittag, und der Chauffeur hatte seine liebe Mühe, ihn daran zu hindern, gleich bis zur Eingangstreppe weiterzurollen.

Cedric Errol, Lord Fauntleroy, der Earl of Dorincourt war erst im November 89 Jahre alt geworden. Als wir durch das weit offen stehende Eingangsportal eintraten, sahen wir ihn. Er hatte ein längliches Gesicht mit einer hohen Stirn, eingefallene Wangen und einen struppigen weißen Schnurrbart. Auf sein Äußeres schien er keinen allzu großen Wert zu legen. Der Kordelsaum seiner samtenen Hausjacke war an zwei Stellen lose, und seine Filzpantoffel hatten Löcher. Fast hätte man meinen können, dass das gewaltige Ölportrait über dem Treppenaufgang in der Halle ihn selbst darstellte. Aber auch wenn die Ähnlichkeit verblüffend war, verriet der steife Stehkragen, dass es zu einer anderen Zeit gemalt worden sein musste. Merridew hatte mir die Geschichte des Earls erzählt. Wie er nach dem Tod seines Vaters als Halbwaise in der Hester Street in Manhattan aufwuchs und erst im Alter von sieben Jahren von seinem Großvater im Schloss aufgenommen wurde. Der Mann auf dem Gemälde musste eben dieser Großvater sein.

Lord Fauntleroy breitete die Arme aus und stieß einen Jubelruf aus. »Reginald, mein Bester! Wie schön, dich zu sehen!« Mit einer für sein Alter bemerkenswerten Behändigkeit kam er die letzten Treppenstufen hinunter auf uns zugeeilt. »Willkommen im Tollhaus!«

Er übertrieb damit keineswegs. Das Haus war von umherhuschenden Gestalten bevölkert. Teilweise livriert, werkelten sie emsig herum, überall schlugen Türen, Möbel wurden verrückt und Kisten umhergetragen.

Große Girlanden aus Tannengrün wurden an den steinernen Balustraden befestigt, und Stechpalmenzweige mit rot leuchtenden Beeren zierten die Marmorsäulen.

Allenthalben huschten Kinder zwischen den Arbeitenden hindurch.

Während der Lord meine Hand schüttelte, folgte er meinem Blick und lachte. »Egal, wer auch hier heute im Schloss zu tun hat, er bringt seinen Nachwuchs mit. Angeblich, weil ihm der zur Hand gehen kann. In Wirklichkeit aber kommen sie alle nur her, weil sie einen Blick auf unseren großen Weihnachtsbaum erhaschen wollen. Er steht in der Halle. Kommt mit.«

Ein befrackter Alter zu unserer Linken räusperte sich vernehmlich, und Lord Fauntleroy sagte: »Oh, ja, Barrow, lassen Sie die Koffer der beiden Herren in ihre Zimmer bringen. Ich denke, es ist alles vorbereitet?«

Der Mann nickte mit versteinerter Miene. »Es ist stets alles vorbereitet, Eure Lordschaft.« Er winkte einen jungen Diener herbei. »Alfred, bringen Sie das Gepäck der Herren in ihre Zimmer.«

Der junge Mann griff nach den Koffern und Merridews Aktentasche und trug sie davon.

Barrow räusperte sich. »Wenn Eure Lordschaft gestatten, werde ich mich um den Klempner kümmern, der gekommen ist, um nach dem Heißwasserboiler zu sehen.«

»Heute?«

»Er hielt es für angeraten, sich noch vor den Feiertagen darum zu kümmern.« Er entfernte sich mit gravitätischen Bewegungen.

»Irgendwie unheimlich, der Bursche«, murmelte Lord Fauntleroy. »Ist erst knapp drei Wochen hier. Ich kann mich einfach nicht an ihn gewöhnen.« Er klopfte Merridew auf die Schulter. »Kommt, ich zeige euch den Baum.«

Der Weihnachtsbaum, der in der angrenzenden großen Halle bis zur Decke reichte, war wirklich überaus prachtvoll herausgeputzt.

»Donnerwetter«, entfuhr es mir. »Was für ein Mordstrumm.«

»Acht Meter genau«, sagte Lord Fauntleroy, und in seiner Stimme schwang eine ordentliche Portion Stolz mit. »Das Personal ist gut und gerne zwei Tage mit dem Schmücken beschäftigt.«

Ich betrachtete die unzähligen glänzenden Kugeln in den unterschiedlichen Farben, die buschigen, goldglitzernden Girlanden und die vielen, vielen Kerzen. Sie waren selbstverständlich noch nicht entzündet worden, aber man konnte bereits ahnen, wie es sein würde, wenn ihr goldener Schein sich auf die steinernen Mauern und das hölzerne Gebälk legen würde. Mir wurde trotz meiner eiskalten Füße ein wenig warm ums Herz.

Auch in diesem Raum waren mehrere Menschen mit dem Anbringen der Dekoration beschäftigt. Immergrüne Zweige wurden allenthalben verteilt – selbst das riesige Rad aus kreisrund angeordneten Säbeln an der Hallenwand wurde weihnachtlich geschmückt. Ein Staubsauger brauste, Hammerschläge hallten von der hölzernen Decke wider – es war, wie Lord Fauntleroy bereits erwähnt hatte – ein Tollhaus.

»Der Schornsteinfeger wäre jetzt auch da«, kam die sonore Stimme des Butlers, der unerwartet wieder aufgetaucht war. Er rümpfte ein bisschen die scharfgeschnittene Nase. »Ich habe ihm verboten, etwas zu berühren.«

»Der Schornsteinfeger?« Lord Fauntleroy runzelte die Stirn und blickte zurück zum Durchgang zur Eingangshalle, in dem ein Mann mit über und über verrußter Kleidung stand und seine Kappe in den Händen wendete.

»Er sagt, er habe telefonisch den Auftrag erhalten, nachzuschauen, ob die Kamine des Südflügels restlos von den Dohlennestern des vergangenen Sommers befreit worden seien.«

»Dohlen? Nester?«

»Wenn Mylord mir die Bemerkung gestatten: Es scheint mir nicht unklug, danach zu sehen, da doch die Zimmerkamine nun zum ersten Mal in diesem Jahr wieder beheizt werden sollen.«

Lord Fauntleroy schnaubte. »Von wegen Dohlen! Ihr habt es ja gehört, der Klempner ist auch schon da. Der Uhrmacher kam gestern, um alle Standuhren zu überprüfen, der Polsterer hat sich für vier Uhr angekündigt, um bei dem alten Kanapee Maß zu nehmen, das er schon vor einem Dreivierteljahr neu polstern sollte, und was soll ich sagen: Alle haben ihre Kinderchen dabei, die sich den Baum anschauen wollen!«

Und tatsächlich lugte ein kleiner, strohblonder Kinderschopf hinter dem Besucher hervor. »Er fasst auch nix an, Sir!«, rief der Mann herüber. »Genau wie ich.«

»In Gottes Namen, Barrow, lassen Sie den Mann gewähren. Es kann ja nicht von Schaden sein. Und sagen Sie Mrs Frumpton, sie soll für alle Kinder, die sich gerade im und um das Schloss bewegen, eine heiße Schokolade zubereiten.«

Der Butler konnte seine Missbilligung kaum verhehlen, als er mit einem »Sehr wohl, Sir« verschwand.

»Wir gehen in den Salon, da haben wir mehr Ruhe«, sagte Lord Fauntleroy. »Oder wollt ihr Euch zuerst ein bisschen frischmachen nach der Reise?«

»Salon klingt nach einem Willkommenstrunk«, konstatierte Merridew. »Und der erfrischt bekanntlich mehr als alles andere.«

Ich stimmte zu. Etwas hübsch Hochprozentiges würde meine eisigen Zehen mindestens genauso beleben wie ein heißes Bad.

Wir folgten also dem Hausherrn. Als wir durch die Eingangshalle kamen, sahen wir, wie sich ein Kinderchor vor dem Hauptportal aufgereiht hatte und begann, Carols zu singen:

In the bleak midwinter
Frosty wind made moan,
Earth stood hard as iron,
Water like a stone;

»Schokolade«, murmelte Lord Fauntleroy im Vorübereilen. »Wir müssen Mrs Frumpton sagen, dass wir noch viel mehr heiße Schokolade brauchen.«

Wir gingen über die große Freitreppe in den ersten Stock, und als sich irgendwann hinter uns die Tür schloss, herrschte mit einem Mal betörende Stille.

Im Salon ließen wir uns in die angebotenen Sessel fallen, und Lord Fauntleroy machte sich am Bartisch zu schaffen. »Nun, meine Lieben, ich bin froh, dass Ihr gekommen seid. Mein guter Reginald, du weißt, wie sehr ich Besuch schätze. Ich liebe es, Gäste im Haus zu haben. Wir haben so viele Zimmer, dass es eine Schande ist, dass sie die meiste Zeit des Jahres leer stehen. Gerade zu Weihnachten kommen alle gern hierher. Hat vermutlich mit der Atmosphäre zu tun. Glitzer, Flitter, Tannenduft ... Meistens bleiben alle bis zum Neujahrstag, und danach bin ich wieder allein in diesem Riesenkasten.

Meine Familie ist nicht sehr groß, wie du weißt, Reginald. Meine Nichte Cynthia ist zu Besuch. Zusammen mit ...« Er verzog das Gesicht. »Na, dazu kommen wir später. Und mein Neffe Quentin mit seiner neuen Angebeteten. Sie gehören beide zu ganz unterschiedlichen Zweigen der Familie, und sie treffen höchst selten aufeinander, aber es ist eine Tatsache, dass sie meine nächsten Anverwandten sind. Die beiden werden einmal all das hier erben, wenn ich nicht mehr bin.« Er reichte uns jedem ein Glas Scotch und erhob das seine. »Bei dem Gedanken daran dürfte ich eigentlich gar nicht erst sterben. Cheers.«

Wir prosteten ihm zu und tranken.

»Nicht, dass ich es ihnen nicht gönne, versteht mich bitte nicht falsch. Aber manchmal denke ich, dass all die Kinder da draußen, diese rotbackigen kleinen Gestalten, es mehr verdient hätten als die verwöhnten jungen Leute.« Er blickte mich unter tief heruntergezogenen Augenbrauen ernst an. »Ich nehme an, Reginald hat Ihnen erzählt, wie ich aufwuchs und zu diesem Vermögen kam?«

Ich nickte. »Das hat er, allerdings. Eine zu Herzen gehende Geschichte.«

»Lange her«, seufzte der Lord.

Am Kamin regte sich etwas.

Eine Art Stöhnen ertönte, und dann richtete sich ein Hund von seinem Lager auf, den wir bis jetzt nicht bemerkt hatten.

»Ich dachte, es sei das Schlossgespenst«, lachte ich.

»Nein, nur mein Schoßhündchen«, sagte Lord Fauntleroy in liebevollem Tonfall. Er schnipste mit den Fingern, und der Hund trottete auf ihn zu.

»Grundgütiger«, dröhnte Merridew, »das ist doch kein Hund, das ist ein Kalb, wenn nicht gar ein Jungrind!«

Die gewaltige Dänische Dogge tapste zu mir herüber und näherte sich mit ihrer riesigen Schnauze um wenige Zentimeter meinem Gesicht. Der Schwanz peitschte in schnellem Takt gegen Merridews Hosenbeine.

»Das sind unsere lieben Gäste aus London, Dougal«, kicherte der Lord. Er zwinkerte Merridew zu. »Alle meine Hunde heißen Dougal. Immer wieder. So wie die Dogge meines Großvaters.«

Ich tätschelte den Hals des Tieres, und es schien mich träge anzulächeln.

»Schön, dass ihr euch mögt«, sagte Lord Fauntleroy mit einem milden Lächeln. »Wir erwarten heute auch noch Reverend Barnacle aus Norwich, der einen Reiseführer zu den Schlössern Leicestershires schreibt, und der hat eine höllische Angst vor Hunden. Ich weiß noch nicht, wie wir die beiden über die Festtage voneinander fernhalten können.«

Bevor Dougals Sabber mir auf die Hose tropfte, machte er erfreulicherweise kehrt, schleppte sich zurück zum Kamin und ließ sich wieder geräuschvoll auf sein Lager fallen.

»Wo Sie es erwähnen, Nigel, ein Schlossgespenst haben wir auch.«

Ich hob amüsiert die Augenbrauen. »Kein Scherz?«

Lord Fauntleroy schmunzelte. »Nicht *nur* ein Scherz jedenfalls. Eine dramatische Geschichte. Es ist die heulende Minna. Minna Tipton, um genau zu sein. Sie war eine Liebschaft meines Onkels Bevis, und sie glaubte, ihr Sohn habe das alleinige Anrecht auf den Titel des Hauses Dorincourt. Was nicht stimmte, wie Reginald sicher weiß.«

Merridew kämpfte sich derweil schnaufend aus dem Sessel heraus und tapste zur Bar. »Ich bin im Bilde. Sie hat es damals mit allen Tricks versucht, so erzählt man sich.«

Lord Fauntleroy nickte finster. »Das Kind hat ihr der rechtmäßige Vater weggenommen, und sie begann irgendwann zu saufen. Und eines Tages drang sie bitterlich weinend ins Schloss ein und hat sich von der Galerie in die Tiefe gestürzt und brach sich das Genick.«

»Lange her«, brummte diesmal Merridew.

»Die Dienstboten behaupten oft, sie heulen zu hören.«

Merridew grunzte verächtlich. »Erzähl uns von deinem aktuellen Problem, Onkel Cedric.«

Der Lord seufzte tief. »Es ist so, dass mein Neffe Quentin sich ein Mädchen ausgeguckt hat.«

»Quentin Lorradaile, der Gin-Fabrikant?«, fragte ich.

»Eben der. Nichts gegen Gin, ein vortreffliches Getränk – es geht nichts über ein aufmunterndes Klimpern von Gin, Tonic und ein paar gut gelaunten Eiswürfeln, die durchs Glas tanzen – aber Quentin ist leider ein … er kann nicht … Na, sagen wir mal, es gibt Kerle, die ich mir besser an der Spitze eines großen Spirituosen-Konzerns vorstellen kann. Er gibt sich unglaubliche Mühe, ein guter Neffe zu sein, besucht mich alle paar Wochen, wenn er in der Gegend seine Geschäftspartner abklappert, aber hat kein Händchen für Geld, so scheint es. In seinem Zweig der Familie hatten schon immer die Frauen die Hosen an. Und das war selten von Nachteil.«

»Besitzt er nicht den berühmten Bombay Saphir?« Ich begann zu ahnen, wo das Problem lag.

»Ganz recht, der berühmte nachtblaue Edelstein, den sein Großvater Sir Harry Lorradaile nach seiner Militärzeit aus Indien mitbrachte. Ein überaus kostbares Stück. Er gehört zu den zehn wertvollsten Edelsteinen in England. Und jetzt hat er ihn zusammen mit dem Eheversprechen dieser Olivia überreicht. Die Frau hat einen kleinen Verlag in Swindon, der auf die Publikation von Schnittmusterbogen-Heften für Hausfrauen spezialisiert ist.«

Merridew schrak zusammen. »Der Saphir? Geht an eine Schnittmustertante?«

»Ich weiß ehrlich gesagt nicht, was Quentin an ihr findet. Eine ziemlich spröde Gestalt, wenn ihr mich fragt. Sie lässt meinen Neffen ein bisschen zappeln. Sie hat zwar eingewilligt, seine Frau zu werden, allerdings gibt sie sich für meine Begriffe ein bisschen zu tugendhaft. Der Vater ist evangelikaler Quäker, wenn ich das richtig verstanden habe. Ich sehe Quentin noch, wie er mir erzählte, was er vorhat. Am Barbaratag war es. Da hat meine verstorbene Frau Barbara immer ein paar Kirschzweige in die Vase gesteckt, und das mache ich immer noch, zu ihrem Andenken. Schaut, sie blühen.«

In einer chinesischen Vase öffneten ein paar Zweige aus dunklem Holz eben erst ihre Knospen. Ich erinnerte mich an den Brauch, den auch meine Mutter immer gepflegt hatte.

»Soso, eine Quäkertochter macht man sich also mit unbezahlbaren Klunkern gefügig«, kicherte Merridew. »Eine Taktik, die mir bislang unbekannt war. Nicht dass ich Qäkertöchter kennen würde oder Klunker besäße.«

»Das ist mir eigentlich alles schnurzegal«, sagte der Lord düster. »Aber sie sind über Weihnachten hier, und mit ihnen der Saphir, mittlerweile in Gold gefasst und an einem Gehänge baumelnd.«

»Naja, man kann es ja irgendwie verstehen«, warf ich ein. »Es ist ja ein festlicher Anlass, und sie wird nicht viele Gelegenheiten haben, das gute Stück zu zeigen.«

»Mag sein!«, rief Lord Fauntleroy und warf die Arme in die Höhe. »Aber wenn ihr mich fragt, ist es brandgefährlich, so einen Schmuck im Hause zu haben, zusammen mit ...«

»Mit mir«, kann eine Stimme von der Zimmertür her. Unsere Köpfe flogen herum und Dougal bellte einmal laut auf.

Dort stand, lässig gegen den Türrahmen gelehnt, der Mann, dem ich in den letzten Monaten viele Male auf den Titelblättern der Zeitungen und Illustrierten begegnet war: Terence Willeford. Er trug ein dunkelblaues Samtjackett und eine Fliege samt passendem Einstecktuch. Er stieß sich vom Rahmen ab und holte Feuerzeug und Zigaretten hervor, während er zu uns herübergeschlendert kam. »Ich weiß, ich weiß, alle denken immer nur das Schlimmste von mir«, sagte er und steckte sich eine Zigarette an. »Dabei bin ich doch ein Lämmchen.«

Er ließ sich in den freien Sessel plumpsen und grinste uns herausfordernd an. »Selbstverständlich kenne ich Sie, Lord Merridew, und ich habe auch so eine Ahnung, warum Sie hierhergerufen wurden.«

»Ich bin ein Verwandter von Lord Fauntleroy«, brummte Merridew.

»Und ich vielleicht auch schon bald.« Terry Willeford zeigte uns zwei Reihen blendend weißer Zähne, die unmöglich echt sein konnten.

Um dem ganzen Trubel zu entgehen, machten Merridew und ich einen kleinen Spaziergang durch die Parkanlagen des Schlosses. Auf Lord Fauntleroys Bitte hin nahmen wir dafür Dougal an die Leine. Er fürchtete, die Kinder könnten sich vor dem riesigen Tier ängstigen und wollte ihn für eine Weile aus dem Weg haben. Der Lord war auffallend besorgt um all die kleinen uneingeladenen Besucher, was ich seinem erkennbar großen Herzen zuschrieb. Als mich die Dogge einmal um das gesamte Schloss herumgezerrt hatte, während mein Freund schnaufend versuchte, mit uns Schritt zu halten, blieb Merridew plötzlich mitten auf dem schneebedeckten Rasen stehen und deutete mit der Spitze seines Gehstocks zu einer Reihe von Fenstern im ersten Stock hinauf. »Das da rechts sind die drei, die zu meinem Zimmer gehören.«

»Tolle Aussicht«, sagte ich und wandte mich um. An die Rasenfläche grenzte ein kleiner Wall aus immergrünen Sträuchern, hinter dem die ersten Bäume des Waldes erkennbar waren, der sich, wie wir bei unserer Ankunft gesehen hatten, bis zum See hinunter erstreckte. Von Merridews Zimmer aus konnte man sicher darüber hinweg bis zum Dorf gucken. »Meine Fenster gehen in Richtung Osten. Ich blicke auf die Stallungen und den Küchengarten.«

»Irgendwas sagt mir, dass wir hier nicht sehr viel Gelegenheit haben werden, Löcher in die Luft zu starren, alter Knabe.«

Dougal leckte mit seiner riesigen Zunge über die Eisfläche in der steinernen Vogeltränke zu unserer Seite. Das große Tier musste sich dafür nicht einmal auf die Hinterpfoten stellen. Ich versuchte, ihm mit der behandschuhten Faust ein Loch ins Eis zu schlagen, aber das misslang. Es hatte mehrere Tage ununterbrochen gefroren.

»Onkel Cedric hat mir aufgezählt, wer welches Zimmer bewohnt. Dort ist das Zimmer von Quentin Lorradaile. Dazwischen wird dieser Reverend untergebracht, und dann kommt Olivia Gilroy, die Schnittmuster-Verlegerin.«

Ich musste grinsen. »Der Priester trennt also noch das junge Liebespaar.«

»So sieht es aus. Und der flotte Terry ist mit seiner Cynthia im Westflügel untergebracht, hübsch weit weg vom Edelstein«, sagte Merridew mit gespitzten Lippen.

»Dass Sie sich das alles merken können.«

Er tippte sich selbstgefällig gegen die Stirn. »Was einmal da drin ist, bleibt auch da drin.«

Dougal bellte plötzlich laut auf und zerrte mit einem Mal so heftig an der Leine, dass er mich fast umgerissen hätte. Ein Karnickel spurtete über den Schnee und schlüpfte durch eine von mehreren Lücken zwischen den Hecken durch und verschwand im Wald.

»Sehen Sie mal, Nigel, da oben.« Merridew benutzte dieses Mal nicht den Stock, um meine Aufmerksamkeit auf eines der Fenster zu lenken. »Da steht es, das tugendhafte Schnittmuster.«

Ich hatte dabei meine liebe Mühe, den aufgeregt winselnden Riesenhund im Zaum zu halten und wandte mich halbwegs um, um zu sehen, was er meinte.

Hinter einem der Fenster im ersten Stock war das bleiche, schmale Gesicht einer jungen Frau zu erkennen. Sie hatte die aschblonden Haare zu einem Knoten gebunden und trug eine helle, bis oben zugeknöpfte Bluse und darüber eine sandfarbene Strickjacke. Sie blickte in die Ferne und schien uns gar nicht wahrzunehmen. Das schien mir nicht gerade die Art von Frau zu sein, die es gewohnt war, kostbares Geschmeide zur Schau zu tragen.

»Eine graue Maus«, sagte ich.

»Wohl wahr«, bestätigte Merridew nickend. »Aber von einem besonders unauffälligen, äußerst farblosen Grau.«

Plötzlich war ein bedrohliches Knurren zu hören, und ich blickte zu Dougal hin, der sich gerade erst wieder beruhigt zu haben schien.

»Das ist mein Magen«, raunzte Merridew. »Ich glaube, er wittert, dass da drinnen gerade eine Heerschar von kleinen, schniefnasigen Quengelkindern mit Weihnachtsplätzchen, Mince Pies und Muffins vollgestopft wird, während wir hier draußen darben müssen.« Er fummelte seine Taschenuhr unter seinen zahlreichen Kleiderschichten heraus und nickte. »Na also, auf meinen Magen kann man sich verlassen. Zeit für eine Tasse Tee und einen kleinen Snack.«

Ein Auto kam die Auffahrt herab. Die Aufschrift verriet, dass es sich um den Firmenwagen des Polsterers handelte.

Merridew stieß mit dem Stock durch die Winterluft und trompetete »Auf, auf, wir entern das Schloss!«, so als ziehe er in die Schlacht. Dann stapfte er vorweg, schnurgerade auf die Hausecke zu, hinter der sich der Vorplatz des Schlosses verbarg. »Wollen mal sehen, ob man uns noch ein klitzekleines Krümelchen übriggelassen hat!«

2

Das, was Merridew zur Teatime zu sich genommen hatte, hielt nicht lange vor. Den köstlichen Kümmelkuchen und das Früchtebrot hatte er den kleinen Kindern fast zur Gänze weggegessen. Als um sechs der Gong zum Dinner durchs Haus schallte, war ich gerade fertig umgezogen, und als ich die Tür öffnete, stand Merridew bereits davor, an die Galerie gelehnt, und trommelte ungeduldig mit den Fingern auf dem Knauf seines Stocks. »Wird auch Zeit«, brummte er. »Der hohle Zahn, den ich vorhin gefüllt habe, ist schon wieder leer.«

Wenig später kamen nach und nach alle in der großen Halle zusammen, wo sie die ihnen zugewiesenen Plätze an der festlich geschmückten Tafel einnahmen.

Diejenigen, die einander noch nicht kennengelernt hatten, wurden vom Gastgeber auf sehr förmliche Weise miteinander bekannt gemacht. Ich hatte das zweifelhafte Vergnügen, neben Cynthia Ashby-Delefant zu sitzen. Sie war eine zierliche, platinblonde, zweifellos attraktive Person, die es, aus welchem Grund auch immer, vorzog, ihre natürliche Schönheit unter mehr als den haushaltsüblichen Mengen von Lidschatten, Make-up und Mascara zu verbergen. Ihr Tic, der sich durch ein ständiges Zucken der Mundwinkel äußerte, verunsicherte mich zusätzlich. Ich wusste während des ganzen Dinners nicht, ob sie etwas wirklich komisch fand oder nicht.

»Der Diener ist mir unheimlich«, wisperte sie mir von rechts zu. »Als mein Onkel mir den Namen Thomas Barrow sagte, wusste ich gleich, dass ich ihn schon mal irgendwo gehört hatte. Eine Freundin von mir, Eleanor Pelham – die Tochter von Bertie Pelham, dem Marquess of Hexham – kennt ihn noch von seiner früheren Arbeitsstelle Downton Abbey.«

»Und warum ist er nicht mehr dort?«, fragte Merridew zu meiner Linken.

»Er hat sich dort einiges zu Schulden kommen lassen, hörte man«, zischte meine Tischnachbarin, und als sich Barrow in diesem Moment mit gravitätischen Bewegungen näherte, verstummte sie abrupt. Als er wieder außer Hörweite war, fuhr sie fort: »Hat wohl auch mit den Jungs vom Personal rumgemacht, so erzählt man sich.«

Merridew grunzte abfällig. »Was ja nun kein Verbrechen ist.«

»Und andere Sachen. Naja, Sachen eben ...«

»Stimmt es, dass Ihr Onkel ihn über eine Agentur bekommen hat?«

Sie nickte und schob ihre gefüllten Champignons und die Entenleberpastete auf dem Teller hin und her. »In letzter Minute. Wo es doch in der Küche diesen Gasunfall mit dem Herd gegeben hat. Trotzdem sollte Onkel Cedric vorsichtiger bei der Auswahl des Personals sein.«

»Gasunfall«, sagte Merridew mit hochgezogenen Augenbrauen und legte das Besteck auf seinem bereits leergeputzten Teller ab.

»Vor gut zweieinhalb Wochen«, bestätigte Terry Willeford, der rechts von seiner Gefährtin saß. Ich erlaubte mir an Cynthias zuckendem Gesicht vorbei einen Blick auf ihn. Willeford war ein Parvenu der übelsten Sorte. Er strahlte genau die Art von Lässigkeit aus, hinter der ich schon bei so vielen meiner Mandanten nichts als schnöde Unsicherheit entdeckt hatte. Seine protzigen Manschettenknöpfe, seine Ringe ... all diese Dinge waren die Camouflage eines Mannes, der übertünchen wollte, dass sich unter dem Abbild des gerissenen Fuchses in Wirklichkeit ein Hase verbarg, der mit angelegten Löffeln stets auf die Flucht vorbereitet war.

Als ich meinen Blick nicht schnell wieder genug abwenden konnte, blickte er mich kurz an. »Sie sind Anwalt, sagte Onkel Cedric?«

Ich nickte. »Harringfield, Harringfield und Partner, London.«

»Ihr habt mal einen Freund von mir rausgehauen.«

Das fand ich wenig überraschend. In unserer Klientel fanden sich immer wieder Leute, die hervorragend zu Willefords Freundeskreis passten.

Er nannte keinen Namen, aber als er sagte: »Dabei war er in allen Punkten schuldig«, wunderte mich das ebenfalls nicht im Mindesten. Er präsentierte ein wölfisches Grinsen.

In diesem Moment brachte Barrow ein Tablett herein, auf dem eine Notiz lag. Lord Fauntleroy las, was darauf stand, und setzte einen bedauernden Gesichtsausdruck auf.

»Ihr Lieben«, erhob er seine Stimme. »Bedauerlicherweise wird der Stuhl neben meinem Neffen Quentin heute Abend leerbleiben. Soeben erhielt ich eine Nachricht von Reverend Barnacle, dass er bei Swaffham mit einem Motorschaden liegengeblieben ist und dort in einem Gasthaus übernachten wird.«

»Woher kennen Sie ihn eigentlich?«, fragte Merridew. Gleichzeitig beugte er seinen massigen Oberkörper ein wenig zur Seite, weil ihm eine Cremesuppe auf den Teller gelöffelt wurde, die nach Haselnüssen und Trüffeln duftete.

»Ich kenne ihn ja gar nicht. Er rief mich vor einer Woche an und berichtete mir von seinem Buchprojekt. Und da ich weiß, dass die Geistlichen unseres Landes sich traditionell über die Weihnachtstage irgendwie durchfüttern lassen müssen, dachte ich, es wäre ganz nett, wenn er die Runde ein wenig bereichert.«

»Jetzt muss er sich im Gasthaus mit einem Kotelett begnügen«, brummte Quentin Lorradaile. »Mein Mitleid ist begrenzt.«

Dem Suppengang folgten Räucherlachs und Krabben.

»Sollten wir nicht eigentlich Papierhütchen tragen und Knallbonbons aufreißen?«, fragte Willeford.

Lord Fauntleroys Miene verriet, dass er darauf keinen Wert legte. »Ich finde, die Dekoration ist üppig genug, da können wir auf diesen Firlefanz verzichten.« Und er hatte recht. Um uns herum war alles festlich herausgeputzt. Die Dienerschaft hatte alles rechtzeitig zum Dinner fertiggestellt. Die Girlanden hingen, und die weihnachtlichen Gestecke in den Vasen verströmten den Duft von Tannennadeln.

»Und an Knalleffekten mangelt es dieser Tage wohl auch nicht, wie ich hörte«, sagte Merridew.

»Du meinst den Gasunfall?« Lord Fauntleroy winkte ab. »Entsetzlich. Der alte Gasofen ist dem Personal um die Ohren geflogen. Drei Mann mit bösen Verletzungen im Krankenhaus. Nun ja, es hätte noch schlimmer ausgehen können.«

»Ich vermute, dass es in diesem alten Kasten so einiges gibt, was mal erneuert werden könnte«, kam es von Willeford.

»In meinem Zimmer zieht es gehörig«, ließ sich nun auch zum ersten Mal die Stimme von Olivia Gilroy vernehmen.

Lord Fauntleroy löffelte seine Suppe und schien seinen Unmut über die dergestalt dargebrachte Kritik nur mühsam unterdrücken zu können.

Merridew nutzte Olivia Gilroys Wortmeldung, um ein Gespräch zu entfachen: »Mir wurde erzählt, dass Sie Schnittmusterbögen ... verlegen ... vertreiben ... Helfen Sie mir, Miss Gilroy, was macht man mit Schnittmusterbögen? Publiziert man sie?«

»Ich weiß nicht, wie Sie es nennen, Lord Merridew. Gleichwohl höre ich eine Spur von Spott aus Ihrer Frage heraus. Unsere Zeitschrift *Women's Favorite* erscheint immerhin monatlich in einer Auflage von 100.000 Exemplaren. Die Schnittmusterbögen darin sind eine große Hilfe für die Hausfrau, die sich nicht fortwährend neue Kostüme und Kleider leisten kann.«

»Au contraire, meine Liebe!«, trompetete Merridew. »Der Tatsache, dass es so etwas wie Schnittmuster überhaupt gibt, verdanke ich einen meiner aufregendsten Fälle! Sven Pehla, ein finnischer Schneidermeister aus

Newport mordete sich vor ein paar Jahren durch Shropshire, indem er seine weiblichen Leichen allesamt in kostbarste Stoffe einnähte. Sie wurden scheinbar wahllos im Land verteilt. Wenn ich nicht hinzugezogen worden wäre, hätte wohl nie jemand erkannt, dass er die Grafschaft nach einem riesigen Schnittmuster aufgeteilt hatte!«

Und Olivia Gilroy war sogleich am Haken. »Welche Art von Schnittmuster war es?«

»Ein Brautkleid, dem von Queen Victoria nachempfunden.«

»Weiße Seide mit aufgestickten Orangenblüten!«, jauchzte die junge Frau, und ihre strengen Züge entspannten sich zusehends. »Sie hat Weiß als Hochzeitsfarbe populär gemacht! Bis dahin trug man in Adelskreisen rot.«

»So ist es«, brummte Merridew zufrieden und tupfte sich die Suppe aus dem Bart. »Und dieses Kleid hat auch unseren Mörder inspiriert. Als ich durchschaut hatte, wie sein Muster aussah, war es kein Problem mehr, seinen nächsten Tatort vorauszuberechnen. Er lag in Dudleston Heath, genau an der pikantesten Stelle des Dekolletés!«

Olivia Gilroy kicherte verschämt. »Und er wurde gefasst?«

»Fast wäre es trotz meiner genialen Ermittlung dann doch noch schiefgegangen!« Mit großen Gesten unterstrich Merridew seine Erzählung. »Die dusselige Polizei lauerte nämlich vier Meilen weiter östlich in Hampton Wood. Sie hatten zwei wichtige Faktoren außer Acht gelassen: Die Nahtzugabe und die viktorianische Konfektionsgröße!« Er lachte kollernd, und die anderen Anwesenden fielen mit ein.

In diesem Moment schien es, als sei die drückende Stimmung von einem der im alten Schloss allgegenwärtigen Luftzüge weggeblasen worden.

Dann wurde der Truthahn serviert, den Lord Fauntleroy mit großer Feierlichkeit tranchierte. Das Fleisch wurde großzügig verteilt, und die Dienerschaft schaufelte uns Unmengen von Gemüse und Röstkartoffeln auf die Teller und goss fast so üppig dunkle Soße nach wie sie fortwährend Wein in unsere Gläser füllte.

Cynthia Ashby-Delefant an meiner rechten Seite aß zwar wie ein Vögelchen, aber dennoch meinte sie, man müsse Mrs Frumpton in der Küche ein Lob wegen des gelungenen traditionellen Menüs übermitteln. »Das ist wie aus einer anderen Zeit. In London isst man ganz andere Sachen heutzutage. Salate, Salate, ich komme mir manchmal vor wie ein Schaf.«

Ihr Partner hatte offensichtlich schon einiges mehr an Wein genossen als die meisten von uns, denn als er sagte: »Ich wette, es gibt noch einen fetten, klotzigen Plumpudding hinterher«, klang das schon ein wenig instabil. »Wenn wir zurück zuhause sind, werden wir zwei Wochen nichts mehr essen können. Ganz anders als die, die froh sind, dass sie sich wenigstens einmal im Jahr auf Kosten anderer so richtig satt essen können.« Er deutete vage auf die andere Seite des Tisches, wo sich Quentin Lorradaile auf der Stelle angesprochen fühlte: »Sie nehmen den Mund ganz schön voll, Terry!«

»Sie auch!«, lachte Willeford gehässig. »Ich sag ja: einmal im Jahr ordentlich satt.«

»Wie unverschämt!« Olivia Gilroys Laune verfinsterte sich augenblicklich. »Wir haben es nicht nötig zu schnorren!«

»Sie vielleicht nicht. Wenn es Ihnen gelingt, jeden Monat hunderttausend Weibern zwei Pfund aus der Tasche zu ziehen, die sie aus der Haushaltskasse abzweigen, nenne ich das ein gutes Einkommen. Aber der da ...« Er deutete mit einer unverschämten Geste auf Lorradaile. »Der hat nichts drauf. Der fährt seinen Schnapsladen an die Wand noch ehe das nächste Jahr richtig angefangen hat, das pfeifen die Spatzen von den Dächern!«

Lorradaile sprang auf, und sein Stuhl polterte zu Boden. »Sie mieser Verleumder!« Sein kahler Kopf glühte vor Zorn. »Was meinen Sie *mit aus der Tasche ziehen*? Meine Verlobte nimmt ihre karitativen Verpflichtungen sehr ernst. Sie unterstützt mehrere Waisenhäuser in Leicester, Peterborough und Milton Keynes. Jedes Mal, wenn wir vor Ort sind, schlägt ihr von den kleinen, hilfsbedürftigen Wesen eine warme Welle der Dankbarkeit entgegen! Und Sie wagen es, sie hier als skrupellose Kapitalistin hinzustellen!«

Willeford verschluckte sich am Wein vor Lachen. »Sie ist geschäftstüchtig. Nichts anderes habe ich gesagt! Anders als Sie, Quentin.«

»Meine Geschäfte laufen bestens!«

»Und auch er ist die Güte in Person!«, entfuhr es jetzt Olivia Gilroy. »Er ist im Begriff, mir das kostbarste Verlobungsgeschenk zu machen, das man sich nur denken kann!«

»Ach ja?«, quiekte Cynthia Ashby-Delefant auf. »Wo ist es denn, das teure Geschenk?«

Die eintretende Stille war eisig. Von den Dienstboten war niemand mehr zu sehen. Sie schienen sich angesichts des sich anbahnenden Disputs diskret zurückgezogen zu haben. Man glaubte, ein leises Pfeifen des Windes zu hören, und in dem großen Weihnachtsbaum klirrte leise ein kleines Glöckchen.

Olivia Gilroy erhob sich langsam und begann mit bedachtsamen Bewegungen ihrer Finger die kleinen Knöpfe ihrer kreuzbrav geschnittenen Wolljacke zu öffnen.

»Lass das, Darling, das musst du nicht tun. Nicht für so einen Proleten.« Quentin Lorradaile legte ihr eine Hand auf den Unterarm. Sie schob sie sanft beiseite und knöpfte weiter die Jacke auf. Zum Vorschein kam eine fliederfarbene Bluse, die ebenfalls bis zum Hals zugeknöpft war.

»Ich bin der freizügigen Mode unserer Tage nicht besonders zugetan«, sagte sie leise. »Für meine Begriffe ist es uns Frauen durchaus möglich, uns attraktiv zu kleiden, ohne dass wir uns herausputzen wie die Christbäume.« Sie öffnete einen Knopf ihrer Bluse nach dem anderen.

Ich glaubte, Cynthia Ashby-Delefant an meiner Seite etwas von »Striptease« flüstern zu hören.

Beim dritten Knopf schließlich hielt Olivia Gilroy inne und ließ den festen Blick einmal über die ganze Gesellschaft wandern. »Ich bin es nicht gewohnt, mich derart vor anderen Menschen zu entblößen«, sagte sie leise. »Aber in diesem Fall muss es wohl sein.«

Dann fanden ihre Finger zwischen den Säumen ihrer Bluse eine kleine goldene Halskette, an der sie nun zog. Daran hing deutlich sichtbar, umrahmt von einer unauffälligen Fassung aus Gold, der prächtigste Edelstein, den ich je in natura gesehen hatte.

»Grundgütiger, der Bombay Saphir!«, entfuhr es mir.

»Vierhundert Karat«, sagte Merridew anerkennend. »Prächtiges Stück.«

Der Stein war von einem milchigen Blau, und unter der geschliffenen Oberfläche war deutlich ein sechsstrahliger Stern zu erkennen, der den Eindruck erweckte, als leuchte der Juwel von innen heraus.

Jetzt erhob sich auch Lord Fauntleroy und räusperte sich verlegen. »Liebe Olivia, wir alle hier sind uns wohl einig, dass es nicht nötig gewesen wäre, dass Sie sich derart ... ähm ... erklären müssen. Wir alle schätzen Sie und freuen uns über Ihre Anwesenheit in diesem Hause, und wir wünschen uns, dass Sie sich wohlfühlen ...«

»Wohlfühlen sollen wir uns hier?«, brach es noch einmal aus Quentin Lorradaile heraus. »Unter einem Dach mit einem Möchtegern-Juwelendieb?«

Willeford schlug unbeherrscht mit der Faust auf den Tisch. »Ich habe noch niemals Schmuck gestohlen!«

»Aber Sie stolzieren überall rum und erzählen, dass Sie es könnten!«

»Oh ja, ich könnte es!« Willeford fing sich jetzt wieder. Er zeigte sein abfälligstes Grinsen. »Ich weiß, wie es geht. In Gedanken habe ich es schon hundert Mal getan. Die Kronjuwelen habe ich gestohlen. Und den Orlow und den Jacob Diamanten. Dagegen ist Ihr blaues Steinchen da nur ein Kinderspielzeug. Aber wer weiß, vielleicht versuche ich es ja, wo er schon mal hier ist. Ich hoffe, Sie haben ihn gut versichert, Quentin, denn wenn er erst mal weg ist, ist er weg.« Er stürzte den Rest seines Rotweins hinunter.

»Du bist ein echtes Scheusal, Quentin!«, keifte Cynthia Ashby-Delefant und knüllte ihre Serviette zusammen. »Ich wusste, dass es ein Fehler war, hierherzukommen. Als wir uns anmeldeten, war noch keine Rede davon, dass Ihr auch hier seid. Und morgen früh sind wir wieder weg, das kann ich euch flüstern!«

»Aber mein Liebes«, flehte Lord Fauntleroy. »Meine Lieben, wir wollen doch ein friedliches Weihnachtsfest ...«

»Weihnachten, ha!«, rief sie patzig.

Ich bemerkte Merridews Blick, der an uns vorbei zu Terry Willeford gewandert war, dessen Rechte nervös mit dem Dessertlöffel spielte. Willefords Wangenmuskeln zuckten, und seine Augen waren angriffslustig zu Schlitzen verengt.

Merridew sprach mit ruhiger Stimme, und ich spürte, dass die Worte für Willeford bestimmt waren: »Im Jahre 1671 vollbrachte Thomas Blood, ein Leutnant Oliver Cromwells, das Husarenstück und stahl die Kronjuwelen. Er hatte sich dazu als Priester verkleidet und verschaffte sich Zugang zum Tower of London. Aber er wurde gefasst. Wissen Sie, was mit ihm geschah?«

Langsam wandte Terry Willeford seinen Kopf in unsere Richtung und sagte: »Ich habe keine Ahnung. Wurde er dafür geköpft?«

Merridew spitzte vergnügt die Lippen. »Könnte man meinen. Aber es kam anders. Charles der Zweite war von Thomas Bloods Mut beeindruckt und fragte ihn: ›Was passiert, wenn ich Ihnen Ihr Leben schenke?‹, und der Dieb antwortete: ›Ich würde danach streben, es zu verdienen, Sire‹. Dann wurde er begnadigt, mit einem Landgut beschenkt und am Hofe aufgenommen. Auf seinem Grabstein steht geschrieben:

Hier liegt der Mann, von dem begangen war
Mehr Schurkerei als England jemals sah.

Seitdem hat niemals wieder jemand versucht, die Kronjuwelen zu rauben.«

»Klingt zu schön, um wahr zu sein«, knurrte Willeford.

Merridew nickte und strich sich durch den Bart. »Nebenbei bemerkt, Diebe dieses Formats gibt es heute gar nicht mehr. Die Juwelendiebe von heute sind großmäulige, wichtigtuerische Subjekte. Und was ich von denen halte, die von sich auch noch behaupten, sie könnten große Diebe sein, wenn sie nur wollten, das verschweige ich lieber.«

3

Zuerst glaubte ich, vom Heulen der untot herumgeisternden Minna Tipton persönlich geweckt worden zu sein, aber es war etwas anderes, das mich mitten in der Nacht aus dem Schlaf emporfahren ließ. Aus der Ferne drang Geschrei in mein Zimmer. Geschrei und Gepolter.

Ich schwang mich, so schnell ich konnte, aus dem Bett. Zuerst tastete ich ziellos auf dem Nachttisch nach der Lampe. In fremden Betten habe ich immer meine liebe Not, mich zurechtzufinden.

Es war eine stockfinstere Neumondnacht, und erst als das Licht anging, fand ich meine Pantoffel und den Morgenmantel.

Der Lärm wurde lauter. Männerstimmen mischten sich darunter. Als ich die Tür aufriss, wurden die Stimmen deutlicher. Es war Olivia Gilroy, die so frenetisch kreischte. Sie stand im wallenden blassblauen Nachthemd vor ihrer offenen Zimmertür und rang die Hände.

Mehrere Männer versuchten gleichzeitig, sie irgendwie zu beruhigen. Lord Fauntleroy und Quentin Lorradaile sprangen um sie herum und redeten auf sie ein. Dann erschien Merridew auf der Galerie und brüllte: »Ruhe, zum Himmelkreuzdonnerwetternocheinmal!« Und augenblicklich erstarb das Gezeter. »Was ist passiert?«

Ich verknotete den Gürtel meines Morgenmantels und näherte mich der kleinen Gruppe, zu der sich jetzt auch der Butler Barrow und zwei weitere Bedienstete hinzugesellten.

Olivia Gilroy zitterte am ganzen Leib. »Ich wurde von einem Rumpeln wach. Da war ein Poltern. Etwas war in meinem Zimmer!«

»Etwas?«, herrschte Merridew sie an.

»Jemand ... etwas ... Ich weiß es nicht! Es war so schrecklich finster.«

»So beruhige dich doch, Darling«, sagte Quentin Lorradaile immer wieder beschwichtigend. »Alles ist gut. Ruhig, ruhig, ruhig, wir sind doch bei dir.«

Von Beruhigung konnte allerdings keine Rede sein. »Aber wie kam das ... der ... die ... wie kam es in mein Zimmer? Ich hatte abgeschlossen! Drei Mal den Schlüssel herumgedreht! Drei Mal!«

Merridew stapfte in ihr Zimmer. Lorradaile folgte ihm auf dem Fuß. »Nichts«, brummte Merridew, als ich ihnen hinein folgte. Mein Freund warf mit wilden Bewegungen die Vorhänge zur Seite, öffnete Schranktüren und spähte in das angrenzende Bad. »Nichts und niemand. Das Frauenzimmer hat geträumt.«

In diesem Moment stieß Quentin Lorradaile einen Schrei aus. »Oh mein Gott!« Er hatte die Schubladen der Nachtkommode aufgerissen und reckte uns nun mit anklagender Geste ein leeres, aufgeklapptes Schmucketui entgegen. »Weg! Sehen Sie nur! Er ist weg!«

Nun kam auch seine Angebetete wieder in das Zimmer hineingestrauchelt. Sie hatte die Augen weit aufgerissen und schnappte lautlos nach Luft.

»Der Bombay Saphir?«, fragte Merridew mit vorgerecktem Kinn und geballten Fäusten.

»Weg! Gestohlen!«

»Aber wie kann das sein?«, wimmerte Olivia Gilroy. »Es war abgeschlossen! Drei Mal! Ich habe den Schmuck ausgezogen und in sein Futteral gelegt und in die Nachttischschublade getan. Ich war allein!

»Grundgütiger!«, keuchte Lord Fauntleroy. »Barrow, rufen Sie sofort die Polizei!« Er hielt kurz inne und sah Merridew an. »Oder?«

Mein Freund stand vor dem Kamin und betrachtete nachdenklich den Fußboden davor. »Ja, warum nicht. Die Polizei, meinetwegen. Sie nützt zwar meistens nichts, aber sie richtet eigentlich auch selten Schaden an.«

»Die Polizei? Sehr wohl, Sir.« Der Butler eilte schneller davon als üblich.

Merridew untersuchte mit neugierig vorgereckter krummer Nase die Griffe der vier Fenster. Er murmelte leise: »*Wenn hinterm Erdball sich das späh'nde Auge des Himmels birgt, der untern Welt zu leuchten, dann schweifen die Dieb' und Räuber ungesehn in Mord und Freveln blutig hier umher.*«

Soweit ich das erkennen konnte, waren die Fenster fest verschlossen, und einen anderen Ausgang aus dem Zimmer konnte ich nirgends entdecken.

Während ich noch mit der Betrachtung der Griffe beschäftigt war, hatte Merridew schon etwas anderes ins Auge gefasst. Mit einem Wink seines Kopfes bedeutete er mir, zu ihm zu kommen. Dann wies er so unauffällig wie möglich auf den Boden. »Na, was sehen Sie, Nigel?«, raunte er.

Ja, was sah ich? Der Boden bestand aus dunklen Holzdielen, belegt mit einem schon etwas ausgefransten orientalischen Teppich mit blaurotem Muster. Ich tippte auf einen Sarough. Dicht vor dem Kamin endete der Holzboden und grenzte an eine Fläche aus großen Steinquadern von unterschiedlicher Größe. Und dann sah ich das, was Merridew meinte.

»Rußspuren«, sagte ich leise.

Statt eines Nickens senkte er nur die Augenlider. Dann folgte ich mit meinem Blick seinem wulstigen Zeigefinger.

»Zur Zimmertür hin«, murmelte ich. »Sind es Fußspuren? Was meinen Sie, können wir einen Sohlenabdruck sicherstellen?«

Er schüttelte den Kopf. »Verwischt, zertrampelt. Mit dem Nachthemd zerschrubbt.« Er hatte Recht. Der Saum von Olivia Gilroys bodenlangem, ausgesprochen biederem Nachtgewand war deutlich sichtbar verschmutzt.

Lautes Bellen ertönte, und Dougal versuchte, sich in den Raum hineinzudrängen.

»Verdammt und zugenäht!«, dröhnte Merridew. »Raus mit dem Vieh! Das hier ist ein Tatort!«

Plötzlich wurde in einem anderen Teil des Hauses erneuter Lärm laut, und wir schraken gleichzeitig zusammen. Ein Mann rief etwas Unverständliches, laut und unbeherrscht. Dann schrie ein Dienstmädchen schrill auf.

Merridew verzog das Gesicht. »Warum müssen diese Weiber nur immer die Sirene spielen. Alles bringt sie zum Quieken. Mäuse, Spinnen, Meuchelmörder …«

Wir stürzten zur Galerie und blickten in die Tiefe. Die Eingangshalle lag im Zwielicht. Ein Dienstmädchen reckte beschwörend die Hände in die Höhe. »Mr Barrow! Rasch, kommen Sie! Er wurde niedergeschlagen! Jemand hatte sich hinter dem Vorhang versteckt! Schnell, schnell, Mr Barrow blutet ganz schlimm!«

Wir überholten einander auf der Treppe beinahe gegenseitig. Laut bellend rannte uns Dougal darüber hinaus fast über den Haufen. Jetzt war auf einmal auch Cynthia Ashby-Delefant an unserer Seite, in einem Nachthemdchen, das unter anderen Umständen skandalös gewirkt hätte. In diesem Haus lag nun wahrhaftig niemand mehr im Schlaf.

Barrow lag auf dem Boden nahe der offenstehenden Eingangstür. Seine Stirn war leuchtend rot von Blut verschmiert. Zwei Dienstmädchen knieten um ihn herum.

»Sie sagten, jemand war hinter dem Vorhang?«, rief Merridew.

»Ja, kreischte eins der Mädchen. »Dort!« Sie deutete auf den schweren, dunkelroten Samtvorhang, dessen beide Schals rechts und links der Eingangstür hingen. »Der junge Alfred hat ihn gesehen und ist ihm hinterher!«

»Wer zu Teufel, soll das gewesen …« Lord Fauntleroy brach mitten im Satz ab und warf den Kopf herum. »Wo ist denn …?«

Wir alle dachten vermutlich dasselbe.

»Suchen Sie mich?«, kam Terry Willefords Stimme in diesem Augenblick ganz unerwartet irgendwo aus dem Halbdunkel hinter uns. Wir alle fuhren herum und sahen ihn, wie er, die unvermeidliche Zigarette zwischen den Fingern, auf uns zugeschlendert kam. Es war derselbe Effekt wie am Tag, als er sich jetzt lässig grinsend näherte. Ein Effekt, den er beabsichtigt hatte und den er weidlich genoss. »Normalerweise läge ich jetzt im kuschligen Bettchen, aber da ist ja nichts mehr, was mich wärmt.« Er legte seine Hand um Cynthias schlanke Hüfte. »Und bei diesem Lärm kann man ja nun wirklich kein Auge zumachen.«

Während der Hausherr noch versuchte, zu begreifen, was geschehen war, trampelte Merridew an dem langsam zu sich kommenden Butler vorbei zur Haustür. Ich folgte ihm auf den Fuß. Als wir in die schneidend kalte Winterluft hinaustraten, sahen wir noch den jungen Diener mit lauten Rufen hinter der Hausecke verschwinden.

»Los, wir brauchen Stiefel«, brüllte Merridew ins Haus hinein. »Stiefel! Mein Königreich für ein paar Stiefel!«

Von irgendwoher wurden sie uns gereicht, und wir streiften unsere Hausschuhe ab und stiegen mit nackten Füßen hinein. Im Hintergrund brüllte Quentin so laut ins Telefon, dass der Polizist am anderen Ende ihn vermutlich auch so gehört hätte: »Ja, verdammt, wenn ich es Ihnen doch sage! Ein Einbrecher! Auf Dorincourt Castle!«

Dougal bellte, und Merridew fischte die Leine von der Garderobe, wo er sie am Nachmittag abgelegt hatte. »Komm her, Hund, und tu ausnahmsweise mal was Nützliches, anstatt immer nur blöde rumzubellen!«

»Wir kommen mit!«, rief Lord Fauntleroy.

»Den Teufel werdet ihr tun!«, blaffte Merridew. »Alles bleibt im Haus! Nur Nigel und ich, sonst niemand!«

Und wenige Momente später liefen wir in die Nacht hinaus. Ausgestattet mit einer einzigen Taschenlampe, einer Dogge, die durch den Schnee galoppierte wie ein Pony, das von der Bremse gestochen worden war, eingehüllt in unsere Pyjamas und Morgenmäntel und mit nichts weiter an den Füßen als Gummistiefel, die zumindest mir zwei Nummern zu groß waren.

Der Schnee, den Dougal aufwirbelte, stob nur so um uns herum durch die Luft. Es hatte am Abend noch einmal tüchtig zu schneien begonnen. Jetzt aber waren es nur noch einzelne Flöckchen, die durch die Winternacht zu Boden taumelten. Kalt war es uns überhaupt nicht. Das Laufen erhitzte unsere Körper.

Wir hatten Mühe, den Fußspuren zu folgen, die von der Gebäudeecke in einer geraden Linie an der Vogeltränke, an der wir noch am Nachmittag gestanden hatten, vorbei auf die Hecke zuführten, die die Rasenfläche begrenzte.

»Halt! Bleiben Sie stehen!« Wir hörten Alfreds Stimme mit unheimlichem Widerhall aus dem dahinterliegenden Wald zu uns heraufdringen und wussten, dass wir auf dem richtigen Weg waren.

Dann brachen wir durch die Büsche und sahen im hin und her zuckenden Schein meiner Taschenlampe das Labyrinth der Baumstämme vor uns. Hier lag kaum Schnee, was es für uns aber nicht eben leichter machte, den Weg zu erkennen, den die Männer vor uns genommen hatten. Wir hörten nur laute Flüche und Gebrüll weiter unten.

Dougal nahm uns die Entscheidung ab und preschte mit straff gespannter Leine voran, den überraschend steilen Berg hinunter. Ich stolperte mehr hinter ihm her, als ich lief.

»Weiter«, brüllte Merridew. »Legen Sie einen Zahn zu!« Er stapfte schnaufend hinter uns her, wobei er sich den Berg hinunter mehr oder weniger von Baumstamm zu Baumstamm fallen ließ. Dass er seinen Gehstock nicht dabei hatte, erschwerte die Sache zusätzlich.

Und dann ertönte plötzlich ein schriller Schrei. Es war der Ruf eines Mannes. Allerdings nicht so kräftig und dunkel wie die Stimme des jungen Dieners, sondern schrill und in höchster Todesangst. Dann war es mit einem Schlag still, und wir hörten nur noch unsere eigenen Schritte im dürren Laub, unser Keuchen und das Hecheln des Hundes. Ich erkannte, dass sich der Wald weiter unten lichtete und beschleunigte meinen Schritt.

Doch wie aus heiterem Himmel blieb Dougal plötzlich starr stehen und begann dunkel und dröhnend zu bellen.

Direkt vor meinen Füßen tat sich ein schwarzes Loch auf. Es war in den Boden gerissen wie ein bizarr geformter Krater.

Als ich den Lichtkegel meiner Taschenlampe darauf richtete, erkannte ich, dass die Schwärze in Bewegung war. Das Wasser des Sees lag unter einer dicken Eisschicht verborgen. Nur hier, nur etwa zwei Fuß vor uns, war das Eis gebrochen. Dicke Brocken dümpelten träge umher. Sonst bewegte sich da in der Tiefe nichts.

Merridew kam jetzt mit enormem Getöse neben mir zum Stehen und riss dabei fast eine junge Birke mit.

Schwer atmend standen wir da und starrten auf das Loch im Eis.

»Was sollen wir tun, Merridew?«, keuchte ich.

»Da ist nichts mehr zu tun. Zumindest nicht für den, der dort eingebrochen ist.«

Wir sahen nichts. So oft ich auch mit dem Licht der Taschenlampe die gezackten Ränder der dicken Eisdecke absuchte, dort war kein Hinweis auf ein menschliches Leben zu finden.

Ich drückte Merridew die Hundeleine in die Hand und ging auf die Knie. Vorsichtig rutschte ich über das Eis voran.

»Seien Sie kein Narr, Nigel!«, rief mein Freund. »Das kann keiner überlebt haben!« Aber ich glitt voran und wischte mit der Hand den Schnee zur Seite. Jetzt wurde mir auch die beißende Kälte bewusst, die mir augenblicklich den Schmerz durch alle Glieder trieb, aber ich konnte nicht aufhören. Immerhin trug mich das Eis.

Und dann sah ich schemenhaft etwas Helles unter dem milchigen Untergrund. Als ich die Taschenlampe darauf richtete, erkannte ich die weit aufgerissenen Augen und den weit offenen, im letzten Schrei erstarrten Mund des Dieners Alfred. Merridew hatte Recht. Hier kam wahrhaftig jede Hilfe zu spät.

Mit zitternden Knien richtete ich mich langsam auf und kehrte zu meinem Freund zurück. Er ließ den Kopf hin und her gehen. Der Atem entwich als weiße Wolke seinem Mund.

»Ich möchte wetten, dass der Einbrecher dort hinten in Richtung Brücke gelaufen ist. Ungewöhnlicher Weg. Der Uferstreifen ist hier besonders schmal.«

Dougal bewegte sich an seiner Seite unruhig hin und her. Mir wurde in diesem Augenblick klar, dass sein plötzliches Stehenbleiben mich davor bewahrt hatte, blindlings in dieselbe nasse, tödliche Falle zu rennen wie der Dienstbote.

»Ohne Dougal wäre ich auch ins Verderben gestolpert«, sagte ich und tätschelte dem Tier die Flanke. »Ich nehme an, es hat keinen Sinn, dem Dieb weiter zu folgen.«

»Wäre in der Tat großer Unsinn. Wir müssen Bescheid geben, damit man den armen Teufel aus dem Wasser ziehen kann.«

»Ich brauche dringend ein heißes Fußbad, einen Whisky und trockene Kleidung.«

»Ich sagte zwar, wir gehen zurück«, knurrte Merridew und schickte sich an, den Berg hinaufzusteigen, »aber von Ausruhen war keine Rede.«

Wir machten uns also auf den beschwerlichen Rückweg. Merridew schnaufte wie eine Dampfmaschine und blieb alle paar Meter stehen. Der Hund und ich mussten immer wieder eine Pause einlegen, damit er aufholen konnte. Er schien vor lauter Anstrengung regelrecht von innen heraus zu glühen.

Als das Licht der Taschenlampe auf seine gewaltige Gestalt fiel, entfuhr mir mit einem Mal ein Kichern, das ich nicht unterdrücken konnte.

»Seien Sie nicht albern, Mann«, herrschte er mich an und blieb stehen. Er drückte den Rücken durch, wodurch sich sein gewaltiger Bauch noch weiter nach vorne wölbte. »Ich wüsste nicht, was es da zu kichern gibt.«

Aber ich konnte nicht aufhören. Es schüttelte meinen ganzen Körper. »Wie Sie aussehen, Merridew«, prustete ich. »Stapfen mit den Stiefeln durch den Schnee, im roten Mantel ... Der silbrige Bart ... Sie sehen aus wie der Weihnachtsmann persönlich.«

Er gab ein verächtliches Brummen von sich und kämpfte sich weiter voran. Es krachte und knirschte im dürren Geäst.

Irgendwann hatten wir wieder die Hecke überwunden, und Merridew blieb stehen und sagte: »Wenn Sie jetzt geradeaus schauen, was sehen Sie dann, Sie alberner Vogel?«

Ja, was sah ich? Die Südseite des Schlosses mit fast ausnahmslos erleuchteten Fenstern, davor die große weiße Fläche des Rasens, mittendrin die Vogeltränke und daneben den von Schuhen, Stiefeln und Hundepfoten mehrfach durchpflügten Schnee.

Ich zählte es auf, und er machte eine wegwerfende Handbewegung. »Bah, zwecklos! Kommen Sie!«

Jetzt nahm er Fahrt auf und stapfte auf die Hausecke zu. Wenige Momente später stiegen wir die Stufen der Eingangstreppe hinauf, und ich hatte sofort hunderte von Fragen zu beantworten. Ja, der Dieb war entkommen, ja, der Diener Alfred war erschlagen, oder ertrunken, jedenfalls mausetot, ja, von dem Saphir fehlte jede Spur.

Merridew ließ alle Fragen an sich abprallen und brüllte nur: »Whisky! Ich brauche ein Glas Scotch! Jetzt! Sofort!«

Als er das Gewünschte endlich in der Hand hielt, stürzte er den Inhalt in einem Zug hinunter und rief: »Los, Nigel, keine Müdigkeit vorschützen! Wir haben ein Rätsel zu lösen!«

»Aber meine Füße sind Eisklumpen, und mein Pyjama ist völlig durchnässt ...«

»Entweder Sie gehen in ein Mädchenpensionat oder Sie reißen sich verdammt noch mal zusammen und helfen mir, dieses monströse Verbrechen aufzuklären!« Er sah sich mit ein paar wilden Kopfbewegungen um, anscheinend auf der Suche nach räumlicher Orientierung.

»Monströs?« Terry Willeford erlaubte sich tatsächlich ein abfälliges Lachen. »Ich bitte Sie. Ein stinknormaler Diebstahl ist ein bisschen aus dem Ruder gelaufen, und ...«

Wütend brach es aus dem Hausherrn heraus: »Ein Mensch ist gestorben, Sie aufgeblasener Lackaffe!« Über Lord Fauntleroys zerfurchtes Gesicht hatte sich eine Miene grenzenloser Verachtung gelegt.

»Los, kommen Sie, Nigel!« Merridew zog mich am Ärmel meines Morgenmantels aus der zeternden Menge heraus. »*Die Hölle ist leer, alle Teufel sind hier!* Wir müssen noch einmal an die frische Luft!«

Ich wagte es nicht mehr, zu protestieren und folgte ihm. Zu meiner Überraschung zerrte er mich in eines der zahllosen kleineren Treppenhäuser, die, hinter den glanzvollen Kulissen verborgen, vornehmlich von der Dienerschaft benutzt wurden.

Und dann ging es hinauf. In die erste Etage, in die zweite ... Das Treppenhaus verjüngte sich nach oben hin immer mehr, die steinernen Stufen wurden irgendwann von schmalen hölzernen Stiegen abgelöst, und schließlich stieß Merridew eine Tür auf, und vor uns breitete sich eine weitläufige weiße Dachlandschaft aus.

»Wohin wollen Sie denn, um Himmels willen?«

»In den Himmel ...« Er lachte garstig und lief voraus. »Naja, wohl eher *aus* dem Himmel! Bin ich nicht der rotwangige Weihnachtsmann, wie Sie mir das vorhin noch bestätigt haben?«

»Seien Sie doch nicht eingeschnappt, Merridew, das war doch nur ein Scherz. Ich ...«

»Und wie gelangt der große, dicke Weihnachtsmann ins Haus, um seine Präsente abzuliefern?« Er war keineswegs eingeschnappt. Offenbar spornte ihn gerade eine seiner genialen Ideen zur Höchstleistung an.

»Durch den Kamin«, sagte ich unsicher. »Was suchen Sie?«

Wieder blickte er sich in alle Richtungen um. Nach einer kurzen Weile schien er sein Ziel gefunden zu haben und stapfte los.

In meiner Jugend hatte ich mich im Rahmen einer Mutprobe einmal auf das Scheunendach meines Onkels Jasper in den Cotswolds getraut, was mir einen komplizierten Trümmerbruch im rechten Arm eingetragen hatte. Noch nie war ich jedoch auf dem Dach eines Castles gewesen, und dennoch kam mir die räumliche Situation aus vielen Filmen bekannt vor.

Die Dachflächen der einzelnen Gebäudeteile waren von geringer Neigung, zur Mitte hin jeweils sanft ansteigend. Sie wurden ringsum von steinernen Zinnen eingefasst und waren aus Metall, was in Verbindung mit dem Schnee diese Unternehmung zu einer rutschigen Angelegenheit machte.

Wir bewegten uns entlang der Zinnen, was uns ein wenig Halt gab. Einen Blick in die Tiefe dahinter vermied ich, so gut es ging.

Schließlich schien mein Freund sein Ziel erreicht zu haben. Vor einem der zahlreichen, mannshohen Kamine blieb er stehen. Wenn mich mein Orientierungsvermögen nicht völlig trog, befanden wir uns genau über dem Südflügel.

»Der da müsste es sein, Nigel!«, trompetete Merridew.

»Sie haben immer noch Ihr Whiskyglas in der Hand«, sagte ich amüsiert.

»Alle Wetter, gut beobachtet.« Er schlug mir übermütig auf die Schulter. »Und wie Sie sehr wohl wissen, verabscheue ich für gewöhnlich leere Gläser.«

Ich stimmte ihm zu und beobachtete überrascht, wie er das Glas in einer großen Geste umdrehte und sich ächzend zu Boden bückte.

»Eins sollten Sie sich merken, mein Bester: höchst selten tue ich irgendetwas ohne Sinn und Verstand.«

Dann bohrte er das umgedrehte Glas in den knöcheltiefen Schnee gleich neben dem Kamin. Er dreht es ein paarmal, so wie man eine Keksform zum Ausstechen des Teigs dreht, und holte es wieder aus dem Schnee heraus.

Seine prallen Wangen glühten, als er mir bedeutete, die Taschenlampe auf das Glas zu richten, das er nun wieder richtig herum hielt.

»Und nun schauen Sie mal hier«, sagte er leise schnurrend und deutete mit seinem dicken Zeigefinger auf den Schnee, der das Glas füllte, und in dem ganz deutlich zwei schwarze, horizontal verlaufende Linien zu erkennen waren. »Drehen Sie das Glas in Gedanken um. Die untere Rußschicht stammt vom Nachmittag, an dem der Schornstein gereinigt wurde.« Seine Augen funkelten. »Und die zweite dünne schwarze Schicht hat sich heute Nacht über den frisch gefallenen Schnee gelegt. Die zwei Fingerbreit Schnee darüber sind in der letzten halben Stunde gefallen, würde ich schätzen.«

Ich verstand nach und nach, was er mir sagen wollte und zeigte auf den Kamin. »Der Weihnachtsmann ist heute Nacht durch diesen Kamin in Olivia Gilroys Zimmer gelangt?«

Er nickte bedeutungsschwer. »Und anstatt Geschenke zu bringen, hat er etwas mitgenommen.«

Ein plötzlich aufkommender Wind wirbelte neue Schneeflocken heran, und mich schauderte.

»So, nun ist es Zeit, ins Haus zurückzukehren.« Merridew stiefelte davon und ich folgte ihm, vorsichtig einen Schritt vor den anderen setzend.

Der Wind strich zwischen den Zinnen hindurch, und mir war so, als hörte ich ein leises Wimmern.

»Da jammert die unglückliche Minna Tipton«, sagte ich und spürte, dass mir vor Zähneklappern das Sprechen schwerfiel.

»Humbug«, brummte Merridew.

»Aber hören Sie es doch auch?«

»Wenn sie hier bei Frost und Finsternis herumgeisterte, hätte sie allen Grund zu jammern. Es ist der Wind, Nigel.« Und er rief aus voller Brust: »*Wind, blas'! Heran, Verderben!*«, bevor er die hölzerne Tür zum Treppenhaus aufriss.

Dann ging es wieder die Stufen hinunter. Als wir wenig später wieder zu der Gesellschaft im Schloss stießen, hatte die Köchin Mrs Frumpton Tee verteilt. Einige der Anwesenden waren allerdings beim Hochprozentigen geblieben.

Ein Polizist hatte sich unterdessen dazugesellt und stellte einem der Dienstmädchen mit Notizblock, Stift und wichtiger Miene ein paar Fragen.

»Das ist Mr Goon, der Dorfpolizist«, wisperte uns Lord Fauntleroy hinter vorgehaltener Hand zu.

Der Polizeibeamte gab sich Mühe, besonders energisch zu klingen. »Sie sagten, Sie waren gerade mit dem Dienstboten, Mr Alfred Rutland zusammen, als Sie die Schreie von Miss Gilroy vernahmen? Darf ich fragen, was Sie mitten in der Nacht zu zweit …«

»Nicht das, was Sie denken, Officer!« Schluchzend wischte sich die junge Frau immer wieder die Tränen aus den Augen. »Alfred war so ein anständiger Kerl. Er war ja noch neu bei uns, aber immer gutgelaunt und ein feiner Kumpel. Wir hatten uns so eine hübsche Überraschung einfallen lassen und haben in der Nacht kleine, selbstgemalte Weihnachtsgrußkarten unter den Türen der anderen Dienstboten hindurchgeschoben. Wo doch heute die Christnacht ist.«

»Und als Sie die Schreie hörten, sind Sie nach oben gelaufen?«

»Ja, rauf in die Halle. Und wir sahen, dass weiter oben auf der Galerie ein großer Tumult herrschte.«

»Ein ... großer ... Tumult ... herrschte ...« Constable Goon notierte gewissenhaft jedes Wort.

»Ah, auch schon da?«, raunzte ihn Merridew an, der sich von irgendwoher eine Decke besorgt und um die Schultern geschlungen hatte, was ihn noch bizarrer aussehen ließ. »Bisschen spät, oder?«

Der Beamte blickte entgeistert von seinem Block auf. »Ich muss schon sagen ...«

»Sagen müssen Sie gar nichts. Sie sollten nämlich erst mal schleunigst ein paar Leute zusammentrommeln, um diesen bedauernswerten Tropf aus dem Eiswasser zu fischen, hören Sie!« Merridew hatte sich auf einen Sessel sinken lassen und zerrte sich mühevoll die Stiefel von den Füßen »Ihre Verhörspielchen können Sie doch nun wirklich wann anders spielen.«

Lord Fauntleroy schob sich mit erhobenen Händen dazwischen, um zu vermitteln. »Was Lord Merridew sagen will, ist wohl, dass es zu dieser Stunde eher ratsam ist, den Leichnam des Dienstboten zu bergen.«

Der Polizist blickte zwischen den beiden Adligen hin und her und beschloss anscheinend, dass es wohl angeraten war, dem durchaus vernünftigen Vorschlag zu folgen.

»Gut«, sagte er mit immer noch skeptischem Unterton. »Kann man machen. Wenn Sie uns wohl die nämliche Stelle zeigen könnten, Sir? Es wird sicher noch eine Weile dauern, bis die Kollegen aus Nottingham da sind.«

Ein lautes, unverschämtes Lachen brach aus Merridew heraus. »Ich höre wohl nicht recht! Wir rennen in Pyjama und Morgenmantel durch die eisige Winternacht, sind nass bis auf die Knochen, und jetzt sollen wir Ihnen sagen, wo's lang geht? Sie sind ja wirklich drollig, mein Bester!« Er stand auf und pikste den Polizisten mit dem Zeigefinger in die Brust. »Von der Hausecke schnurgerade am Vogelbecken vorbei, und dann durch die Hecke runter zum See. Das können selbst Sie nicht verfehlen.«

Merridew schlug mir auf die Schulter. »Sie, mein lieber Nigel und ich, wir genehmigen uns nun einen allerletzten Schlummertrunk, und dann geht es in den Kahn. Wir müssen morgen früh frisch und munter sein, denn dann habe ich vor, Ihnen in Nullkommanix den Fall vor der Nase weg zu lösen, Officer!«

4

Am nächsten Morgen beschloss ich, den Tag mit einem ausgiebigen Bad anzugehen. Trotz des dicken Plumeaus hatte ich die Nacht vorwiegend zitternd verbracht.

Ich hatte mich gerade erst in das wohlduftende heiße Nass gleiten lassen, als die Tür zum Badezimmer aufflog. »Klopf, klopf«, dröhnte Merridew, der bereits in seinem Dreiteiler aus Tweed steckte und ein kleines Tablett vor seinem gewaltigen Bauch herschob. »Tee und Sandwiches! Etwas anderes werden wir uns heute Morgen verkneifen müssen, mein guter Junge. Es gibt eine Menge zu erledigen.«

Ich wollte protestieren, denn ich hatte mich bereits auf ein üppiges Festtagsfrühstück gefreut, das mir in diesem Hause mit Sicherheit geboten worden wäre, aber Merridew stellte scheppernd das Tablett auf die Badewannenablage, wobei er Bürste und Seifenschale grob beiseiteschob, und zog unbarmherzig an der Kette den Stöpsel heraus. »Los, los, fix«, befahl er, während das Wasser gurgelnd in den Abfluss hinunterstrudelte.

»Fröhliche Weihnachten, Merridew«, sagte ich gequält.

»Was? Ach so, ja, das auch. Unten sitzen alle mit belämmerten Gesichtern, weil statt der Geschenke, die es normalerweise gibt, die naseweise Polizei herumlungert und kreuzdämliche Fragen stellt. Diese Situation müssen wir ausnutzen!«

Er warf mir ein Handtuch zu und verließ, fröhlich ein Weihnachtslied pfeifend, den Raum.

Wenig später ging ich mit schmerzenden Gelenken die Haupttreppe hinunter und fühlte mich eindeutig zu wenig ausgeruht. Einige Blicke wurden von unten auf mich gerichtet.

Barrow, der Butler, der einen Servierwagen vor sich herschob, hatte ein unübersehbar großes Pflaster auf der Stirn, und Terry Willeford und Cynthia Ashby-Delefant unterbrachen ein etwas abseits mit unterdrückter Lautstärke geführtes Gespräch, das von wenig angenehmer Natur zu sein schien, wie ihre grimmigen Mienen deutlich verrieten.

Bevor ich unten angekommen war, kam mein Freund Merridew auch schon mit energischem Schritt aus dem Durchgang zur großen Halle stolziert. »Keine Sorge, Inspektor Mallory!«, trompetete er fröhlich. »Wir sind wieder da, bevor Sie Ihre vergnügliche Fragerunde beendet haben!«

Ein kleiner Mann mit Halbglatze und Schnauzbart folgte ihm ein paar Schritte und winkte aufgeregt mit einem Hut hinter ihm her, aber Merridew ließ sich nicht beirren. »Das Dienstmädchen, das Sie da in der Zange haben, ist ganz zittrig und ängstlich und wird Ihnen alle Fragen brav beantworten. Tut mir leid, aber der Hund muss an die frische Luft, und wir unternehmen einen kleinen, belebenden Spaziergang ins Dorf. Sie werden hinterher gar nicht gemerkt haben, dass wir weg waren!«

Als er mich auf der Treppe erblickte, winkte er weit ausholend mit dem Arm. »Ah, Nigel! Wurde auch Zeit.

Ich hoffe, Sie haben sich die Ohren ordentlich abgetrocknet. Es ist immer noch nicht wärmer geworden da draußen!«

Ich kann nicht sagen, dass mir diese Vorstellung gefiel.

Wir warfen uns die Mäntel über, und kurz darauf führte uns Dougal mit frohem Gebell Gassi. So schien der riesige Hund das jedenfalls zu sehen.

»Wohin gehen wir?«, fragte ich.

»Zuerst mal weg von diesem Giftzwerg, für den der Begriff Gernegroß erfunden wurde. Wir werden zwar nicht umhinkommen, ihm noch Rede und Antwort zu stehen, aber das kann noch etwas warten. Erinnern Sie sich doch bitte mal an die letzte Nacht. An den Ruß, der allenthalben herumlag. Auf dem Boden des Zimmers, auf dem Dach ...« Er schwang munter den Gehstock. »Wir werden dazu jetzt mal einen Fachmann befragen: Den Schornsteinfeger Mr Hezekiah Blott. Der Butler Barrow war so freundlich, mir seine Adresse zu verraten.«

»Hätte da nicht ein Telefonat ausgereicht?«

Merridew sah mich empört an. »Seit wie vielen Jahren begleiten Sie mich jetzt schon? Sie sollten doch mittlerweile ganz genau wissen, dass es nicht allein die schnöden Antworten auf meine Fragen sind, die einen Schlüssel zur Lösung eines Rätsels in sich bergen. Es sind die allgemeinen Umstände, unter denen diese Antworten gegeben werden: Das Wetter, die Tapete des Zimmers, die Bewegungen in den Gesichtern, die Radiomusik im Hintergrund, der Duft des Rasierwassers, die Bewegungen der Hände ... Achten Sie immer ganz genau auf die

Hände, Nigel!« Wir blieben kurz mitten in der Auffahrt stehen, und er blickte noch einmal nachdenklich zur Rasenfläche vor dem Südflügel hinüber. »Neuerdings versucht man Enzyklopädien am Telefon zu verkaufen. Wir wollen hoffen, dass das nicht Mode wird. Aber eins ist sicher: Mordermittlungen führt man Auge in Auge durch. Abgesehen davon weiß man ja gar nicht, ob in diesem Nest überhaupt schon in jedem Haus ein Telefon steht.«

Unser Weg führte uns zwischen den beiden Flügeln des Torhauses hindurch, weiter bergab durch den kleinen Wald und schließlich über die große Brücke auf das Dorf zu.

Die Wolken hatten sich verzogen, der Himmel war eisblau, die Sonne lockte einen blassen Dunst zwischen den Wipfeln der Bäume hervor. Zu hören war nichts außer unseren Schritten, dem Hecheln des Hundes und dem ungenierten Gekeife einiger Krähen, die sich kein bisschen darum scherten, dass heute der hochheilige Weihnachtstag war.

Als wir an der Bushaltestelle ankamen, hielt Merridew inne, und ich war erleichtert, dass auch Dougal für einen Moment aufhörte an der Leine zu zerren und sich stattdessen angeregt schnüffelnd dem eisernen Haltestellenschild widmete.

Wir blickten über den zugefrorenen See. Auf der anderen Seite lag das Ufer, das das bewaldete Schlossgelände begrenzte, und in einiger Entfernung waren mehrere uniformierte Personen erkennbar. Der Leichnam des Dieners war, so hatte mir Merridew vorhin berichtet, noch in der Nacht geborgen worden. Soweit ich das von unserer Position aus erkennen konnte, waren die Polizisten nun auf dem Eis und am Ufer mit der Spurensuche bei Tageslicht beschäftigt.

Ich sah, dass Merridew spöttisch die Lippen kräuselte und merkte an: »Sie tun nur ihre Pflicht.«

»Nur«, brummte er verächtlich. »Aber wirklich nur die.«

Ein trockenes Husten hinter uns ließ uns im nächsten Moment zusammenzucken und herumfahren. Dougal bellte empört auf.

Der Mann, der dort stand, hatte strähniges graues Haar und ein längliches, verhärmtes Gesicht. Er sah nicht gesund aus, und doch lächelte er uns an, wie jemand, der mit sich und der Welt vollkommen im Reinen war.

»Mor'n Gentlemen«, sagte er und lüftete seinen schwarzen Hut mit der abgeschabten Krempe. »Kommen vom Schloss, richtig?«

»Donnerwetter, gleich erkannt, fixer Bursche sind Sie«, sagte Merridew lauernd. Er ließ seinen Blick über den ausgemergelten Körper gleiten. »Kein Mantel? Ist doch ein bisschen frisch heute.«

Der Mann zog die Nase hoch. »Kann was vertragen, Sir. Danke der Fürsorge. Bin jetzt schon die ganze Zeit hier, weil die Polizei mich gleich noch was fragen wollte.«

Merridew und ich warfen uns einen schnellen Blick zu.

»Die Polizei, soso. Sollten Sie etwa ein Zeuge sein, Mister … ?«

»Higgins, Sir«, sagte der Mann beflissen. »Sid Higgins von der Southworth Farm, Sir. Zeuge, ja, das bin ich. Wirklich so was wie'n richtiger, waschechter Zeuge, Sir.« Er stieß ein nervöses, kleines Lachen aus.

»Aha, Zeuge Higgins, und was ist es denn wohl so Bezeugenswertes, dass Sie als echter, waschechter Zeuge darüber Zeugnis ablegen zu können glauben?«

Der Mann riss die Augen, die wie schrumpelige Astlöcher aussahen, noch ein bisschen mehr auf und guckte Merridew einen Moment lang ratlos an. Dann begriff er.

»Ach, Sie sind von der Polizei, Sir?«

Merridew schmunzelte und warf sich ein wenig in die Brust. Diese Geste genügte dem Mann als Bestätigung, und dennoch war es keine Lüge.

»Heute Nacht, Sir, also mitten in der finsteren, schwarzen, stockdunklen Nacht, die wirklich und wahrhaftig so dunkel war wie'n … wie'n …«

»Bergwerksstollen?«, schlug ich ungeduldig vor. »Ein Keller ohne Kerze … U-Bahn-Schacht …«

Das gefiel ihm alles nicht. »Wie'n Sack Kartoffeln!« Sein dürrer Zeigefinger schoss hervor. »Ja, genau, so wie es für ne Kartoffel in nem Sack Kartoffeln düster ist, so düster war die letzte Nacht!« Er dachte einen Moment angestrengt nach. »Normalerweise gehe ich nachts ja nicht spazieren, Gentlemen. Warum auch? Macht ja keiner. Aber letzte Nacht war's ne Ausnahme. Ich hab in letzter Zeit so'n Kribbeln in den Beinen. Wie tausend Ameisen, die mir durch die Glieder wimmeln. Oder Käfer. Oder Heuschrecken …«

»Ein Kribbeln also!«, fuhr Merridew ungehalten dazwischen.

»Ja, so'n kribbeliges Krabbeln, so'n wimmeliges Geziepse.«

»Und was machen Sie, wenn es mal wieder kribbelt?«

»Da kann ich nicht liegen oder sitzen, nein, nein, da muss ich was laufen. Halbes Stündchen, dreiviertel Stündchen, Stündchen ... Ich lauf dann was durchs Haus, Treppe rauf, Treppe runter, durch die Zimmer. Und wenn ich Glück hab, dann hört das auf, und ich kann wieder schlafen. Und letzte Nacht, da sagt meine Frau zu mir, dass sie nicht schlafen kann wegen dem ganzen Gelaufe, und da bin ich dann raus vor die Tür und bin draußen weitergelaufen.« Er nickte zufrieden und vermittelte den Eindruck, als sei er mit seiner Erzählung am Ende angelangt.

Merridew kniff die Augen zusammen. »Das wäre also Ihre Zeugenaussage, Mr Higgins?«

Der Mann nickte wichtig, merkte dann aber, dass offenbar doch noch ein Teil seiner Informationen fehlte. »Ach so, ja, und als ich dann irgendwann zwischen zwei und drei Uhr da hinten am Dorfrand ankam und hier zur Haltestelle hingeguckt hab, da hab ich dann diese Beobachtung gemacht! Also ich habe was entdeckt. Oder vielmehr gesehen. Mit diesen meinen Augen, so wahr mir Gott helfe.«

Wieder verstrich eine endlos lang erscheinende Weile. »Was haben Sie denn gesehen?«, entfuhr es mir. »Den Weihnachtsmann?«

Er lachte meckernd und stieß mit dem Ellenbogen nach mir. »Nee, Sir, nee, nu wirklich nich.« Seine Zähne waren gelb und krumm. »Nu bin ich schon fast fünfzig und hab doch so langsam den Verdacht, dass es den irgendwie gar nich gibt, Sir.« Wieder ein meckerndes Lachen. »Obwohl, wer weiß, vielleicht fährt er ja'n kleinen, graublauen A35, dann könnt er's vielleicht doch gewesen sein.«

»Ein Austin? Heute Nacht? Hier?« Merridew zog die hohe Stirn kraus.

»Hier, direkt an der Haltestelle, mit laufendem Motor, so isses!«

Ich hatte nicht damit gerechnet, dass dieser Mann wirklich irgendetwas Sinnvolles zu Protokoll hätte geben können. Umso mehr überraschte mich nun diese Information. »Zwischen zwei und drei ist aber ein ziemlich großer Zeitraum«, sagte ich.

Higgins stieß ein staubtrockenes Husten aus, bevor er antwortete. »Weiß ich, Sir, weiß ich. Losgegangen bin ich irgendwas gegen eins, und hier war ich dann vielleicht ne halbe Stunde später gewesen. Vielleicht auch nur fünfundzwanzig Minütchen später oder sechsundzwanzig oder siebenundzwanzig Minuten ... vielleicht aber doch sogar fünfunddreißig oder sechsunddreißig ...«

»Das Kennzeichen«, unterbrach ihn Merridew harsch. »Haben Sie es sich merken können?«

Der Mann verzog gequält das Gesicht. »Das isses ja gerade, Sir, das macht mich ja so fertich, dass ich mir das nich hab merken können. Ich dachte noch: Zahlen und Buchstaben, Sid, is nich so schwer. Sind nur Zahlen und Buchstaben. Aber Junge, Junge, es gibt ja so schrecklich viele davon, Sir, und die sind ja doch immer alle so total unübersichtlich zusammengesetzt und so. Ich will nich lang drumrum reden: Da is leider nix mehr in meinem Kopf, was ich da noch zu beitragen könnte, Gentlemen.«

Letzteres schien mir überaus glaubhaft.

Und dann überraschte er uns doch noch:

»Aber dafür hab ich ja gesehen, dass der Mann da an dem Haltestellenschild gestanden und übern See geguckt hat, und als er mich hat husten hör'n, da ist er wieder in sein Auto rein und ist losgefahr'n.«

Dougal schnüffelte an Higgins' fleckiger Anzugshose herum, und ich sah, wie sich der Körper des Mannes versteifte.

»Beschreiben Sie uns mal den Mann!«, forderte Merridew jetzt wieder sehr interessiert. »Sagen Sie uns, so gut Sie können, wie er ausgesehen hat!«

Da war wieder der gequälte Blick. »War doch dunkel, Sir. Ich sachte doch schon, so dunkel und finster wie'n …«

»Herrgottnochmal, ja, ich weiß, dass es dunkel war! Haben Sie denn gar nichts erkennen können?«

»Nee.« Es klang betrübt. Higgins blickte auf den Hund hinunter, der seinen ausgelatschten, rechten Schuh abschleckte. »Erst als der Wagen da vorne wo ich stand, an mir vorbeifuhr, und als der Mann sich 'ne Zigarette angezündet hat.«

»Und?« Ich hätte ihm zu gerne einen kräftigen Stoß versetzt, um ihn anzutreiben.

»Ne dicke Hornbrille und kurze Haare. Frag'n se mich mal besser bloß nich nach der Haarfarbe, Gentlemen.«

»War zu dunkel«, knurrte ich.

»Ja, in der Tat, dunkel war's!«, bekräftigte Higgins. »So dunkel wie ...«

»Ja, ja.«

»Nur das Licht von dem seim Feuerzeug, das war so'n bisschen hell, sodass ich sehen konnte, dass der'n ...« Er machte eine dramatische Pause. »... dass der'n Priesterkragen angehabt hat.«

Merridew zog mit einem scharfen Zischen die Luft ein. Er nickte ein paar Mal und legte dem Mann dann die Hand auf die schmale Schulter. »Sie sind ein famoser Zeuge, Mr Higgins. Wenn gleich die Beamten kommen, sollten Sie ihnen noch einmal genau das erzählen, was Sie uns gerade berichtet haben.«

»Noch mal alles?«

»Fast alles«, murmelte ich. »Die gekürzte Fassung reicht.«

»Aye aye, wird gemacht, Gentlemen!« Er strahlte über das faltige Gesicht und machte Anstalten mit der rechten Hand zu salutieren. »Freue mich, dass ich behilflich sein konnte, Gentlemen.«

Dann ließen wir ihn stehen und folgten dem schmalen Fußweg zwischen See und Straße.

»Was is denn überhaupt geschehen, Gentlemen?«, rief uns Higgins hinterher.

Und Merridew antwortete ihm über die linke Schulter: »Eine Weihnachtsüberraschung!«

Wir gingen noch ein paar Yards die Straße entlang, und Merridew blieb plötzlich noch einmal stehen. Er blickte zum anderen Ufer hinüber. »Sehen Sie mal, Nigel. Dort hinten ist die Stelle, an der Alfred Rutland vor ein paar Stunden sein nasses, kaltes Ende fand.« Es waren jetzt nur noch zwei Polizisten, die dort zu sehen waren. »Und was, würden Sie sagen, ist das da?«

Ich folgte der Richtung, in die die Spitze seines Gehstocks wies. Am gegenüberliegenden Brückenkopf erkannte ich eine kleine Treppe, die vom Ende der Mauer hinunter zum Seeufer führte. Als wir dort vor wenigen Minuten vorbeigegangen waren, hatten wir sie gar nicht sehen können. Unten traf sie auf einen recht breiten, künstlich angelegten Weg, der sich am Ufer entlang zur Rechten in die Richtung der Unglücksstelle wand. Er reichte jedoch nicht ganz bis dorthin, sondern verschwand etwa hundert Meter vorher im darüberliegenden Wald.

»Und was bedeutet das?«

»Muss ich Ihnen denn alles vorkauen? Ich wollte, dass Sie einen Blick darauf werfen.« Merridew wandte sich um und ging weiter.

»Aber der Weg hat doch was zu bedeuten, oder?«

Statt einer Antwort pfiff er *Away in a Manger* und schritt munter aus.

Mit diesen Spielchen konnte mein Freund mich zur Weißglut bringen. Ich ahnte in diesem Moment bereits, dass es sich hier um ein wichtiges Indiz handelte, dessen Bedeutung er mir schon in Bälde genüsslich unter die Nase reiben würde.

Das kleine Häuschen der Blotts lag an einem schmalen Bach, der vermutlich einen Zulauf zum See darstellte. Wir überquerten ein morsches, kleines Brückchen.

Drei Kinder tobten dick vermummt und gut gelaunt durch den verschneiten Vorgarten. Die Plastiktrompete, die der Junge dabei blies, war zweifelsohne ein gerade erst ausgepacktes Weihnachtsgeschenk.

Sie beachteten uns in ihrer ganzen kindlichen Freude gar nicht, und während Merridew entschlossen den Klingelzug betätigte, betrachtete ich sie lächelnd.

Die Frau, die uns die Tür öffnete, hatte rot leuchtende Wangen. Über ihre Sonntagskleidung spannte sich eine gepunktete Küchenschürze. Das schwarze Haar hatte sie mit einem Band zurückgebunden, und ihre Hände steckten in Ofenhandschuhen.

»Mrs Blott?«, fragte Merridew mit einer zuckersüßen Freundlichkeit, die er nur selten an den Tag legt.

Sie zog den einen Handschuh aus und rieb sich den Hals. »Ja, das bin ich.«

»Fröhliche Weihnachten. Wir kommen vom Schloss und hätten ein oder zwei Fragen an Ihren Mann, der gestern dort den Kamin gefegt hat.«

»Vom Schloss?« Ihre Wimpern flackerten nervös. Ein köstlicher Duft strömte an ihr vorbei ins Freie. »Wir haben vorhin gehört, dass es dort ein Unglück gegeben ... Oh, bitte, kommen Sie doch erst mal herein. Ach, und Fröhliche Weihnachten wünsche ich Ihnen natürlich.«

Wir erwiderten den Wunsch. Sie betrachtete irritiert den großen Hund, und ich nickte ihr verständig zu. »Ich werde ihn hier anbinden. Es wird ja nicht lange dauern. Da kann er so lange draußen auf uns warten.« Ich schlang die Leine um einen ausreichend stabil aussehenden Stamm der Kletterrose neben der Tür.

»Hezekiah, hier sind zwei Herren vom Schloss!«, rief Mrs Blott und führte uns in das kleine Wohnzimmer. Dort saß Mr Blott in einem Lehnsessel und blätterte in einer Zeitung. Obwohl er mit Krawatte und Fair Isle-Pullunder wie verwandelt aussah, wirkten seine pechschwarz glänzenden Haare doch so, als seien sie immer noch voller Ruß.

Der Raum war liebevoll mit weihnachtlicher Dekoration versehen. Girlanden aus bunten Papierkringeln waren über unseren Köpfen kreuz und quer gespannt, und es gab auch einen Mistelzweig, der von der Decke baumelte. Auf dem Fernsehgerät in der Ecke stand ein kleiner, künstlicher Tannenbaum, der mit bunten Kugeln, Glöckchen und Sternen völlig überladen war, und in dem eine elektrische Kette mit unförmigen, bunten Plastiklichtern leuchtete.

Hezekiah Blott sprang auf und bot uns Sitzplätze an.

Auf dem Wohnzimmertisch lag zerknittertes Geschenkpapier, das er eilig zusammenraffte.

»Lassen Sie nur«, sagte Merridew und ließ sich ächzend in einen Sessel fallen. »Wir haben nur ein paar Fragen und sind im Nu wieder verschwunden.«

Blott lachte. »Ich sollte sowieso ein bisschen für Ordnung sorgen, während meine Frau den Truthahn zubereitet. Wenn die Kinder hereinkommen, werden Sie hungrig sein wie die Löwen. Wir mussten sie raus in den Schnee jagen. Bartholomews neue Trompete, wissen Sie ...«

Er faltete das Papier grob zusammen und brachte es aus dem Zimmer. Als er zurückkehrte, fragte er: »Kann ich Ihnen irgendetwas anbieten?«

Ich hätte zu gerne geantwortet, dass ich von allem, was gerade in der Küche auf dem Herd und im Ofenrohr zubereitet wurde, mit großem Vergnügen einen ordentlichen Happen probiert hätte, denn die beiden Sandwiches, die ich mir zwischen Abtrocknen und Anziehen einverleibt hatte, hatte mein Magen längst vergessen. Stattdessen lehnten wir beide höflich ab.

»Wir sind sehr aufgeregt«, erklärte Blott. »Seit dem Sommer haben wir einen eigenen Fernseher, und nun können wir auch endlich die Weihnachtsansprache der Königin schauen. Ihre erste Rede im letzten Jahr haben wir noch bei Mr Hartle in Earl's Lane geguckt, wissen Sie.« Er setzte sich wieder in seinen Sessel, strahlte uns an und faltete die Hände. »Ich habe Sie gestern im Schloss gesehen. Sie sind Gäste von Lord Fauntleroy, nicht wahr?«

Wir stellten uns vor.

»Esther sagt, Sie hätten ein paar Fragen an mich.«

Merridew holte tief Luft und betrachtete erst ein paar Sekunden lang mit angehaltenem Atem das kleine Gesteck aus Stechpalmenzweigen auf dem Wohnzimmertisch, bevor er sagte: »Jemand hat Sie aufs Schloss gerufen, weil Sie dort nach den Schornsteinen sehen sollten, in denen sich im Sommer ungefragt und unerlaubt ein paar freche Dohlen einquartieren wollten. Ist das richtig?«

»So ist es, Sir.«

»Würden Sie mir die Frage erlauben, wer Ihnen diesen Auftrag erteilt hat?«

»Das war Mr Gosford.«

»Der Butler? Wann genau war das?«

»Das war ...« Er legte die Stirn in Falten. »Vorgestern. Nein, halt, vor drei Tagen war es!«

»Woher wissen Sie denn, dass es Mr Gosford war?«

»Weil er es mir gesagt hat. Er hat mich telefonisch informiert.«

»Ah, Sie haben ein Telefon.« Merridew nickte langsam. Ich hätte ihm gerne einen triumphierenden Blick zugeworfen.

»Dass Mr Gosford seit knapp drei Wochen im Krankenhaus in Grantham liegt, ist Ihnen nicht bekannt?«

Blotts Gesichtsausdruck veränderte sich schlagartig. Er öffnete in ungläubigem Erstaunen Augen und Mund. »Aber er hat mich doch angerufen, Sir. Wie kann das sein?«

»Das fragen wir uns auch, Mr Blott«, sagte ich.

»Ich hatte ja gar keine Ahnung, dass er krank ist. Was auf dem Schloss passiert, kriegt man hier unten im Dorf meistens erst viel später mit, wenn überhaupt.« Er räusperte sich. »Hören Sie, es ist vorhin auf der Straße erzählt worden, dass es heute Nacht unterm Schloss am Seeufer ein Unglück gegeben hat. Es ist Polizei unterwegs, hörte ich.«

»Später.« Merridew winkte ab. »Zuerst unsere Fragen.«

»Sind Sie von der Polizei?«

Merridew ließ sich nicht beirren. »Was war mit den Dohlen?«

Blott zuckte mit den Schultern. »Nichts. Absolut nichts war da. Sie nisten immer im späten Frühjahr, und ich bin dann stets gleich zur Stelle, um die Nester früh genug zu entfernen. Auch dieses Jahr. Wenn man da nicht aufpasst, kann es zu schlimmen Unfällen kommen, wenn der Rauch nicht abziehen kann.«

»Man könnte also sagen, Sie sind gestern völlig umsonst aufs Schloss gerufen worden.«

»Nun ja …«

»Kann ein Mensch durch die Kamine hinunter in die Zimmer des Schlosses eindringen?« Merridew schoss diese Frage ab wie eine Bordkanone.

Blott schnappte ein paar Mal nach Luft, bevor er antworten konnte: »Wie meinen Sie? Soll ich etwa …? Aber entschuldigen Sie mal, meine Herren …«

»Beantworten Sie bitte meine Frage«, sagte Merridew gefasst.

»Nein«, sagte Blott bestimmt. »Das ist unmöglich! Sie haben keine Vorstellung davon, wie so ein Schornstein von innen aussieht. Er ist zu eng. Viel zu eng. Und die Kamine teilen sich weiter unten. Es gibt Windungen und Versprünge.« Er lachte nervös auf. »Der Weihnachtsmann, ja, der kann es natürlich! Aber der besucht ja auch in einer einzigen Nacht jedes Haus der Welt und isst Berge von Plätzchen und trinkt fässerweise Milch.« Er schüttelte abschließend den Kopf. »Nein, wenn es nicht gerade ein akrobatischer Zwerg aus dem Zirkus ist, geht das nicht.«

Von draußen hörten wir Gebell. Klang das gutgelaunt oder angriffslustig? Ich blickte fragend zu Merridew hinüber.

»Nun, Mr Blott, ich danke Ihnen für Ihre offenen und ehrlichen Antworten.« Er hatte einige Mühe, sich wieder aus dem Sessel emporzukämpfen.

»Aber die Sache am See«, fragte Blott und zeigte zwei tiefe Falten zwischen den Augenbrauen. »Sagen Sie mir bitte, was sich dort ereignet hat!«

»Dort hat heute Nacht ein Mensch den Tod gefunden. Einen gewaltsamen Tod.« Merridew zupfte sich das Revers seines Mantels zurecht.

Blott war aufgesprungen und schlug eine Hand vor den Mund. »In der Heiligen Nacht? Oh mein Gott.«

Merridew seufzte tief. »Was Unglück und Verderben angeht, ist diese Nacht wie jede andere.« Wir verabschiedeten uns von Mr und Mrs Blott mit einem Händeschütteln.

Dem Bellen lag kein Anlass zur Sorge zugrunde. Als wir aus dem Haus traten, sahen wir, dass die beiden Mädchen den Hund in einer Art munteren Parade ums Haus führten, während der Junge mit der Trompete vorweg marschierte. Die Große ließ ein buntes Jo-Jo auf und ab tanzen und hielt eins der Hundeohren fest, die Kleine schleppte sich mit einer Puppe ab und umklammerte mit der freien Hand Dougals Schwanz.

»Damaris! Magdalen!«, rief Mrs Blott sorgenvoll. »Lasst sofort den Hund los. Ihr wisst nicht, ob er beißt!«

»Keine Sorge, der tut nichts«, beruhigte ich sie, und Merridew ergänzte: »Der will nur spielen.«

Wir retteten den Hund vor weiteren Handgreiflichkeiten und machten uns auf den Rückweg. Das quäkende Trompeten des kleinen Blott schickte uns einen Salut hinterher. Wir wollten gerade die winzige Brücke über den Bach überqueren, als Merridew noch einmal stehenblieb und zurückblickte. Im Hauseingang standen

Mr und Mrs Blott und hielten sich bei den Händen, und die Kinder ergötzten sich an ihren neuen Spielzeugen.

»Bist du der Weihnachtsmann?«, fragte plötzlich das kleine Mädchen, das sich uns unbemerkt genähert hatte. Sie blickte mit tropfender Nase und zwischen den Lippen eingeklemmter Zunge zu meinem bärtigen Freund hinauf. Ihre große Puppe, bei der es sich aus der Nähe betrachtet um einen schlappohrigen Stoffhasen handelte, hielt sie mit beiden Armen ganz fest umklammert. »Dankeschön, lieber Weihnachtsmann, dass du mir Tolly wiedergebracht hast. Er war zwei Tage weg, und ich war sehr, sehr traurig.« Der Hase wurde durch ihre liebevolle Umklammerung beinahe erwürgt.

Merridew stemmte die Hände in die Seiten und blickte auf das kleine Kind hinab. Ich erkannte, dass sich in diesem Moment ein Lachen aus seiner Brust emporkämpfte. Mit weißen Dunstwolken vor dem Mund ließ er es laut und dröhnend in die Winterluft hinaus, und es klang wirklich wie ein ganz und gar weihnachtsmännisches »Ho, Ho, Ho!«

»Zurück zum Schloss?«, fragte ich an der nächsten Straßenecke.

»Ohne Umwege, ja!«

»Das klingt in meinen Ohren wie Musik. Zum Frühstück kommen wir zweifellos zu spät, Sie Schinder.«

»Vielleicht gibt Ihnen der brave Hund ein paar Brocken Frolic ab.«

Das Dorf bestand aus ein paar wenigen Straßen und einer kleinen Kirche im normannischen Stil. Die größte der Straßen, Earl's Lane war gepflastert und wurde rechts und links gesäumt von kleinen Reihenhäusern mit weihnachtlich geschmückten hölzernen Vordächern, einem Gemischtwarenladen und einer kleinen Poststation. Dort mussten wir vorbei, um zurück zum Schloss zu gelangen.

Unter einem der Vordächer stand ein zufrieden lächelnder alter Mann in Hausjacke und Pantoffeln mit einer dampfenden Tasse Tee in der Hand.

»Frohe Weihnachten, meine Herren!«, rief er uns fröhlich zu. »Und dir natürlich auch, Dougal!«

Der Hund bellte ihm gut gelaunt zu, und ich konnte nicht verhindern, dass er mich augenblicklich in seine Richtung riss.

»Sie sind Lord Merridew, stimmt's?« Er zwinkerte meinem Freund durch die Gläser seiner runden Nickelbrille zu und tätschelte derweil die Dogge wie einen alten Kumpel.

»Und das ist mein Freund Nigel Bates.« Merridew machte eine undeutliche Handbewegung in meine Richtung. »Und mit wem haben wir das Vergnügen?«

»George Hartle, Sir. Wir sind uns schon zweimal begegnet. Einmal in London in der Royal Albert Hall, und einmal bei meinem alten Freund Lord Fauntleroy. Aber Sie werden sich nicht an mich erinnern.«

»Bedauerlicherweise nicht. Frohe Weihnachten auch Ihnen, Mr Hartle.«

Der Alte schlürfte an seinem Tee. »Ich würde Sie ja rein bitten, aber da drinnen ist es erstaunlicherweise kälter als hier draußen. Ich bin gestern Abend erst angekommen, und deshalb ist die alte Bude noch nicht richtig aufgeheizt. Mein Elternhaus, wissen Sie. Ich lebe ansonsten in London. Habe da eine Fabrik, aber die führt jetzt mehr oder weniger mein Sohn. Ich werde demnächst wohl wieder öfter hier sein.«

Merridew hatte nachgedacht und kratzte sich am Hinterkopf. »Hartle, Hartle ... Krücken, Prothesen, Gehhilfen und so was?«

»Genau der!« Der Alte lachte krähend und klopfte sich gegen das rechte Hosenbein. Darunter klang es metallisch. »Ich bin die beste Werbung für meine Präzisions-Beinschienen. Von Kindheit an hab ich ein lahmes Bein, und da habe ich mich irgendwann mit der Herstellung von orthopädischen Apparaturen beschäftigt. Wäre mir ohne die Unterstützung meines Freundes Cedric nie gelungen.«

Zwei Frauen gingen auf der anderen Straßenseite vorbei, und man wünschte einander ein fröhliches Weihnachtsfest.

»Sie waren bei den Blotts, habe ich gesehen«, sagte Hartle und reckte den Hals. In einiger Entfernung konnte man jenseits der Straßenkreuzung den Garten des Schornsteinfegers und die immer noch darin spielenden Kinder sehen. »Brave Leute. Tapfere Leute. Ihren ersten Jungen, Gideon haben sie vor elf Jahren beim Eisenbahnunglück in Goswick verloren, und der kleine Bartholomew hätte im Mai nach einem Sturz in eine alte Kalkgrube beinahe ein Bein weniger gehabt. Aber es ist dran geblieben, und jetzt trägt er eine meiner allerbesten Schienen. Tja, da kann man mal wieder sehen, wie alles zusammenhängt. Das alles, Gentlemen, wäre nämlich niemals gut ausgegangen, wenn Lord Fauntleroy nicht so ein verdammter Wohltäter wäre. Hilfsbereit und die Güte in Person. Und er selbst ist mit einer Familie geschlagen, die ihm wenig Freude bereitet.«

Merridew räusperte sich vernehmlich. »Genaugenommen gehöre ich auch zu seiner Familie.«

Der Alte kicherte. »Anwesende ausgenommen. Aber mal ehrlich, Cynthia, diese flatterhafte Nichtstuerin und Quentin, dieser glücklose Gin-Fabrikant sind nicht die Erben, denen man beruhigt sein Vermögen überlassen möchte.« Er blickte in seine Tasse, sagte angewidert »Bah« und schüttete den Rest seines Tees in den Rinnstein. »Kalt. Alles da drin ist kalt und klamm. Ich denke, ich werde Cedric heute Nachmittag einen Besuch abstatten, der hat es wenigstens schön warm, und es ist immer was Köstliches im Ofenrohr.«

»Sie haben es noch nicht gehört? Das mit dem nächtlichen Diebstahl und dem Toten im See?«, fragte ich.

Hartle blickte überrascht auf. »Ein Diebstahl? Ein Toter? Das klingt aber gar nicht gut.«

Merridew schüttelte den Kopf und brummte: »Ganz und gar nicht.«

»Ich hörte, dass so was immer da passiert, wo Sie sich gerade aufhalten, Mylord«, sagte der Alte listig.

»Umgekehrt, mein Lieber, umgekehrt!«

Wir wollten uns gerade verabschieden, als wir ein vertrautes trockenes Husten hörten und Sid Higgins sahen, der mit hochgezogenen Schultern vorbeigestakst kam.

»So, jetzt hab ich's Ihren Kollegen auch noch mal erzählt, Gentlemen. In aller ausführlichen Ausführlichkeit.«

Daran hegte niemand von uns einen Zweifel. Er lüftete wieder den speckigen Hut und setzte murmelnd hinterher: »Frohes Fest noch, Georgie.«

Zu dritt blickten wir seiner leicht schwankenden Gestalt hinterher. Dougal schnüffelte derweil an der Teepfütze herum.

»Auch so einer, dessen Familie nur überlebt hat, weil mein Freund Cedric immer mit helfender Hand zur Stelle ist. Sein Großvater war schon ein fauler Nichtsnutz, und die Farm hätten sie schon mindestens zehnmal verloren, wenn es nicht jedes Mal wieder Kredit gegeben hätte. Das Vieh hat ihm Ceddie damals zu einem blödsinnig hohen Preis abgekauft, nur damit ihm und seiner Frau wenigstens ein Dach überm Kopf bleibt. Naja, und seinen nagelneuen Job als Lagerist in Nottingham hat er auch nicht ohne Hilfe gekriegt, da möchte ich wetten. Und da hat man nun wirklich den Bock zum Gärtner gemacht, denn da hat er den ganzen Tag Alkoholflaschen um sich, so hörte ich.«

»Klingt nach einem Job im Himmel!«, rief Merridew fröhlich. »Wenn Sie heute Nachmittag zum Schloss kommen, werden wir miteinander anstoßen, Mr Hartle! Denn, wie heißt es so schön: Was du heute kannst entkorken …«

»… das verschiebe nicht auf morgen!« Wieder schallte ein fröhliches Lachen über die Earl's Lane. Dougal und ich blickten uns an. Da hatten sich zwei gefunden.

5

Nachdem wir einem der Dienstboten unsere Mäntel und die Hundeleine nebst Hund übergeben hatten, steuerten wir die Tür zur Halle an, und Merridew rieb sich vergnügt die Hände.

»Sie werden sehen, Nigel. Wir kommen rechtzeitig. Zum Schluss sind nämlich wir beide an der Reihe.«

»Wieso erst am Schluss?«

Er sah mich überrascht an. »Ist die Frage ernst gemeint? Dieser zu kurz geratene Inspektor verhört alle der Reihenfolge ihrer Größe nach. Mit dem kleinen Dienstmädchen hat er angefangen, da war er noch ein oder zwei Zoll größer. Inzwischen wird er sich alle wie die Orgelpfeifen vorgenommen haben, und an die richtig großen Jungs wie uns, an die traut sich dieser Wicht erst ran, wenn es sich nicht mehr vermeiden lässt. Wobei in meinem Fall natürlich noch die alles überragende geistige Größe hinzukommt.«

Bevor wir eintreten konnten, kam uns Inspektor Mallory auch schon entgegen und sagte verblüfft: »Ach was, da sind Sie ja wirklich.«

Merridew lachte in sich hinein und segelte unter Volldampf an ihm vorbei in die Halle hinein. Dort saßen die Familienmitglieder und Gäste und hatten trübsinnige Gesichter aufgesetzt.

Lord Fauntleroy sprang auf, als er uns sah. »Da seid Ihr ja! Reginald, hast du etwas in Erfahrung bringen können?« Er rang verzweifelt die Hände.

»Aber natürlich, mein teurer Onkel!« Mein Freund breitete die Arme aus wie ein siegreicher Olympionike. »Und wenn erst mal ein wärmendes Getränk den Weg in mich hinein gefunden hat, wird all mein neu erworbenes Wissen aus mir heraussprudeln wie kristallklares Wasser aus einem isländischen Geysir!«

Noch nie im Leben waren mir und Merridew so rasch zwei mehrstöckige Whiskys gereicht worden.

»Momentchen mal«, mischte sich der Inspektor ein. »Zuerst mal werde ich Ihnen ein paar Fragen stellen.« Er musste den Kopf in den Nacken legen, um uns in die Augen zu sehen.

Merridew prustete und hätte fast seinen Whisky ausgespuckt. »Ach, kommen Sie, nehmen Sie uns doch gleich im Doppelpack! Wir wissen ja sowieso schon, was Sie uns alles fragen wollen: Wo waren Sie wann, wie, warum, worauf, worunter, wessenthalben, Wischiwaschi, Widewidewittbummbumm … all dieser Krampf, stimmt's?«

Der Inspektor schnappte empört nach Luft, aber Merridew legte ihm gönnerhaft den Arm um die Schultern, wozu er sich tatsächlich ein wenig bücken musste. »Ich mache Ihnen einen weihnachtlichen Vorschlag zur Güte: Wir zünden uns ein paar Trost spendende Zigarren an, und dann erzähle ich mal in aller Ruhe, was sich denn nun genau heute Nacht im und um Dorincourt Castle abgespielt hat. Und wenn Ihnen dann hinterher doch noch ein paar pfiffige Fragen mit W einfallen, dürfen Sie sie mir ganz ungeniert stellen!«

Cedric Lord Faunleroy hob in grenzenloser Verzückung die buschigen Augenbrauen. »Reginald! Du meinst, du weißt ...?«

Merridew zwinkerte ihm zu. »Aber natürlich weiß ich. Und zwar alles.«

Ich betrachtete die Gesichter der anderen Anwesenden. Ich sah Überraschung, Skepsis, Verunsicherung und sogar schiere Ablehnung. Es war einen Moment lang totenstill, bevor das Tapsen des großen Hundes zu hören war, der hereingetrottet kam und sich mit einem trägen Seufzer auf seinen Stammplatz vor dem Kamin warf.

Lord Fauntleroy reichte meinem Freund eine große Zigarre, die dieser sich zunächst unter der Nase durchzog, dann am Ohr knistern ließ und schließlich paffend entzündete.

Merridew stellte sich genau vor die große Rosette aus Säbeln, dass es so aussah, als sei sein Kopf gottgleich von Strahlen umkränzt.

Seine ersten Worte wurden von einer sich nur langsam verflüchtigenden Wolke von Zigarrenqualm begleitet:

»Ihr Lieben, Ihr seht mich bei ausgesprochen guter Laune. Und wer gut gelaunt ist, der darf das durchaus zur Schau stellen. Wie sagte unser großer Dichterfürst dereinst? *Zum Raube lächeln, heißt den Dieb bestehlen.* Und genau das werde ich tun: Lächeln. Denn derjenige unter Euch, der dieses gemeine, garstige, grausame Verbrechen begangen hat, dürfte nun ahnen, dass seine Zeit abläuft. In etwa ...« Er zog seine Taschenuhr hervor und blickte stirnrunzelnd darauf. »... zehn Minuten wird seine schändliche Tat in all ihren Einzelheiten offengelegt worden sein.

Doch zunächst fassen wir mal eine ganz andere Zeit ins Auge. Wir drehen die Uhr einige Stunden zurück. Und wir rufen in uns noch einmal das kindlich erwartungsvolle Gefühl des Wartens auf den Weihnachtsmann zurück, mit dem wir früher zu Bett zu gehen pflegten.«

Er senkte die Stimme zu einem Flüstern und begann, ein Gedicht zu deklamieren, das wir alle kannten:

»In der Nacht vor dem Christfest, da regte im Haus
Sich niemand und nichts, nicht mal eine Maus.
Die Strümpfe, die hingen paarweis am Kamin
Und warteten drauf, dass Sankt Niklaus erschien.
Die Kinder lagen gekuschelt im Bett
Und träumten vom Apfel- und Nüsseballett.
Die Mutter schlief tief, und auch ich schlief brav
Wie die Murmeltiere im Winterschlaf ...«

Er machte einen kräftigen Zug an seiner Zigarre und pustete den Qualm aus.

»Da sind wir nun also alle in einem Haus gelandet. In einem Haus, das sich grenzenlose Güte und Gastfreundschaft auf die Fahne geschrieben hat. Begehrenswerte und Begehrende, Erben und zu Beerbende, Diebe und Diebesgut. Jeder hat bei seiner Anwesenheit auf Dorincourt Castle etwas anderes im Sinn. Nur einer, der kommt nicht an, dessen Automobil streikt unerwartet: Ein Reverend aus Norfolk, der keine große Lücke hinterlässt. Dass trotzdem ein Mann der Kirche mit einem

Auto mitten in der Nacht an der Bushaltestelle gesehen worden sein soll, will ich für die hier Anwesenden nur der Vollständigkeit halber erwähnen.

Im Gedicht geht es weiter:

Als draußen vorm Hause ein Lärm losbrach
Dass ich aufsprang und dachte: Siehst rasch einmal nach.

So dürfte es den Meisten von uns in der letzten Nacht ergangen sein.«

Merridew blickte zu mir herüber, und ich deutete ein Nicken an. Genau so hatte ich das auch empfunden. Ein Höllenlärm hatte mich aus dem Zimmer gelockt.

»Nun, draußen vorm Haus war es nicht, sondern im, oder vielmehr vor dem Zimmer der verehrten Miss Gilroy, die aufgeschreckt durch jemanden oder etwas, der oder das in ihr Zimmer eingedrungen war, verständlicherweise in Panik geriet. Wie konnte dieses Wesen – einigen wir uns darauf – in das Zimmer eindringen? Dreimal war der Schlüssel umgedreht worden. Und die Tür musste auch von Ihnen erst aufgeschlossen werden, bevor Sie Alarm schlagen konnten, habe ich recht, Miss Gilroy?«

Die Angesprochene nickte energisch. »Die Tür war verschlossen. Und auch alle vier Fenster waren ordentlich verriegelt.«

»Danach habe ich nicht gefragt, aber ich danke trotzdem. Mein Freund Nigel und ich entdeckten Spuren von Ruß auf dem Boden vor dem Kamin. Selbstverständlich haben Ihre Leute dies auch entdeckt, Inspektor?«

Der Angesprochene nickte knapp. »Selbstverständlich.«

»Die Rußspuren waren zu undeutlich, um einen Fußabdruck erkennen zu lassen. Vom nachmittäglichen Kaminkehren konnten sie nicht rühren, da gewiss danach alles gereinigt worden war.«

Er warf dem Dienstmädchen einen fragenden Blick zu. »Mr Barrow hat uns vor dem Dinner aufgetragen, in den Zimmern des Südflügels nachzuschauen. Wir haben alles, was wir an Ruß finden konnten, säuberlich entfernt.«

»Brav. Onkel Cedric, auf dein Personal ist Verlass.« Merridew setzte sich langsam in Bewegung. Schließlich kam er vor dem Butler zum Stehen. »Sie zeigen vollen Einsatz, wenn es um das Wohl des Hauses Dorincourt geht. Eine hübsche Beule haben Sie da, Barrow.«

»Nicht der Rede wert, Sir.«

»Können Sie uns wohl mit knappen Worten beschreiben, wie Sie in den Genuss dieser Verzierung gekommen sind?«

»Selbstverständlich Sir.« Der Butler blickte starr geradeaus. Sein ganzer Körper war angespannt. »Seine Lordschaft hatte mir aufgetragen, die Polizei zu rufen, und so eilte ich zum Telefon in der Halle. Das Dienstmädchen Mabel und Alfred waren mit mir unten. Mit einem Mal sah Alfred, dass sich jemand hinter dem Vorhang verbarg, und wir wollten gerade nachsehen, als ein Tumult entstand und mich jemand mit irgendeinem Gegenstand am Kopf traf. Ich stürzte zu Boden, und als ich die Augen wieder aufschlug, hatte der Angreifer bereits die Tür aufgerissen und war in die Nacht hinaus. Alfred setzte ihm sofort hinterher.«

»So war es!«, rief das Dienstmädchen aufgeregt. »Alfred, der arme Junge. Er war so tapfer.« Sie begann zu schluchzen.

Merridew legte die Stirn in Falten. »Und wenig später fand der bedauernswerte Alfred sein nasses Grab. Mr Barrow, Sie gelangten in dieses Haus durch die Vermittlung einer Agentur.«

»So ist es, Sir.« Der Blick war immer noch geradeaus gerichtet.

»Zusammen mit zwei anderen Dienstboten.«

»Mit Alfred und Simon, Sir.«

»Simon?«

Ein junger Diener mit einem runden Mondgesicht meldete sich zu Wort. »Wir kommen von der Agentur Schuster aus Nottingham, Sir. Es kam sehr überraschend. Wir hatten nicht damit gerechnet, über Weihnachten noch eine Stelle zugeteilt zu bekommen, Sir.«

»Kannten Sie einander?«

Barrow antwortete: »Nein, Sir.«

»Nun, Ihre plötzliche Vermittlung verdanken Sie alle einem Unfall, der sich in der hiesigen Küche ereignete. Das war vor etwa ... zweieinhalb Wochen?«

»Heute genau vor drei Wochen, Sir«, meldete sich das Dienstmädchen zu Wort. »Der alte Gasofen flog plötzlich auseinander. Wir können von Glück sagen, dass niemand dabei totgeblieben ist, Sir. Der Klempner, der am nächsten Tag kam, behauptete, es habe jemand daran herumhantiert, aber ich schwöre, dass das keiner getan hat.«

Ein Lächeln umspielte Merridews Mundwinkel, als er voller Genugtuung den stetig wachsenden Aschekegel am Ende seiner Zigarre betrachtete. »Fein«, sagte er, »dann hätten wir einen weiteren Zeitverlauf geklärt. Wollen wir aber wieder zur Christnacht zurückkehren. Wenn Sie einmal kurz Ihren Tränenfluss unterbrechen könnten, Mabel, und versuchen wollen, mir bei einem Gedankenexperiment zu folgen?«

»Gedankenexperiment?«, schniefte das Dienstmädchen.

»Ganz recht. Versetzen Sie sich noch einmal in die Situation am Vorhang. Sahen Sie selbst, dass sich dort jemand versteckte?«

Das Mädchen stutzte und sagte dann zögernd: »Nein.«

»Sahen Sie den Flüchtenden, dem Alfred hinterherlief?«

Es dauerte einen weiteren Moment, bevor sie antwortete: »Nein.«

Nun wandte sich Merridew an den Butler. »Und Sie, Barrow? Sahen Sie den Dieb?«

Die Antwort kam ohne Zögern: »Nein.«

»Fein, fein, und nun kommt das Gedankenexperiment. Vorsicht, ab hier wird es sehr konjunktivisch: Wenn da nun gar niemand gewesen wäre, wenn niemand hinter dem Vorhang gestanden hätte, niemand durch die Tür geflüchtet wäre, wenn also Alfred in Wirklichkeit nur so getan hätte, wäre es ihm dann möglich gewesen, Ihnen, Barrow, im Eifer des Gefechts unerkannt eins über den Schädel zu ziehen?«

Mit einem Mal beobachtete ich bei dem Angesprochenen ein Zeichen der Verunsicherung. Jetzt blickte er meinen Freund mit zusammengezogenen Augenbrauen direkt an. »Aber warum hätte er das tun sollen, Sir?«

Merridew kicherte. »Wie sagt unser aller Freund und Helfer bei solchen Gelegenheiten immer so schön: Die Fragen stelle hier ich. Also: Wäre, hätte, wäre, hätte, wäre?«

»Es wäre nicht unmöglich, Sir.«

Das Dienstmädchen Mabel stieß einen kurzen, unterdrückten Schrei aus. »Ich weiß, was Sie sagen wollen, Sir. Alfred war erst kurz hier, und wir wissen nichts über ihn, aber er war auf keinen Fall ein Dieb! Er kann es nicht gewesen sein, der den Edelstein gestohlen hat, denn als oben das Geschrei losging, war ich doch mit ihm zusammen, um die Weihnachtskarten zu verteilen!«

»Der da!«, quiekte Lord Fauntleroys Nichte Cynthia in diesem Moment auf und wies ungeniert mit dem ausgestreckten Finger auf Barrow, den Butler. »Den sollten Sie mal unter die Lupe nehmen! Von dem erzählt man sich so einiges!«

In Barrows Gesicht verzog sich keine Miene.

Merridew fuhr herum und herrschte die junge Frau mit lauter Stimme an: »Sie schweigen augenblicklich! Über den Ganoven an Ihrer Seite erzählt man sich erst recht so einiges! Aber was man sich erzählt, interessiert mich nicht!« Er zog an seiner Zigarre und setzte dann wieder ruhiger hinterher: »Was mich interessiert, sind vielmehr die Dinge, die man nicht erzählt.«

»Aber Alfred kann es wirklich nicht gewesen sein«, wagte ich einen Einwurf. »Erstens war er bei Mabel, und zweitens waren da die Rußspuren im Zimmer, die …«

Merridew lachte laut auf. »Die Rußspuren, genau! Am Kamin und auf dem Boden zwischen Kamin und Tür. Haben Sie gesehen, wo sie von da aus hinführen?«

»Nein, ich ...«

Er schüttelte den Kopf. »Sie haben noch viel zu lernen, Nigel. Bei der Tür enden die Spuren. Die Tür war verschlossen.«

»Dreimal umgedreht ...«

Merridew schnitt Olivia Gilroy das Wort ab. »Wir folgen Alfred durch die Nacht. Er rennt hinter einem Einbrecher her, der nicht da ist. Nigel, Sie sagen mir Bescheid, wenn Sie das, was ich jetzt vor Ihrem geistigen Auge heraufbeschwöre, nicht die Wahrheit ist. Aber nur dann!«

Ich nickte ergeben und trank an meinem Whisky.

»Alfred rennt und rennt und ruft und schreit, sodass man glauben kann, er sei in Zwiesprache mit einem vor ihm Flüchtenden. Er überquert in dieser finsteren Neumondnacht die große Rasenfläche, schnurgerade vorbei an der Vogeltränke, durch das Gebüsch, hinab, durch den Wald, hinunter zum Seeufer. Aber dort ist nicht der Weg, der ihn zur Brücke führt, sondern ...«

Er breitete in einer dramatischen Geste die Hände aus. »Eine Eisdecke, die unter seinem Gewicht nachgibt und ein schwarzer, kalter See, der ihn augenblicklich verschlingt!«

»Er wollte sich mit dem Priester an der Bushaltestelle treffen!«, rief der Inspektor dazwischen, der sich inzwischen von Merridews Erzählung hatte mitreißen lassen. »Aber er hat den Weg verfehlt!«

»Papperlapapp! Diesen Priester gibt es nicht! Gab es nie! Wird es nie geben, um alle Tempi abzudecken.«

»Aber Reverend Barnacle ...«, warf Lord Fauntleroy ein.

»Hat nichts damit zu tun! Fährt ein Schrottauto! Ist genug gestraft dadurch, dass er die Heilige Nacht in einer Kaschemme in Swaffham verbringen musste. Keine weiteren Unterbrechungen mehr, verstanden!«

In der Aufregung war die Asche seiner Zigarre zu Boden gerieselt. Er zog die Mundwinkel herab und warf den Stummel in das Kaminfeuer. »Schade. Nun denn, was sagt uns, dass hinter dem Ableben des Dieners Alfred mehr steckt, als ein simpler Unfall?« Er blickte mich an und sagte: »Vogeltränke?«

Ich verstand nicht. Aber ich erinnerte mich daran, dass er mir am Vormittag bereits einen kryptischen Hinweis gegeben hatte.

Er stöhnte verzweifelt. »Die Vogeltränke wurde am gestrigen Nachmittag – vermutlich nach Einbruch der Dunkelheit – um etwa zwei Yards verschoben. Sodass jemand, der erst seit ein paar Tagen hier im Haus und somit noch ortsunkundig ist, wenn er von der Hausecke in gerader Linie vorbei an der Tränke, sich der falschen Stelle durch die Büsche schlägt, sich an der falschen Stelle durch den Wald hinunter an den See begibt, demzufolge an der falschen Stelle des Ufers auskommt und nicht auf den Weg trifft.

Und dann bricht das Eis unter ihm ein. Warum? Am Nachmittag sind die Kinder fröhlich mit ihren Schlittschuhen über den See getollt. Wie sagt es das schöne

Weihnachtslied? *Water like a stone* – Das Wasser ist hart wie Stein! Und dass er dort einbricht, kann nur bedeuten, dass die Stelle vorbereitet war! Zerschlagen und dann gefährlich dünn wieder zugefroren! Ein perfider Plan um eine Randfigur auszulöschen und die falsche Spur um den nicht vorhandenen Flüchtenden und den ominösen Pfarrer im graublauen A35 zu erhärten. Zwei Fliegen – eine Klappe, Patsch!«

Als er in die Hände klatschte, schrak die Dogge kurz aus ihrem Schlaf auf und gab ein kurzes »Wuff!« von sich. Ich erinnerte mich daran, dass ich in der Nacht festgestellt hatte, dass ich ohne Dougal unweigerlich ins Verderben gerannt wäre, und mit einem Mal sah ich alles so klar, wie Merridew es beschrieb.

»So, und nun kommen wir mal langsam zum Schluss«, sagte Merridew. »Mir wird es fast langweilig, da ich ja doch schon alles weiß. Aber Ihr wollt ja auch alle wissen, was sich ereignet hat, oder?«

Die Zustimmung erfolgte in unterschiedlicher Lautstärke.

»Wir besuchten den Schornsteinfeger Hezekiah Blott, der uns sagte, er sei vom eigentlichen Butler Mr Gosford herbeizitiert worden.«

»Aber Gosford liegt im Krankenhaus«, warf Lord Fauntleroy ein.

»Na eben! Blott hat gelogen! Schlecht gelogen! Erinnern Sie sich, was ich sagte, Nigel: Er hatte die ganze Zeit die Hände gefaltet! Er hat die Rechte mit der Linken festgehalten und umgekehrt! Weil er sich sonst mit seinem Zittern verraten hätte! Wer also hat den Mann wirklich beauftragt? Diese Frage beantworten wir, indem wir eine andere Frage erörtern: Welche Haarfarbe hat die ganze Familie Blott?«

Ich dachte kurz nach und rief mir die Bilder in Erinnerung. »Schwarz!«, rief ich.

»Richtig! Schwarz wie Kohle, allesamt. Vater, Mutter, und den Mendel'schen Regeln zufolge auch die beiden Töchter und das Söhnchen! Aber gestern Nachmittag war hier im Schloss ein Junge an Mr Blotts Seite, der sich die Mütze vom Kopf gezogen hatte, und dessen Haarfarbe war ... Na?«

»Blond!«, rief Lord Fauntleroy.

»Ebenfalls richtig! Ein falsches Kind! Ein falscher kleiner Blott! Ein mickriges, wendiges Kerlchen, das durch einen Kamin passen könnte! Nigel, wir haben im Schnee auf dem Dach Rußspuren gefunden. Und im Zimmer von Miss Olivia auch! Was also spricht dagegen, dass der Schornsteinfeger diesen fremden Jungen aufs Dach gebracht hat, wo er in der Nacht durch den Kamin hinabgestiegen ist?«

»Und den Saphir gestohlen hat!« Jetzt war auch Terry Willeford voller Eifer! »Der einzig mögliche Weg, den Stein zu entwenden!«

Merridew musste an sich halten, um nicht auf ihn loszugehen. »Mumpitz!«, schrie er. »Sie Blödian könnten doch noch nicht mal einen Edelstein stehlen, wenn man Ihnen den mit Honig auf die eigene Nase kleben würde!«

»Aber wieso sollte Blott das tun? Was hätte dieser kreuzbrave Mann davon?«, fragte ich verzweifelt. Ich konnte nur undeutlich erkennen, worauf Merridew zusteuerte.

»Weil er gezwungen wurde, Nigel! Von einem abgrundtief bösen Menschen gezwungen! Und womit kann man einen treusorgenden Familienvater zwingen? Einen, der vor Jahren schon ein Kind verlor? Mit der Entführung seines Kindes!«

In meinem Kopf drehte sich alles. Ich sah die Kinder vor mir, wie sie durch den Schnee tollten. Glücklich und in Liebe vereint. Ich sah das kleine Mädchen, das zu meinem Freund aufblickte.

»Die Kleine bedankte sich bei mir dafür, dass Tolly wieder da ist!«, schien Merridew meine Gedanken zu lesen. »Zwei Tage war er weg! Tolly ist nicht ihr Stoffhase! Hezekiah, der König von Juda, Esther, die hebräische Königin, Damaris und Magdalen, der verstorbene Gideon … allesamt biblische Namen in einer frommen Familie! Und der Junge heißt …«

»Bartholomew, der Apostel!«, rief ich freudig erregt. »Tolly ist die Koseform von Bartholomew!«

»Na, endlich läuft es bei Ihnen wieder richtig, Nigel! Der Sohn des Schornsteinfegers hat eine Beinschiene, daher hätte er unmöglich durch den Kamin kriechen können, um einen Einbruch vorzutäuschen! Also wurde er entführt, und Blott musste ein fremdes Kind zum Schloss bringen, um es mit dem in Frage kommenden Kamin vertraut zu machen!«

Cynthia schüttelte fassungslos den Kopf. »Das denken Sie sich doch gerade alles aus! Das ist doch Quatsch! Ein fremdes Kind … Ein fremdes Kind … Wo kriegt man denn mir nichts, dir nichts ein fremdes Kind her?«

Merridew klemmte seine beiden Daumen in die Armlöcher seiner Tweedweste und senkte die Augenbrauen. Dann machte er ein paar Schritte auf einen der Sessel zu, blickte die darin sitzende Person finster an und seufzte abgrundtief. »Aus einem Waisenhaus«, sagte er mit Grabesstimme. »Und auf so eine abscheuliche Idee muss man erst mal kommen.«

Olivia Gilroy blickte mit schreckgeweiteten Augen zu ihm auf. »Waisenhaus?«

»Ja, Waisenhaus, Madam. Inspektor Mallory, wenn Sie sich in den Waisenhäusern von Leicester, Peterborough und Milton Keynes erkundigen, werden Sie mit Sicherheit erfahren, dass dort irgendwo kürzlich ein kleiner, blonder Junge abhandengekommen ist.«

»Abhandengekommen?«, hauchte Olivia Gilroy und nestelte nervös an ihrer Strickjacke herum. »Aber Sie denken doch nicht etwa, ich …«

»Nein«, sagte Merridew. »Es war der Mann, der all das zu planen begonnen hatte, als er hörte, dass ein angeblicher Juwelendieb über Weihnachten auf Dorincourt Castle zu Gast sein würde! Der Mann, der vor genau drei Wochen zuletzt hier im Schloss war, woraufhin der Gasofen explodierte. Du erinnerst dich, es war der Barbaratag, Onkel Cedric. Der Mann, der den Burschen Alfred einschleuste und ihn dafür in den sicheren Tod schickte. Der Mann, der ganz spontan einen nächtlich auftauchenden Priester erfand, als er erfuhr, dass Reverend Barnacle nicht erscheinen würde!«

»Aber wir haben einen Zeugen, der das Auto an der Haltestelle sah!«, machte der Inspektor einen letzten verzweifelten Versuch, auch etwas beizutragen.

Merridew warf ihm einen funkelnden Blick zu. »Wenn Sie kein Polizist wären, würde ich Sie fragen, ob Sie wirklich so blöd sind, oder ob Sie nur so tun! Wie sollte Higgins im Dunklen die Autofarbe erkennen?«

»Aber warum sollte der Zeuge lügen?« Der Inspektor heulte jetzt fast vor Verzweiflung.

»Weil er seit Neuestem einen lukrativen Job mit ausreichend Alkoholnachschub hat, und zwar im Spirituosenhandel in Nottingham. Bei einem Mann, mit dem jemand aus unserer Runde regelmäßige Geschäfte macht. Aber diese Geschäfte sind nicht gut genug, um seinen Ruin zu verhindern. Und aus diesem Grund hat er beschlossen, den Juwel zu Geld zu machen, den ihm sein Vater vermacht hat! Aber wie so oft steht diesen Plänen die Gier im Weg. Und so beschloss er, sich den berühmten Bombay Saphir über seine Versicherung bezahlen zu lassen, ohne ihn jedoch zu verlieren!«

»Du Schwein!«, schrie Olivia Gilroy auf und sprang aus ihrem Sessel hoch. »Du hast mich benutzt! Benutzt, um eine Mithelferin in deinem schäbigen Plan zu haben!« Eine laute Ohrfeige traf Quentin Lorradaile mitten ins gerötete Gesicht, sodass er fast von der Lehne ihres Sessels fiel, auf dem er die ganze Zeit schweigend gesessen hatte.

»Das sind Lügen!«, brüllte er jetzt. »Infame Lügen, genauso wie die, die man über mich und meine Firma verbreitet!«

»Ihre Firma!« Ein keckerndes Lachen ertönte, und als alle Köpfe herumfuhren, sahen sie den alten George

Hartle, der unbemerkt den Raum betreten hatte. »Wie ich bereits sagte, Lord Merridew, Quentin Lorradaile hat schon lange kein Glück mehr mit seinen Geschäften.«

Aus den Augenwinkeln sah ich, wie der Mann, von dem die Rede war, sich klammheimlich aus dem Staub machen wollte, weil er sich für einen kurzen Moment unbeobachtet glaubte. Ich rief laut: »Nicht so hastig, Freundchen!« und kriegte ihn am Rockschoß zu packen. Aber mit der Kraft der Verzweiflung versetzte er mir einen Faustschlag, der mich am Kinn traf und augenblicklich zu Boden gehen ließ. Lorradaile rannte auf eine der Türen zu, die zu den Treppenhäusern führte. Er hatte die Klinke in der Hand, als Lord Fauntleroy ein donnerndes »Dougal, fass!« durch die Halle schallen ließ.

Der Hund war schneller auf den Beinen, als man ihm das zugetraut hätte, und mit einigen wenigen Riesensätzen war er bei Lorradaile und sprang ihn mit solcher Wucht an, dass er zu Boden stürzte.

»Hilfe!«, schrie Lorradaile. »Nehmt das Vieh weg!« Aber Dougal dachte weder daran, ihn zu verspeisen, noch daran, seine schweren Pfoten von seiner Brust zu nehmen. Während der Hund ihn abschleckte, schrie Lorradaile: »Alfred hat den Stein gestohlen! Er wird auf dem Grund des Sees liegen! Wenn das Eis getaut ist, werden Sie ihn finden.«

»Sie beleidigen unsere Intelligenz, Mr Lorradaile«, sagte Merridew ruhig und schüttete Whisky in ein Glas, das er an George Hartle weiterreichte. Dann schenkte er sich selbst nach. »In diesem See wird kein Saphir gefunden werden. Mit Eis oder ohne Eis.«

Mit einem schrillen Pfiff rief Lord Fauntleroy seinen Hund zu sich, und zwei Polizisten bemächtigten sich unter der Regie des Inspektors Quentin Lorradailes, indem sie ihn bei den Armen packten und in die Höhe zerrten.

»Der Junge! Der falsche Schornsteinfeger-Balg hat ihn gestohlen!«, machte Lorradaile einen allerletzten Versuch, den Kopf aus der Schlinge zu ziehen.

Merridew blickte in seinen Whisky und murmelte: »Mir kommt ein kleiner Reim in den Sinn, den mir mein Kindermädchen einmal beigebracht hat:

Für jeden, selbst für einen Blinden,
ist das, was vor ihm liegt, zu finden.
Doch scharfen Augs bedarf es dann
Zu seh'n, was man nicht sehen kann.«

Und mit diesen Worten ergriff er seinen Gehstock, den er beim Eintreten neben dem Kamin abgestellt hatte. Gemächlich schlenderte er zu dem großen Christbaum hin und summte leise vor sich hin.

»Die beste Möglichkeit, etwas kleines, buntes, glitzerndes zu verstecken, ist, es in einem Meer von anderen kleinen, bunten, glitzernden Gegenständen verschwinden zu lassen.«

Er hob den Stock und bewegte seine Spitze mit kreisenden Bewegungen auf den Weihnachtsbaum zu, auf die Zweige voller Kringel, Kugeln, Sterne und Girlanden, so als wolle er ihn als Zauberstab benutzen, um den Baum verschwinden zu lassen. Aber stattdessen brachte er etwas zum Vorschein. Er gab sich große Mühe, den Gegenstand mit der Stockspitze von einem der Zweige zu fischen, ohne dass er zu Boden fiel. Eine Abfolge überraschter Laute ging durch die Reihe der Anwesenden, als er den Bombay Saphir wie einen besonders kostbaren Fisch an einer goldenen Angelschnur zu uns herübertrug.

Der helle Stern im blau glitzernden Gefängnis strahlte uns entgegen, und das einzige, das zu hören war, war das leise Schluchzen von Olivia Gilroy, die immer noch nicht fassen konnte, in welches mörderische Komplott sie geraten war.

»Dort hatte ihn Lorradaile versteckt, um ihn vor den Nachforschungen der Polizei zu verbergen. Es wäre ein Leichtes gewesen, ihn nach einer Weile, in einem unbeobachteten Moment wieder an sich zu nehmen.«

George Hartle klatschte Beifall. Merridew deutete eine Verbeugung an.

Ich hatte mich wieder aufgerappelt und rieb mir das Kinn und das schmerzende Knie. Merridew hatte den Fall wieder einmal gelöst. Nicht, dass es mich gewundert hätte. Seit ich ihn kannte, war ihm noch nie ein Fehler unterlaufen. Jedenfalls noch nie einer, den ich bemerkt hätte. Ich klopfte ihm auf die Schulter, und wir stießen an.

Aber da war etwas, das mir einfach nicht aus dem Kopf wollte. Mein Freund hatte vorhin seine Erklärung mit den Zeilen des wohl berühmtesten Weihnachtsgedichts begonnen:

»*In der Nacht vor dem Christfest, da regte im Haus*
Sich niemand und nichts, nicht mal eine Maus.«

Aber da war noch eine weitere Zeile, die mich beschäftigte.

»Merridew«, sagte ich, und er wandte mir sein strahlendes Gesicht zu. Er genoss seinen Triumph, aber als er meine nachdenkliche Miene sah, ahnte er gleich, dass noch etwas Wichtiges ungeklärt geblieben war.

»Sie wissen doch sicher, wie das Weihnachtsgedicht weitergeht.«

Er nickte langsam. »Aber natürlich, mein alter Knabe. Wer wüsste das nicht?«

»Nun, es heißt da ein paar Zeilen später noch *Kroch in den Kamin und war fort im Nu*. Wenn nun aber dieser Junge zurück in den Kamin kroch, wie soll er denn seit heute Nacht von dort wieder fort...«

»Grundgütiger!«, hauchte Merridew und riss die Augen weit auf. »Dieses vermaledeite Schwein von einem Mann!« Er blickte Lorradaile hinterher, der gerade von den Polizisten aus dem Raum geführt wurde.

»Das Wimmern der Minna Tipton, das ich heute Nacht gehört habe ...«

»Aber natürlich, aber natürlich! Los, kommen Sie, mein Junge! Vielleicht ist es noch nicht zu spät!«

Und zur grenzenlosen Überraschung aller verließen wir mit wehenden Rockschößen die Halle und rannten polternd die Treppen hinauf. Mit Wucht warf Merridew die Tür zu Olivia Gilroys Zimmer auf und stürzte zum Kamin. Er ließ sich so rasch auf die Knie fallen, wie ich das noch nie beobachtet hatte. Ich tat es ihm nach, und gemeinsam bückten wir uns und robbten so weit vor, dass wir unsere Köpfe hineinstecken konnten.

»Junge!«, rief er nach oben. »Hallo, Junge, um Gottes Willen, komm zu uns herunter!«

»Keiner tut dir was«, rief ich hinterher. »Der schreckliche Mann ist verhaftet worden, hörst du? Er kann dir nichts mehr tun!«

Ich sah die nackte Angst in Merridews Gesicht, als wir gemeinsam in die Stille über uns lauschten. Es vergingen quälende Minuten, in denen sich nichts rührte, bis mein Freund mit sanfter Stimme rief: »Ich bin der Weihnachtsmann, mein Kleiner, und ich fürchte, du musst langsam mal da rauskommen, weil du mir nämlich den Heimweg verstopfst!«

Und plötzlich rieselte Ruß auf uns herab, und es war uns so, als sei es glitzernder, verheißungsvoll herniedertanzender, köstlicher Sternenstaub. Und dann hörten wir deutlich scharrende, kratzende Geräusche, und zwei kleine Füße in löchrigen Schuhen schoben sich langsam in unser Blickfeld.

Am Nachmittag war das Haus mit einem Mal wie leergefegt. Wer nicht abgereist war, war in Polizeigewahrsam oder hatte sich auf sein Zimmer verzogen. Merridew und ich saßen im Salon und blickten in das flackernde Kaminfeuer.

»Ihr Onkel hat ein gutes Gespür für die lauernde Gefahr bewiesen, als er Sie zu Weihnachten eingeladen hat«, sagte ich nachdenklich.

»Meine Familie besteht fast lückenlos aus großen Geistern«, antwortete mein Freund und gab sich keine Mühe, ein Gähnen zu unterdrücken. In meiner Ge-

genwart legte er oft alle guten Manieren ab, was mich freute, da er mir damit stets ein tiefes Gefühl der Vertrautheit vermittelte. »Ich kann von Glück sagen, dass ich nicht mit solchen Dummköpfen geschlagen bin wie mein Onkel Cedric.«

»Ihm würde man einen würdigen Stammhalter von Herzen wünschen.«

Es klopfte an den Türrahmen, und als wir uns umwandten, sahen wir George Hartle dort stehen. »Hier seid Ihr also«, sagte er fröhlich. »Alle anderen sind auf und davon. Ich fürchtete schon, das mit der warmen Mahlzeit würde sich zerschlagen.«

Merridew grunzte laut und kämpfte sich aus dem Sessel empor. »Von wegen!«, sagte er. »Das wollen wir doch mal sehen! Glauben Sie bloß nicht, dass Sie der Einzige sind, der hier Kohldampf schiebt! Mein junger Freund hier ist schon völlig ausgezehrt, da er seit den Sandwiches, die ich ihm zum Frühstück gestattet habe, nur noch flüssige Nahrung zu sich genommen hat.« Er schlug mir auf die Schulter. »Was denken Sie, Nigel, sollen wir gemeinsam zu einem kleinen Raubzug in die Schlossküche aufbrechen? Mrs Frumpton wird sich wohl kaum gegen drei Burschen wie uns zur Wehr setzen können!«

Ich hielt das für eine gute Idee und erhob mich ebenfalls. Merridew hatte recht. Mir war vor mangelndem Essen und Getränken im Überfluss schon richtig blümerant.

Hartle klatschte vergnügt in die Hände. Seine Bäckchen leuchteten. »Famose Idee. Ich bin dabei!«

Und zu dritt stolperten wir aus dem Salon hinaus, als Hartle uns plötzlich mit ausgebreiteten Armen zum Stehenbleiben aufforderte und mit zum Mund geführten Zeigefinger bat, zu schweigen.

Wir sahen die beiden gleichzeitig. Der alte Lord stand vor dem Ölportrait seines Großvaters und blickte zu ihm hinauf. Zu John Arthur Molyneux Errol, dem Earl of Dorincourt. Er hatte dabei die Hände hinter dem Rücken gefaltet.

Und an seiner Seite stand ein kleiner Junge, der in den letzten Stunden von den Dienstmädchen gründlich gewaschen und gekämmt, dann liebevoll mit provisorischer Kleidung und einem Paar halbwegs passenden Schuhen ausstaffiert worden und von Mrs Frumpton mit einer wärmenden Mahlzeit und heißem Kakao versorgt worden war.

In seiner Haltung glich er durch einen wunderbaren Zufall exakt dem alten Mann an seiner Seite. Auch er hatte die Hände auf dem Rücken gefaltet und lauschte dem, was Lord Fauntleroy ihm gerade erzählte.

Und als ich zu den beiden anderen hinüberblickte, sah ich Tränen in ihren Augen, und uns alle verband in diesem Moment ganz ohne Zweifel die Gewissheit, dass dieser Junge nie wieder in ein Waisenhaus würde zurückkehren müssen.

DAS RÄTSEL
DER EINSAMEN LEUTE

(1965)

Die Blüten an den Bäumen der Kensington Gardens leuchteten unter der freundlichen Frühlingssonne mit dem Versprechen eines betörenden Dufts. Ich blickte aus einem der Fenster von Merridews Salon zu den belebten Wegen hinüber, den darüber flanierenden Paaren und den spielenden Kindern, und trank mit Genuss eine Tasse Tee.

Hinter mir saß Merridew in seinem Lieblingssessel und las geräuschvoll die Zeitung. »Ah gut. Sehr gut. Der verdammte Vogel ist endlich wieder da!«, sagte er amüsiert.

»Welcher Vogel?«

»Dieser Steinadler, der vor zwei Wochen aus dem Zoo ausgebüxt ist. Dachte schon, er hätte zur Taube umgeschult und wäre zum Trafalgar Square umgezogen.«

Ich wandte mich nicht zu ihm um, weil ich mit einigem Interesse eine Frau auf der Straße vor dem Haus beobachtete. Menschen wie sie, mit ihrer schäbigen Kleidung, dem zerzausten Haar und all den Umhängetaschen und Körben, die sie mit sich trug, sah man nicht sehr oft in diesem Stadtteil Londons. Irgendwann war sie aus meinem Blickfeld verschwunden.

»Sonst keine Neuigkeiten?«

»Lauter belangloses Zeug. Churchills Kopf kommt auf eine Münze – na ja, hat er nichts mehr von. Bischof McKenzie soll demnächst zum neuen Erzbischof von Canterbury gewählt werden, und der frühere Minister

Augustus Thackeray feiert seinen 75. Geburtstag, indem er, statt sich beschenken zu lassen, Spenden für die Church of London sammelt. Hat ja nun auch wirklich genug auf der hohen Kante.«

»Reich heiraten schadet nie«, erwiderte ich lachend.

»Was? Haben Sie vielleicht etwas vor, wovon ich nichts weiß?«, fragte Merridew mit einem lauernden Unterton.

»Aktuell keine Pläne in dieser Hinsicht. Aber wenn ich mal heirate, dann mache ich es wie dieser Thackeray. Das ist der einzige, dem der Regierungswechsel nicht geschadet hat. Dank seiner reichen Frau hat der seine Schäfchen im Trockenen.«

Thackeray war als Minister für Verwaltungsangelegenheiten das einzige Mitglied der Konservativen Regierung, das nach dem Wahlsieg der Labour Party im vorigen Jahr auf die Füße gefallen war. Seine Frau war die Erbin der großen Kaufhauskette Freebody.

Es klingelte an der Wohnungstür, was meinem Freund ein nur mäßig interessiertes Brummen entlockte. Ich schenkte mir gerade Tee nach, als Merridews alter Butler Cresswell mit einem dezenten Räuspern, das sich beinahe übergangslos in ein asthmatisches Husten verwandelte, Besuch ankündigte.

»Eine Miss Slocombe, Sir«, brachte er schließlich schwer atmend hervor. Merridew ließ ihn in letzter Zeit nur noch leichte Speisen und kleines Geschirr tragen. Auf warme Getränke verzichteten wir immer öfter, da sie unweigerlich von dem Weg aus der Küche bis hierher in den Salon erkaltet waren.

»Slocombe?« Merridew ließ die Zeitung sinken.

»Miss Adela Slocombe, wenn ich sie richtig verstanden habe, Sir.«

Jetzt hellte sich Merridews Miene schlagartig auf. Er warf die Zeitung zur Seite und rumorte sich schnaufend aus dem Sessel hoch. »Bringen Sie sie herein, Cresswell, bringen Sie sie herein!«

»Wenn Eure Lordschaft das wünschen, kann ich sie aber auch gleich wieder hinauswerfen.«

Cresswell würde zweifellos niemanden hinauswerfen können. Weder ein Wickelkind noch einen Rehpinscher. Er stützte sich mit zitternder Hand auf dem Büfett ab und atmete schwer.

»Aber nein, Cresswell! Nur herein mit ihr! Und bringen Sie Gin! Sie trinkt um diese Zeit gerne einen Muntermacher.«

Mit einem missbilligenden Blick stolperte der Butler hinaus, nur um einen kurzen Moment später mit dem Besuch zurückzukehren. Zu meiner grenzenlosen Verblüffung war es die verwahrloste Alte von der Straße!

»Mor'n Gentlemen«, krähte sie fröhlich und streckte Merridew ihre Rechte mit dem Gichthandschuh entgegen. Der griff mit beiden Händen danach und schüttelte sie mit überschwänglicher Freude.

»Miss Slocombe!«, trompetete er. »Was für eine gelungene Überraschung!«

Dann reichte sie auch mir die Hand, und ich zögerte ein wenig, bevor ich zugriff.

Sie sah sich staunend im Raum um, bevor sie sich auf dem Sofa niederließ, zu dem Merridew sie geleitete. »Nobel, nobel, verdammt. Hübsch hamses hier, Eure Lordschaft.«

»Waren Sie zufällig in der Nähe, Miss Slocombe?«, fragte Merridew, was für meine Begriffe ein ganz und gar abseitiger Gedanke war.

Sie ließ ihre Taschen und Körbe zu Boden gleiten und schlug scherzhaft nach ihm. »Wissense doch, dass das nich mein Revier is, Eure Lordschaft. Bin extra hergekommen!«

Cresswell trat auf sie zu und fragte überaus reserviert: »Pink Gin, Gin-Fizz oder Gin Tonic?«

»Gin!«, krähte die Alte. »Ohne Zeug drin.«

Cresswell wackelte mit einem Stoßseufzer davon.

»Nun, meine Liebe, was führt Sie zu mir? Wir haben uns ja wirklich eine Ewigkeit nicht mehr gesehen!«

»Sie ham doch damals meinen Eddy vorm Galgen bewahrt, Sir«, begann sie. »Un ich hab Ihn' ja geschwor'n, dass ich mich bei Sie dafür refrankieren tu, und ...« Sie hielt inne und sah skeptisch zu mir herüber.

»Das ist mein Freund Nigel Bates«, erklärte Merridew. »Wir verbringen hin und wieder unsere Freizeit miteinander. Sie können ihm ganz und gar vertrauen. Er ist Rechtsanwalt.«

»Rechtsanwalt?« Sie sprach das so aus, als arbeitete ich im Sekretariat des Satans persönlich.

»Ja, aber ein ganz, ganz netter«, beruhigte Merridew. »Meistens.« Er zwinkerte mir zu.

Cresswell brachte ein Glas Gin auf einem kleinen Tablett. Sie kippte das Getränk direkt hinunter und sagte fröhlich: »Dassis aber mal'n Service!«

Merridew bedeutete seinem Butler, die ganze Flasche zu bringen. »Aber fahren Sie doch fort, meine Liebe.«

»Es war gestern Am'nd in Westminster, wissense. Nich dass das mein Revier wär, Gentlemen, aber in der Baptist Church gab's ne Wohltätigkeitssause mit Suppe un so, un da macht man schon ma ne kleine Reise für.«

»Verstehe.« Merridew nickte wissend. »Ich hoffe, man hat Ihren Geschmack getroffen.«

»War in Ordnung. Gab leider keine Drinks, war ja bei die frommen Leute, verstehnse.« Sie sah, dass Cresswell sich mit der Flasche näherte und grabschte ungeniert danach. »Un wie ich dann so um die halb elf den Heimweg nach Brick Lane antrete – hauptsächlich zu Fuß, hatte kein Kleingeld für'n Cab – da seh ich doch, wie da jemand überfahr'n wird!«

»Vor der Baptist Curch?«, fragte ich. Ich versuchte, mir die Straße in Erinnerung zu rufen, in der ich ein oder zwei Mal gewesen war.

»Nee, bisschen weiter runter, auf'm Zebrastreifen.«

»Das ist die Abbey Road«, sagte ich. »Wir haben mal einen Prozess im Auftrag der EMI geführt. Die haben da ein Studio.«

»Wer is'n Amy?«, fragte die Alte skeptisch.

»Eine Plattenfirma ... Musik, verstehen Sie?«

Sie sah mich schief an. »Blöd bin ich ja nu nich. Musik. Tamtam, Plimm Plimm, Tralalala.« Sie riss plötzlich die Augen auf. »Ach guck ma, fällt mir grad ein: die hatte so'n Musikinstrument!«

»Wer?«, fragte Merridew.

»Na, die Frau, die wo überfah'n wor'n is au'm Zebrastreifen. Ich mein, fürs Rübergeh'n is doch so'n Zebrastreifen da, oder? Hat se alles richtig gemacht, aber jetz isse trotzdem mausetot.« Sie entkorkte die Ginflasche und trank ohne den Umweg über das Glas zu nehmen. »Jedenfalls hatte sie so ne Tröte bei sich. Fragense mich nicht, wie das genau heißt.«

»Aha, da ist also eine Frau auf dem Zebrastreifen einem Unfall zum Opfer gefallen«, fasste ich zusammen. »Und was soll Lord Merridew in diesem Fall …«

»Nee, nee!«, rief sie empört. »War kein Unfall! Der Wagen is abgehau'n!«

»Fahrerflucht«, knurrte Merridew. »Schäbig, so was.«

Sie beugte sich ganz nah zu ihrem Gastgeber hinüber, und ich bewunderte ihn, dass er keine Miene verzog, trotz des Geruchs und der schlechten Zähne. »Schäbig, da sag'n se was. Aber noch viel schäbiger is doch wohl, dass das Auto sie absichtlich überfah'n hat!«

Merridew und ich blickten uns überrascht an.

Miss Slocombe richtete ihren Oberkörper im Bemühen um eine gewisse Würde kerzengerade auf. »Un ich hab die Polente Bescheid gegeb'n. Würd ich sonst nie tun, so was. Hat man ja nich so gern mit zu tun.«

Das glaubte ich ihr aufs Wort.

Merridews große Adlernase zuckte, so als habe er Witterung aufgenommen. »Die Polizei kam und hat ihre Aussage aufgenommen?«

»Jawoll, hamse. Hat gedauert un gedauert, Mann. Unsereins muss ja auch früh raus. Aber soll ich Ihn' was sagen: Geglaubt hamse mir natürlich jar nix. Kennt ma ja, die Brüder.«

»Und deshalb kommen Sie zu mir?«, fragte Merridew.

»Sie sin nu ma der schlauste Mann, den ich kenn'n tu. Un Sie ham'n Riecher für Mord un lösen so'n Fall im Hauruck. Un dann is das am Ende wieder was Dolles, womit Sie inne Zeitung komm'n un die Bullen gucken doof ausser Wäsche.«

»Sie glauben wirklich, dass das ein Mord war?« Merridew rieb sich nachdenklich die Nasenspitze.

»Tausendprozentig, Eure Lordschaft. So sicher wie Sie damals mein' Eddy rausgeboxt ham'n!«

Merridew erhob sich schwerfällig. Galant hielt er der Alten die Hand hin, um ihr vom Sofa hochzuhelfen.

»Gnädige Frau, würden Sie uns wohl bei einem kleinen Ausflug auf die Abbey Road begleiten, um uns zu zeigen, wo sich diese schreckliche Sache ereignet hat?«

»Ham Sie' n Glück, dass ich heut keine Termine mehr hab«, sagte sie und zeigte uns die ganze Pracht ihres lückenhaften Gebisses.

»Wir sind in zehn Minuten ausgehfertig, nicht wahr, Nigel?«

Ich bejahte das. An diesem herrlichen Frühlingstag war mir ohnehin nach einem Spaziergang gewesen.

»Aber zuvor werde ich mich telefonisch erkundigen, was die Polizei über diese Sache zu berichten weiß.«

»Nix wissen die«, brummelte Adela Slocombe und nuckelte an der Ginflasche.

Merridew lachte kollernd und griff nach dem Telefon.

Als er dem Taxifahrer eine gute Dreiviertelstunde später 55 Shilling durch das Seitenfenster überreichte, sagte Merridew: »Und für den Rest bringen Sie die Dame bis zu ihrer Haustür im East End. Sollten Sie auf die Idee kommen, sie vorher rauszuschmeißen, kriegen Sie es mit mir zu tun, kapiert!«

Der Fahrer schaute angewidert in den Rückspiegel zu seinem ungewöhnlichen Fahrgast und fragte leise: »Und wenn sie selber vorher aussteigen will, Sir?«

»Händigen Sie ihr die restliche Summe aus. Darauf wird es wohl hinauslaufen. Aber nur dann, verstanden?«

»Jedes Wort, Sir.« Der Mann tippte an den Schirm seiner Kappe und fuhr los.

»Sie sind'n echter Gentleman, Eure Lordschaft!«, hörten wir Adela Slocombe noch rufen. »Wenn ich nich schon mit mein'n Eddy verehelicht wär, würd ich Sie vom Fleck weg heiraten!«

Mein Freund winkte mit seinem Gehstock, und der Wagen brauste davon.

In aller Ausführlichkeit hatte sie uns an Ort und Stelle erzählt, was sich in der Nacht ereignet hatte.

Merridew begann nun, alles noch einmal zusammenzufassen: »Hm, es ist also elf Uhr am Abend. Die Straßenlaternen sind alle intakt und leuchten.«

»Sagt sie«, warf ich mit einem gewissen Zweifel ein.

»Nicht so skeptisch, Nigel. Sie ist jedenfalls keine dieser widerwilligen Zeuginnen, die nur Halbwahrheiten von sich geben. Immerhin hat sie mich extra aufgesucht, damit ich mich der Sache annehme. Sie sagte, sie sei dort hinten von der Baptist Church über den Gehsteig die Straße entlang gegangen und sei nicht gerade bei bester Laune gewesen, weil zwei ihrer Freundinnen beschlossen hatten, noch länger zu bleiben, da sie sich offenbar in den Kopf gesetzt hatten, einen der Kirchenleute zur Herausgabe einiger Flaschen Messwein zu überreden.«

Ich lachte und schüttelte den Kopf. »Kaum zu glauben.«

»Wie dem auch sei, Adela Slocombe kommt also hier lang und fühlt sich nicht recht wohl, weil es hier um diese Zeit ziemlich einsam ist. Sie steuert den Zebrastreifen an, um auf die andere Straßenseite zu kommen.« Mit der Spitze des Gehstocks zeichnete er grob ihren Weg nach. »Sie will in der Maida Vale Station auf die Bakerloo Line, weil sie hofft, mit der Tube noch ins East End zu kommen, bevor abgeschlossen wird. Da sieht sie, wie hier vorne eine Frau zuerst nach rechts und links schaut und schließlich vorschriftsmäßig über den Zebrastreifen geht. Es herrscht so gut wie kein Verkehr. Als sie sich gerade mitten auf der Straße befindet, wird dort hinten ein Motor gestartet und zwei Scheinwerfer leuchten auf. Ein Auto schießt aus der Parklücke und hält mit hoher Geschwindigkeit auf die Frau zu, trifft sie mit voller Wucht, rast ohne anzuhalten da vorne links um die Ecke und verschwindet über die Grove End Road. Sie kann sich weder an die Marke des Autos, noch an die Farbe erinnern, vom Kennzeichen reden wir erst gar nicht.«

Ich betrachtete nachdenklich das Haus auf der anderen Straßenseite, das fast genau auf der Höhe des Zebrastreifens lag. Ein weißes, etwas zurückliegendes, fast unscheinbares Bauwerk mit zwei Stockwerken. Ich wusste, dass sich dahinter noch ein dazugehöriger langgestreckter Gebäudekomplex anschloss.

»Die Abbey Road Studios«, sagte ich.

»Wussten Sie, dass Edward Elgar zur Eröffnung *Land of Hope and Glory* dort aufnahm? Zusammen mit dem London Symphony Orchestra.«

»Zurzeit geben wohl eher die Beatles da drin den Ton an«, entgegnete ich, was ihm nur ein abfälliges Schnauben entlockte.

»Die Beatles«, brummte er. »Schlechtfrisierte Taugenichtse.«

»Aber erfolgreich. Man kann jedenfalls heutzutage das Radio nicht einschalten, ohne dass gerade einer ihrer Hits gespielt wird.«

»Kommen wir mal zurück zu unserem Fall«, rief er mich zur Ordnung. »Adela Slocombe läuft zu der Frau hin und will ihr helfen. Sie blutet stark und scheint sich nicht mehr bewegen zu können. Neben ihr liegt ein zertrümmerter Instrumentenkoffer mit einem Saxophon. Die Frau ist etwa vierzig Jahre alt und trägt keine besonders gepflegte Kleidung.«

»Vielleicht eine von Miss Slocombes Genossinnen?«

»Sie sagte nicht, dass es schäbige oder ärmliche Kleidung war«, entgegnete Merridew kopfschüttelnd und rieb sich das bärtige Kinn. »Glauben Sie mir, Frauen machen da sehr feine Unterschiede, egal, welchem Stand sie auch angehören mögen. Zudem trug die Frau ein Saxophon bei sich. Keine Frau von der Straße.«

»Eine Straßenmusikerin vielleicht?«

»Möglich.«

Wir machten ein paar Schritte auf die Straße. Ziemlich genau in der Mitte der Fahrbahn färbte ein mittlerweile eingetrockneter Blutfleck einen der weißen Streifen dunkelrot.

»Die Frau hat laut Adela Slocombe noch etwas sagen können, bevor sie starb. Wie waren noch mal ihre letzten Worte?«, fragte ich.

Merridew legte den Zeigefinger an die Unterlippe. »Bevor sie ihren letzten Atemzug tat, sagte sie: *Sunny Side* oder so ähnlich. Adela Slocombe wollte sich da nicht genau festlegen.«

»Sunny Side? Der Song *On the Sunny Side of the Street* vielleicht?« Ich zuckte ratlos mit den Schultern. »Die sonnige Straßenseite? Dort drüben?«

Merridew nickte mit verkniffenen Mundwinkeln. »Mir fallen auf Anhieb zwei Dutzend verschiedener Deutungsmöglichkeiten ein. Und sicher noch zwei Dutzend weitere, wenn ich auch nur anfange, ein bisschen darüber nachzudenken.«

»Ein Saxophon ist ein höchst ungewöhnliches Instrument für eine Frau«, sagte ich und blickte wieder zu dem Studiogebäude hinüber. »Ob sie dorthin wollte? Obwohl, nachts um elf …?«

»Haben diese Musikfritzen etwa so was wie geregelte Arbeitszeiten?« Es klang ziemlich verächtlich.

»Sie arbeiten wohl immer dann, wenn die Muse sie küsst. Naja, das kann wohl auch schon mal in der Nacht sein.«

Ein lautes Hupen ertönte, und hinter dem Steuer eines grauen Vauxhalls gestikulierte jemand wild im Wageninneren herum. Was ich dem Fahrer nicht einmal verdenken konnte. Wir standen immerhin mitten auf dem Zebrastreifen.

»Was denn, was denn?«, dröhnte Merridew zornig. »Da ist doch rechts und links Platz für die ganze Horse Guard Parade, Sie Strohkopf!« Er drohte mit dem Gehstock. Um keinen unnötigen Verkehrsstau entstehen zu lassen zog ich Merridew am Ärmel zum Straßenrand.

»Rowdy«, schimpfte mein Freund. »Was glaubt der, wofür ein Zebrastreifen da ist? Der hat nicht zu hupen, auch wenn ich barfuß hier rübergehen würde. Ich sollte mir die Nummer notieren!« Plötzlich lenkte ihn ein neuer Gedanke ab. »Das bringt mich auf etwas …« Er holte sein kleines Notizblöckchen hervor und betrachtete die spärlichen Informationen, die die Polizei eine Dreiviertelstunde zuvor am Telefon herausgegeben hatte: »Bei der Toten handelt es sich laut den Papieren, die sie bei sich trug, um Miss Eleanor Rigby, geboren am 24.6.1922 in Woolton, Merseyside. Ihr aktueller Wohnort ist ein Ort namens Thurstaston, selbe Gegend. Was tut sie also über zweihundert Meilen von da entfernt mitten in der Nacht allein in London? Mal sehen, was haben wir da noch? Sie trug eine Umhängetasche mit Unterwäsche und Kosmetikbeutel bei sich. Drei Paar Nylonstrümpfe, ein angebrochener Riegel Cadbury's Schokolade, Kaugummis, ein Päckchen Lucky Strike und ein Streichholzbriefchen aus dem *Leopard Club*.«

»*Leopard Club*?« Ich staunte. »Das ist doch dieser Jazzschuppen in Soho. Kein Platz für brave Mädchen, wenn Sie mich fragen.«

»Wer sagt denn, dass sie ein braves Mädchen war«, murmelte Merridew und durchforschte weiter seine Liste. »Ein paar Notenhefte, Underground-Fahrplan und ein paar Tickets, eine Geldbörse mit 27 Pfund und sechs Schilling. Das war's.«

»Vom Leopard Club hört man nicht viel Gutes«, sagte ich beharrlich. »Lauter Ganoven, Zuhälter und Prostituierte verkehren dort. Wenn ich mich richtig erinnere, hat da auch Christine Keeler oben ohne bedient.«

»Klingt ja gemütlich. Finden Sie, wir sollten dem Laden mal einen Besuch abstatten?«, fragte Merridew mit gerunzelter Stirn.

»Wäre immerhin ein Anfang.«

»Nun gut, es ist jetzt früher Nachmittag. Mit etwas Glück finden wir dort vielleicht jemanden, der noch angezogen und halbwegs nüchtern ist.«

Eingeklemmt zwischen einem Schuhgeschäft und einer Wäscherei auf der Gerrard Street lockte die schmale Fassade des Leopard Club mit zahlreichen Werbetafeln, die unter anderem großmäulig den *Londons No.1 Club* und *Girls, Drinks & Music* versprachen und mit dem zu erwartenden Leopardenmuster aufwarteten. An den Wochenenden verwandelte sich der Tanzschuppen um Mitternacht in einen Allnighter Club und schloss erst um sechs Uhr in der Früh. Wenn die Gastauftritte der Bands beendet waren, spielte nur noch eine kleine Band, hauptsächlich als Begleitung der halbnackten Go-go-Girls auf der Bühne.

Hinter dem stets offenstehenden Hauseingang führte eine Treppe direkt in den Londoner Untergrund.

Eine Duftmischung aus kaltem Zigarettenqualm und einem scharfen Reinigungsmittel drang aus der Tiefe zu uns herauf. Als wir im Basement ankamen, sahen wir eine kleine, alte Frau mit Kopftuch und umgebundener Schürze das Parkett schrubben. Alle paar Schritte schob sie den blechernen Eimer mit dem Fuß ein Stück weiter, was einen Höllenlärm verursachte.

»Ihr seid zu früh, Jungs«, rief sie. »Hier tanzt noch für ein halbes Stündchen mein Wischmopp. Dafür wollt ihr sicher nichts zahlen.«

»Wir wollen überhaupt nichts zahlen«, sagte Merridew dumpf und blickte sich nach allen Seiten um. »Wir haben ein paar Fragen, sonst nichts.«

Drei Reihen einer ramponiert aussehenden Kinobestuhlung trennten die Tanzfläche von einem kleinen Bühnenpodest ab.

»Fragen habt ihr, soso.« Sie hielt inne und stützte sich auf dem Schrubberstiel ab. »Da braucht ihr wahrscheinlich noch 'n paar passende Antworten dazu, so wie ihr ausseht.«

»Antworten wären großartig«, sagte ich.

»Gibt's an der Theke. Aber nich in Gläsern, nur ganze Flaschen. Antworten von der Hausmarke. Bisschen teurer als wie üblich, aber ihr zahlt ja auch die heimelige Atmosphäre mit.«

Wie auf Kommando erschien in diesem Moment ein junger Mann mit Schmalztolle hinter dem beleuchteten Tresen, der fast die gesamte linke Front des Etablissements einnahm. Er steckte in einem affig karierten Jackett und war offensichtlich mit dem Zählen von Geldscheinen beschäftigt.

»Alfie«, krächzte die Frau. »Haste noch'n paar Antworten da? Die Gentlemen haben gehört, hier gibt's die besten in der Stadt.«

Wir begaben uns an die Theke. Ich widerstand dem Drang, mich anzulehnen. Wo immer die Alte in diesem Laden auch für die Reinigung zuständig war – dies war eindeutig nicht ihr Revier.

»Schönen guten Tag, junger Mann«, eröffnete Merridew mit einem leutseligen Lächeln das Gespräch. »Ich frage mich, ob Sie uns wohl mit einer kleinen Auskunft helfen könnten, Mr Alfie.«

»Nee, nee, nee, zuerst woll'n se paar Antworten haben, und jetzt woll'n se sich nur ne mickrige Auskunft teilen«, schnarrte die Putzfrau im Hintergrund.

Der Mann klopfte auf der Theke den Stapel Geldscheine zurecht und schob ihn sich in die Westentasche. »Also, die Herren, womit kann ich helfen? Sie sind nicht von der Polizei, das würde ich merken.«

»Wir sind hier, weil wir etwas über eine Dame herauszufinden versuchen, die ...«, setzte ich an, aber Merridew unterbrach mich augenblicklich.

»... die an ihrem Wohnort in Merseyside vermisst wird.«

Der Mann stieß ein schmieriges Lachen aus. »Ah, ein Mädchen vom Lande ist in der großen Stadt verschütt gegangen. Und warum kommen Sie zu uns?«

»Die Lady war wohl hier in Ihrem Etablissement. Ihr Name ist Eleanor Rigby.«

Er zuckte mit den Schultern. »Kenn die meistens nicht mit Namen. Die zeigen ja selten ihren Personalausweis. Es sei denn, sie sehen aus, als gingen sie noch auf die Primary School. Das muss ich dann prüfen. Logisch, oder?«

»Nein, Miss Rigby ist dann doch schon ein wenig älter.« Merridew grunzte amüsiert. »Um die vierzig. Wenn ich Ihnen sage, dass sie häufig mit einem Saxophon gesehen wird …«

»Ach, die verklemmte Saxophon-Tante!« Das Gesicht des Mannes hellte sich auf. »Junge, die hat hier reingepasst wie'n Stallkaninchen ins Hyänengehege.«

»Hat sie hier etwa gearbeitet?«, wollte ich wissen.

»Nur zwei Abende lang. Aber bloß musikalisch. Die war'n bisschen arg zugeknöpft, wenn Sie verstehen, was ich meine.«

Merridew nickte. »Verstehen wir. Und seit wann ist sie nicht mehr hier?«

»Vorgestern hab ich sie gewippt. Passte einfach nicht. War ja auch nur ne Notbesetzung, weil Richie bei seiner schwerkranken Tante in Bexhill-on-Sea war. Aber sie hat ganz korrekt ihre Kohle gekriegt, bevor sie abgezogen ist. Wo sie jetzt ist, kann ich Ihnen nicht sagen, sorry.«

»Hm, tja, aber wir können das dafür umso besser«, sagte Merridew. »Ihre Körpertemperatur dürfte in der Leichenhalle mittlerweile im einstelligen Bereich angekommen sein.«

»Oh, verdammt.« Alfie wirkte ehrlich überrascht. »Tot? Wie das denn? Hat sie sich was angetan?«

»Jetzt überraschen Sie uns aber«, erwiderte ich lachend. »Ich dachte, hier bei Ihnen an der Theke kriegen wir ein paar erfrischende Antworten, und stattdessen bieten Sie uns ein paar fade Fragen an.«

Das Gesicht des Mannes wurde jetzt feindselig. »Okay, was wollen Sie? Mir irgendwas in die Schuhe schieben?«

Merridew lachte kollernd. »Nichts liegt uns ferner, als uns an Ihren Zuhälterschuhen zu schaffen zu machen.«

»Na hallo!« Alfie stützte sich mit beiden Händen auf die Theke.

Aber Merridew fuhr unbeirrt fort: »Sagen Sie uns, was Sie über Eleanor Rigby wissen. Geht aber aufs Haus, die Runde, verstanden? Und dann sind wir auch schon wieder durch die Tür.«

»Sie hat zwei Mal bei Trish übernachtet. Hatte ja keine Bleibe in London. Kannte ja keinen.«

»Trish?«, hakte Merridew nach. »Eine ... Angestellte von Ihnen?«

Der Mann ging zu der rückwärtigen Tür und brüllte nach hinten: »Trish!«

Es dauerte nur wenige Augenblicke, bis eine spärlich bekleidete, dunkelhäutige Frau mit professionell gelangweiltem Blick auf der Bildfläche erschien.

»Die Saxophon-Braut aus'm Norden ist tot«, setzte der Mann sie ins Bild.

Wenn diese Nachricht die Frau in irgendeiner Form schockierte, verbarg sie das gekonnt hinter ihrem völlig unveränderten Schlafzimmerblick. »Sagt wer?«, fragte sie schläfrig.

»Die beiden Herren hier.«

»Bullen?«

»Nee«, krächzte die Putzfrau auf der Tanzfläche. »Antwortensammeln is wohl so ne Art Hobby von denen.« Sie zündete sich eine Zigarette an und kam mit Mopp und Putzeimer an uns vorbeigeschlurft. »Die einen sammeln Briefmarken, die anderen Pilze, und die hier sind ganz scharf auf Antworten.« Sie verschwand in den Vorraum.

»Eleanor Rigby hat bei Ihnen übernachtet?«, fragte Merridew die Dunkelhäutige.

»Und wenn?«

»Wenn, dann hat sie Ihnen doch sicher irgendetwas erzählt. Warum sie in London ist und nicht in einem Nest namens Thurstaston.«

»Hört mal zu, Jungs, wenn ich hier morgens um sechs fertig bin, dann falle ich halbtot ins Bett. Da hab ich keine Lust mehr auf Gequassel.«

»Aber irgendwas werden Sie doch von ihr erfahren haben.«

»Sie hat hier zwei Abende lang mit dem Saxophon ausgeholfen, weil sie einen von Alfies Zetteln am Bahnhof gesehen hatte. Erzählt hat sie nix. Sie war genau so fertig wie ich. Und das mit dem Saxophon hatte sie auch nicht besonders gut drauf, kann ich Ihnen sagen.«

Mich machte diese deutlich zur Schau getragene Gleichgültigkeit wütend. »Sie ist tot, Miss Trish. Mausetot. Jemand hat sie nachts auf dem Zebrastreifen überfahren!« Ich war unwillkürlich laut geworden. »Mag ja sein, dass Ihnen das egal ist, aber uns nicht! Sie war erst zweiundvierzig Jahre alt!«

Trish schob trotzig die volle Unterlippe vor, schüttete sich einen Wodka ein und kippte ihn ohne abzusetzen hinunter. Ihre Stimme wurde rau. »Hatte irgendwas vor, sagte sie. War in London, weil sie was im Radio gehört hatte. Sie hat viel gequatscht. Viel zu viel für meinen Geschmack. Hatte wohl sonst nie einen zum Reden. Ich hab aber immer auf Durchzug geschaltet.« Trish betrachtete ihre langen Fingernägel.

»Was kann sie denn im Radio gehört haben?«, fragte Merridew lauernd.

»Weiß ich doch nicht. Irgendwas, was im Radio da oben in Merseyside gesendet wurde.«

»Moment mal!« Ich stellte überrascht fest, dass uns ein Detail bislang nicht aufgefallen war. Mit gedämpfter Stimme wies ich Merridew darauf hin: »Diese Orte ... Thurstaston und Woolton ... das ist ganz in der Nähe von Liverpool.«

»Dieses Wissen bringt Ihnen in Länderkunde gewiss ein Fleißsternchen ein, mein lieber Nigel, aber würden Sie mir jetzt noch verraten, worauf Sie damit hinauswollen?«

»Die Beatles kommen aus Liverpool.«

Er schnaufte ungehalten. »Jetzt fallen Sie mir damit aber mal nicht auf die Nerven!« Er wandte sich wieder zur Theke.

»Die Beatles?«, mischte sich der Mann im karierten Jackett ein. »Was haben die damit zu tun?«

»Nichts«, sagte Merridew kategorisch. »Oder ... etwa doch? Besuchen diese Musiker etwa Lokale wie Ihres?«

»McCartney war'n paar Mal hier«, gab der Mann zögernd Auskunft. »Und der Schlagzeuger, Ringo.«

Merridew rollte mit den Augen, als ich ihn in diesem Moment triumphierend angrinste. Ich wollte es genauer wissen: »War einer von diesen Kerlen in den letzten Tagen hier?«

»Nee«, kam es wie aus der Pistole geschossen von Alfie. »Die sind meistens um die Ecke im Flamingo Club. Meinen auch, sie wären was Besseres.«

»Miss Trish, hat die Frau vielleicht mal etwas erwähnt, was mit der Abbey Road im Stadtteil St. Johns Wood zu tun hatte?« Merridew spitzte konzentriert die Lippen.

Trish schüttelte den Kopf. Ihre abweisende Fassade hatte inzwischen Risse bekommen. »Möglich, dass sie mal was erzählt hat, aber wie gesagt, ich hab nicht zugehört. Kann ja keiner ahnen, dass sie ...« Sie spielte mit dem Schnapsglas und lachte nervös. »*Leih jedem dein Ohr, doch wenigen deine Stimme.*«

»Oho, Shakespeare!« Merridew hob anerkennend die Augenbrauen.

»Hab auch mal was anderes gelernt als das hier«, murmelte sie.

»Shakes... wer? Wer ist der Typ?«, schaltete sich Alfie ein.

Trish wollte ihm gerade eine Frechheit an den Kopf werfen, als ihr plötzlich etwas einfiel: »He, halt, sie hat ein paar Mal von ihrer Mutter gesprochen. Die heißt genau wie sie, das weiß ich sogar noch: Eleanor Rigby. Ihr Mädchenname, den ihre Mum immer noch trägt, weil sie nicht verheiratet ist. Klang irgendwie alles nicht so wahnsinnig rosig, was da in der Jugend bei ihr abgelaufen ist.«

»Wieso?«, fragte ich schnell.

»Meine Mum«, hat sie gesagt, »die hat gute Miene zum bösen Spiel gemacht und immer schön den Mund gehalten. Und wofür? Für nen Fliegenschiss. Mit mir läuft das jetzt anders. Oder so ähnlich.«

Alfie starrte sie an: »Echt? So was hat die dir erzählt?«

»Ja klar«, sagte Trish obenhin und kippte einen weiteren Wodka hinunter. »Wahrscheinlich, weil sie erkannt hat, dass ich das auch mache. Immer schön Klappe halten und Augen zu machen.«

»He, was redest du denn da?« Alfie packte sie ruppig am Arm, und ich sah, dass Merridew bereits seinen Gehstock anhob. Aber Trish schüttelte die Hand energisch ab und sagte ätzend: »Keine Angst, Alfie. Werd ich auch weiter so machen!«

Dann drehte sie uns noch einmal den Kopf zu und sagte: »Wenn Sie sonst nichts mehr zu fragen haben ...« Sie steuerte mit schwingenden Hüften die Tür an und wandte sich nur noch einmal kurz um, um zu sagen: »Würde mich freuen, wenn Sie rausfinden würden, warum ihr das passiert ist. War ne einsame Seele, diese Eleanor Rigby.«

~~~

Mein Freund Merridew wirkt zumeist überaus behäbig und erscheint denjenigen, die ihn nicht so gut kennen wie ich, so als habe er wenig Interesse an unnötiger Bewegung. Hat ihn allerdings erst einmal eine Sache so richtig gepackt, dann kann ihn nichts mehr aufhalten. Dann wird er fast quirlig, und man wundert sich, mit welch ungeahnter Energie er seine enorme Körpermasse in Gang setzen kann, und welche Ausdauer er an den Tag zu legen vermag.

Jetzt befand er sich in genau diesem Stadium. Und ich erkannte, was ihn antrieb. Hatte sich zunächst alles, was uns diese heruntergekommene Alte erzählt hatte, nach einem schnöden Verkehrsunfall angehört, warf nun der Hinweis auf Eleanor Rigbys Grund für die Reise nach London ein ganz neues Licht auf die Dinge.

»Mit mir läuft das jetzt anders.« Dieser Satz aus dem Mund der Toten, der vorhin zitiert worden war, befeuerte ihn offenbar. »Sie will nicht den Mund halten und die Augen schließen, so wie ihre Mutter«, murmelte Merridew, als wir uns zurück in seine Wohnung an den Kensington Gardens begaben.

Mit verblüffender Eile leitete er, dort angekommen, alles in die Wege. Er führte ein paar Telefonate, instruierte Cresswell was die Kleidungsstücke, das Schuhwerk und die Koffer betraf und wollte mich umgehend losschicken, um Gepäck für zwei Tage und meinen Wagen zu holen.

»Aber der ist in der Werkstatt«, erklärte ich. Ohnehin kam ich mir einigermaßen überrumpelt vor und ärgerte mich ein wenig darüber, dass er ungefragt mein freies Wochenende verplante.

»Werkstatt?«, fragte er so, als sei das ein bislang unentdeckter Planet im Sternbild Orion.

»Ja, ich bekomme ihn erst am Montag zurück. Die jährliche Überholung war fällig.«

Mein roter Nash-Healey war schon stolze 14 Jahre alt und so gut wie neu. Das erreicht man nur mit ausdauernder Pflege und regelmäßiger Wartung.

»Verflixt, dann reisen wir eben mit der Bahn!« Es folgten zwei weitere Telefonate, und eine halbe Stunde später holte uns ein Taxi ab. Wir machten auf der Fahrt zur Euston Station einen Umweg zu meiner Wohnung. Dort gab Merridew mir exakt fünfzehn Minuten, um zu packen.

Wenig später fuhren wir in Richtung Norden, wurden sanft im Takt der Schienenstöße durchgeschüttelt, und ich konnte mich auf einer Karte, die ich noch im letzten Moment eingesteckt hatte, ein wenig über unser Ziel informieren.

Thurstaston lag auf der Halbinsel Wirral. Begrenzt wurde diese im Westen durch die Mündung des Dee, der gleichzeitig die Grenze zum benachbarten Wales bildete. Im Norden lag die Irische See, und im Osten bildete der Mersey die Grenze. An dessen Mündung lag Liverpool, eine der berühmtesten Seehafenstädte unseres Landes.

»Diese Liverpudlians essen eine braune Eintopfpampe namens Scouse«, knurrte Merridew wenig begeistert. »Mein Magen rebelliert jetzt schon, wenn ich daran denke.«

»Es ist ja auch nicht die Haute Cuisine, die uns dorthin lockt«, erklärte ich. »Wir wollen Eleanor Rigby die Erste aufsuchen. Ob sie schon vom Tod ihrer Tochter weiß?«

»Das will ich doch sehr hoffen. Die Behörden werden das erledigt haben. Ich spiele nicht gerne den Unglücksboten.«

»*Sprach der Rabe: Nimmermehr ...*«, sagte ich leise. Merridews düsterer Blick, mit dem er darauf reagierte, erschreckte mich.

»Keine Scherze, Nigel! Das ist eine bittere Aufgabe, die ich schon mehr als einmal übernehmen musste.«

Wir trafen gegen acht Uhr fast pünktlich in Liverpool Lime Street ein und ließen uns dann in einem heruntergekommenen Linienbus eine weitere Dreiviertelstunde lang quer über die Halbinsel kutschieren. Es war ein Gefühl, als seien wir auf hoher See. In Thurstaston angekommen suchten wir *The Cottage Loaf* auf, das einigermaßen sauber war. Nachdem wir unsere Zimmer bezogen hatten, trafen wir uns an der Bar.

Fast ein bisschen aus Trotz bestellte ich die lokale Spezialität und versetzte Merridews Laune damit einen Tiefschlag. Das Scouse schmeckte deutlich besser als es aussah. Und mit ein paar Pint Ale mundete es sogar ganz vorzüglich. Merridew kaute an einem zähen Fasan herum und verfluchte den Koch. Aber auch er ließ sich irgendwann von einem frisch gezapften Bier besänftigen.

Wir machten Pläne für den nächsten Tag und bestellten ein letztes Getränk.

»Rigby ... Rigby ...« Der Wirt schien Mühe zu haben, den Namen jemandem aus dem Ort zuordnen zu können, als wir ihn danach fragten.

»Eleanor Rigby. Mutter wie Tochter haben denselben Namen«, erklärte ich. »Die Tochter spielt Saxophon.«

»Aaah, jetzt klingelt's! Die Elli mit dem Saxophon! Vertreibt bei Ebbe sogar die Krabben mit ihrem Gedudel. Wohnt unten am Strand in Thurstaston Beach.« Er war ein dünner Kerl mit elend langem Hals und einem fliehenden Kinn.

»Zusammen mit ihrer Mutter, nehme ich an?« Merridew wischte sich den Bierschaum aus dem Schnurrbart.

»Die ist doch schon lange tot. Als sie starb, war ich elf oder zwölf.«

Diese Information überraschte uns.

»Das heißt, Eleanor Rigby ... also die Tochter ... lebt dort ganz allein.«

»Oh ja, ihre Mum ist vor dem Krieg gestorben. 1939. Seitdem wohnt Elli alleine. Furchtbar einsam da unten. Sie ist auch ein bisschen seltsam, wenn Sie mich fragen.«

»Und wer ist der Vater?«, fragte ich.

Der Wirt zuckte mit den Schultern. »Keine Ahnung. Hab ich noch nie gesehen. Wüsste nicht, dass es einen gibt. Elli ist wohl vor ein paar Tagen verreist. Hab gesehen, wie sie mit ihrem Instrumentenkoffer und ner Tasche in den Bus eingestiegen ist.«

Merridew und ich blickten uns an. Uns beide beschlich in diesem Moment der Verdacht, dass wir möglicherweise umsonst hierhergereist waren.

Wir fanden das Haus erst, nachdem wir eine Weile den Strand entlanggegangen waren. Es herrschte Ebbe, und das Wasser hatte sich weit aus der Mündung des Dee zurückgezogen. Vor uns lag ein sicher fünf Meilen breiter Streifen Watt. Auf der anderen Seite begann Wales. Die Berge malten sich bläulich gegen den Morgenhimmel ab. Ein frisches Frühlingslüftchen wehte, und die Möwen zogen kreischend ihre Bahnen.

»Es ist wirklich sehr einsam«, sagte ich.

»Wenn ihr Saxophonspiel so greulich war wie der Wirt das behauptet, war sie hier wahrscheinlich ganz gut aufgehoben.«

»Aber so ganz allein ...«

»Fernab vom Tosen und Toben der Welt. Ich könnte mir das durchaus für eine knappe halbe Stunde vorstellen.«

Wir gingen auf das Haus zu, dessen Fensterläden verschlossen waren. Es war größer als ich das vermutet hatte. Weiß lackierte Holzwände, ein intaktes, reetgedecktes Dach, eine Holztür in leuchtendem Rot – alles sah überaus gepflegt aus.

»Hier hat sie also gelebt, die einsame Seele«, murmelte ich. »Und keiner da, dem wir Nachricht von ihrem Tod bringen müssen.«

»Tröstet mich nur wenig.« Merridew stocherte mit der Spitze seines Gehstocks im Sand herum.

»Also ziehen wir wieder ab?«

»Langsam, langsam«, brummte mein Freund. »Nicht bevor wir eine kleine Runde gedreht haben.«

Er stapfte voran und verschwand hinter der rechten Hausecke. Als ich ihm folgte, fand ich ihn in dem kleinen Garten, wo alles ebenso manierlich aussah wie vorne. Korbmöbel standen unter einer hölzernen Markise, und in den Beeten rekelten sich die ersten Frühlingsblumen der Sonne entgegen.

Etwas klapperte leise. »Da ist ein Laden offen!«, sagte ich erfreut und griff nach einem Eimer, mit dessen Hilfe ich versuchen wollte, einen Blick ins Innere des Hauses zu werfen. Ich hatte ihn gerade umgedreht und meinen Fuß darauf gesetzt, da ertönte eine laute, dunkel dröhnende Stimme: »Verdammt, was machen Sie denn da?« Wer sind Sie? Ich hole die Polizei!«

Auf dem kleinen Pfad aus Muschelsplitt stand ein alter Mann mit Panamahut und dunkelblauem Zweireiher. Er hatte breite Schultern und einen bulligen Schädel. Sein weißer Seehundsschnauzbart zitterte erregt. »Weg da, Sie Galgenvogel!«, rief er und streckte mir die geballte Faust entgegen.

»Sachte, sachte, mein Bester«, machte nun Merridew auf sich aufmerksam.

Der Alte hatte ihn bis jetzt nicht bemerkt und fuhr zusammen. Das stattliche Erscheinungsbild meines Freundes schien ihm Respekt einzuflößen. »Verdammt, wer sind Sie, und was haben Sie hier zu suchen?«

»Mein Name ist Reginald Lord Merridew, und das ist mein Freund Nigel Bates. Wir kommen aus London und sind beruflich hier. Mit wem haben wir denn wohl das Vergnügen?«

»Ich bin Major Middlemass. Meine Frau und ich haben das Haus ein Stück weiter runter, Richtung Heswall.« Seine Aufregung schien sich gelegt zu haben. »Wollen Sie vielleicht zu Miss Rigby?«

»Sie wohnt hier, nicht wahr?«, erwiderte Merridew diplomatisch.

»Ja, stimmt. Ist aber nicht zuhause. Verreist, nehme ich an. Die Läden sind schon seit ein paar Tagen verschlossen.«

Ich hatte inzwischen den Eimer wieder an seinen Platz gestellt, und zu dritt gingen wir nun den Weg ums Haus herum zurück zum Strand.

»Verzeihen Sie, Gentlemen, aber ich habe Sie im ersten Moment tatsächlich für Einbrecher gehalten. Bin gerade erst angekommen und habe gleich meinen kleinen Rundgang gemacht, während meine Frau die Koffer auspackt. Ich sah, wie Sie hinters Haus schlichen ... äh, gingen.« Er hatte die Hände hinter dem Rücken verschränkt. Sein Schritt war forsch und militärisch. »Darf ich fragen, was Sie von Miss Rigby wollen?«

Ich blickte zu Merridew. Würde er sofort mit der Wahrheit herausrücken? Ich war mir bei ihm nach all den Jahren noch nicht sicher, was seine jeweilige Taktik anging. »Wir sind eigentlich hierhergekommen, weil wir eine traurige Nachricht überbringen wollten. Aber wie wir erfahren haben, lebte Miss Rigby hier allein.«

»*Lebte*? Traurige Nachricht?« Der Major riss die Augen auf. »Sagen Sie bloß, sie ...«

Merridew nickte mir zu.

»Ist gestern verstorben«, sagte ich und blickte zu den Möwen hinauf.

»Grundgütiger! Das arme Ding! Was ist denn bloß passiert? Wo denn?«

»In London. Ein Unfall.« Merridew gab sich bedeckt. »Kannten Sie sie gut?«

Der Major schnaubte. »Allerdings, das will ich meinen! Ich war immerhin ihr Vermieter.«

»Aha, das ist also Ihr Haus?«, sagte ich.

Er nickte und schob grimmig die Unterlippe vor. »Seit so vielen Jahren haben wir uns immer gesehen, wenn meine Frau und ich hier sind. So um die vierzig Jahre werden das inzwischen gewesen sein. Ich müsste nachschauen.

Eine nette junge Frau. Ihre Musik war ein bisschen ... seltsam. Aber sonst, feine Person. Ganz so wie ihre Mutter.«

»Die kannten Sie also auch schon?

»Aber ja, sie war ja die erste Mieterin. Sie hatte noch eine Wohnung in Woolton und kam jedes Wochenende hierher. Manchmal blieb sie sogar einen ganzen Monat. Als sie starb, verließ die junge Eleanor die Wohnung in Woolton und blieb ganz hier wohnen. Alle dachten ja, dass das nichts wäre für so ein junges Ding, so ganz allein. Aber sie hatte ja ihr Dings ..., ihr Saxophon und schien auch recht zufrieden zu sein.«

Merridew räusperte sich ausgiebig und legte dann die Stirn in Falten. »Sie werden das vielleicht für unverschämt halten, aber wenn Sie der Vermieter der jungen Dame waren, verfügen Sie doch gewiss über einen Schlüssel zu diesem Haus, oder?«

»Ja, den habe ich, aber ...« Als der Major die Absicht hinter Merridews Worten erkannte, rollte er empört mit den Augen. »Also ich weiß wirklich nicht ...« Er straffte den Oberkörper und ballte die Hände zu Fäusten. »Wenn Sie ja von der Polizei wären, dann ... Ich meine, das geht doch nicht so einfach!«

»Sie würden uns unter Umständen helfen, das Geheimnis um ihr frühes Ableben zu lüften«, versuchte ich der Sache Nachdruck zu verleihen.

»Ach so, hm, ja ...« Nervös griff Major Middlemass in seine Jacketttasche, in der es vernehmlich klimperte. »Ich weiß ja auch gar nicht, ob ich den Schlüssel überhaupt ...« Er holte einen Schlüsselbund hervor und bearbeitete ihn mit zittrigen Fingern. Schließlich schien er den einen Schlüssel gefunden zu haben, nach dem er gesucht hatte.

»Aber nur einen kurzen Blick!«

»Sie werden sehen, wir sind flink wie die Mäuse!« Merridew nickte mit einem dankbaren Lächeln.

Wenige Augenblicke später betraten wir das Haus.

Jeder unserer Schritte und Handgriffe wurden von dem Major sehr aufmerksam verfolgt.

Eleanor Rigby hatte sparsam gelebt, das erzählte uns ihre ganze Einrichtung. Billige Möbel, zerschlissene Teppiche, abgeschabte Sessel – ich fühlte mich daran erinnert, dass Adela Slocombe über die Tote sagte, sie habe keine besonders gepflegte Kleidung getragen. Für ihre Wohnung galt dasselbe.

Merridew hatte ein Notenblatt vom Tisch genommen. Ich hatte noch nie Noten lesen können und konnte die Melodie nicht erkennen.

»*Autumn Leaves*«, sagte Merridew und begann, die bekannte Melodie zu summen.

Es gab mehrere Stapel von Notenheften, und ein Plattenspieler mit einer Unmenge von Schallplatten neben dem Sofa schien das wahre Zentrum dieses Haushalts gewesen zu sein. Jazz und Klassik waren zweifellos Eleanor Rigbys bevorzugte Stilrichtungen gewesen.

Mehrere Aschenbecher mit Zigarettenstummeln waren im Raum verteilt, und eine Fotografie auf einem Sideboard erregte unsere Aufmerksamkeit. Es zeigte eine junge, dunkelhaarige Frau mit einem blassen, kleinen Mädchen. Das Muster der sommerlich leichten Kleidung deutete auf die Zeit vor dem Krieg hin. Man erkannte die Ähnlichkeit zwischen den beiden auf Anhieb. Mutter und Tochter Eleanor Rigby. Aber da war noch etwas. Im Hintergrund war das Schaufenster einer Musikalienhandlung zu sehen.

»Ob das in Liverpool ist?«, fragte ich.

Der Major, der immer noch im Türrahmen stand, räusperte sich. Er hatte offenbar das Gefühl, uns nun lange genug beim Herumschnüffeln zugeschaut zu haben.

»Einen kurzen Blick in den ersten Stock noch«, bat ich.

Der Major hob gerade abwehrend die Hand, als mein Freund sich beeilte zu sagen: »Schon gut, alter Knabe, ich denke, wir haben ohnehin genug gesehen.«

Wir gingen wieder hinaus, und mit einem tiefen Seufzer schloss Major Middlemass die Haustür hinter uns ab.

»Traurige Sache, das«, sagte er hohl.

»Sind Sie oft hier in Ihrem Sommerhaus?«, fragte Merridew in unverfänglichem Plauderton, als wir die Holzstufen hinabstiegen.

»Oh ja, mehrmals im Jahr. Wir wohnen in Maidenhead, meine Millicent und ich, und da fehlt mir das Meer. Schwimmen, Laufen am Strand ... Sport ist meine Sache. Ich bin topfit, kann ich Ihnen sagen. Mein Doktor sagt, ich habe die Konstitution eines Fünfzigjährigen. Und natürlich sind wir unbedingt immer hier, wenn die Formel Eins drüben in Aintree stattfindet.« Er zwinkerte uns zu. »Bin früher selbst mal gefahren. Seit wir die Fabrik meiner Frau an einen amerikanischen Konzern veräußert haben, sind wir rundum glückliche Pensionäre und können uns fast all unsere Wünsche erfüllen.« Er wandte sich langsam zum Haus um und blickte noch einmal an der Fassade hinauf. »Verflixt, dann werden wir uns ja jetzt um einen neuen Mieter bemühen müssen.«

»Das dürfte bei diesem gepflegten Objekt doch sicherlich kein Problem darstellen«, meinte ich.

Merridew brannte offenbar noch eine weitere Frage auf den Nägeln: »Haben Sie in letzter Zeit vielleicht jemanden beobachtet, der Miss Rigby besucht hat?«

Der Major schüttelte langsam den Kopf. Er kramte offenbar intensiv in seiner Erinnerung. »Nein, nicht, dass ich ...« Dann hellte sich sein Gesichtsausdruck auf. »Aber ja doch! Da war jemand!«

Wir sahen ihn interessiert an.

»Ein Mann. Schwer zu sagen, wie alt.«

»In Eleanors Alter?«, bohrte Merridew. »Oder eher in dem Alter, in dem ihre Mutter jetzt wäre?«

Der Major guckte gequält. »Dazwischen, würde ich sagen. Irgendwo dazwischen. Ich habe ihn zwei, dreimal gesehen. Er kam in der Dämmerung. Schlechte Sichtverhältnisse.«

»Haarfarbe? Bart? Glattrasiert?« Merridew wippte auf den Zehenspitzen.

»Bräunlich. Also eher so dunkelblond. Längere Haare. Sah modern aus, auch die Kleidung. Karierter Mantel.«

»Haben Sie ihn zusammen mit ihr gesehen?«

»Ah, Moment!« der Major hob den Zeigefinger. »Er trug einen Instrumentenkoffer!«

Merridew wurde ungeduldig. »Welches Instrument? Triangel? Kontrabass? Konzertflügel?«

»Etwa so groß.« Das, was der Major mit seinen Händen beschrieb, war keinem Instrument eindeutig zuzuordnen. Es konnte sich sowohl um eine Geige handeln als auch um ein Akkordeon.

»Mehr weiß ich wirklich nicht!«, sagte er mit kläglichem Tonfall.

»Wissen Sie, ob die Rigby-Frauen über Geld verfügten?«, fragte Merridew lauernd. »Die Tochter schien uns eigentlich nicht allzu gut situiert zu sein.«

»Große Sprünge konnten sie nicht gerade machen, das stimmt.«

»Welchem Beruf ist die Mutter denn nachgegangen?«

»Tut mir leid.« Er zuckte mit den breiten Schultern. »Kann Ihnen nicht weiterhelfen. Von der Tochter weiß ich, dass sie ab und zu mal im Orchester gespielt hat. Drüben in Liverpool hauptsächlich. Aber ob man davon leben kann …?«

»Aber wie konnte sie sich denn die Miete leisten?«, fragte ich.

Der Major wiegte langsam den Kopf hin und her. »Ein bisschen geheimnisvoll, die Sache.« Er senkte seine Stimme. »Die Miete kommt von einem Konto, dessen Inhaber ich nicht kenne. Es ist sicher nicht so viel, wie Sie vermuten würden, aber dennoch …«

Merridew runzelte die Stirn. »Wie ungewöhnlich. Seit über vierzig Jahren?«

Der Major nickte. »Ich habe keinen Grund, mich zu beschweren. Jeden Monat ist pünktlich das Geld da. Es gab für mich keinen Anlass, nachzufragen.«

»Aber wie sind Sie denn überhaupt als Mieter und Vermieter zusammengekommen?«, wollte ich wissen.

»Der Pfarrer, der meine Frau und mich damals getraut hat, hat das vermittelt. Er kannte wohl Eleanor Rigby und suchte eine Bleibe für sie. Sie war hochschwanger, und da haben wir nicht lange gezögert. Ein Pfarrer als Bürge – na, das ist wohl doch kaum zu überbieten.«

»Aber einen Vater zu dem ungeborenen Kind gab es nicht?«, wollte ich wissen.

Der Major schüttelte den Kopf. »Ich vermute, das war auch der Grund, warum der Pfarrer helfend eingriff.«

»Wie starb denn die Mutter?«, stellte Merridew eine letzte Frage. Es wurde spürbar, dass der Major als Informationsquelle nicht mehr länger sprudeln würde.

»Bedaure. Es ist wohl in Woolton passiert, dort wo sie herkam. Da müssen Sie sich vielleicht mal dort erkundigen.«

Er wandte sich nun wieder dem Watt zu. »Werde mal annoncieren wegen des Hauses. Wird sich schon jemand finden. Schauen Sie mal, Gentlemen: da hinten die Landspitze, das ist der berühmte Point of Ayr, und da hinten sieht man die Berge von Snowdonia. Imposant, was?«

»Aber es ist und bleibt nun mal Wales«, knurrte Merridew. »Nigel, wir sollten jetzt weiterziehen.« Er bedeutete mir mit einer Bewegung seines Kopfes, dass er mir offenbar dringend etwas Vertrauliches mitzuteilen hatte. Ich war neugierig, zu erfahren, was er im Haus der Toten entdeckt hatte.

Der Major wandte sich zu uns um und reichte uns die Hand. »Hat mich sehr gefreut, Ihre Bekanntschaft zu machen, trotz der bedauerlichen Umstände. Ich wünsche Ihnen viel Glück und hoffe, dass Sie den Kerl kriegen.«

»Werden wir, werden wir!«, versprach Merridew, und dann ließen wir ihn stehen und gingen den Weg zurück, den wir gekommen waren.

»Wer soll denn nur dieser ominöse Geldgeber sein?«, fragte ich. »Haben Sie eine Ahnung, Merridew?«

»Ahnungen sind etwas für schrumpelige Wahrsagerinnen mit Glaskugeln und bewarzten Nasen. Ich lasse es Sie wissen, wenn ich die Fakten in den Schubfächern meines übergroßen Verstandes säuberlich sortiert habe.«

Als wir außer Sichtweite waren, blieb Merridew abrupt stehen und holte ein lieblos zusammengefaltetes Blatt Papier aus seiner Tasche. Zu meiner Überraschung war es das Notenblatt aus Eleanor Rigbys Haus.

»Autumn Leaves«, sagte ich überrascht. »Warum haben Sie das eingesteckt?«

»Schauen Sie mal hier, sie hat versucht, einen Text dazu zu verfassen.«

Als ich das Blatt jetzt aus der Nähe betrachtete, sah ich es auch. Mit blassen Bleistiftlinien waren ein paar Worte unter die Noten geschrieben worden. Manche Passagen waren durchgestrichen, andere mit viel Druck einfach darübergekritzelt.

Ein neues Spiel, ein neues Glück
Du schaust nach vorn, siehst nicht zurück.
Spielst nicht allein, spielst nicht zu zwei'n,
Ein zweifach Spiel. Du wagst zu viel.

Die folgenden Zeilen waren hingegen kaum zu entziffern. Ich konnte die Worte *Segen* und *Treue* herauslesen, aber die anderen Buchstaben waren so unsauber hingeschmiert und zigfach verändert und umgeschrieben, dass ich wohl eine Lupe brauchen würde, um sie klarer erkennen zu können.

Merridew summte die Melodie von *Autumn Leaves*. Auf dem Saxophon gespielt würde es sich sicherlich sehr schön anhören.

»Merridew, wenn Sie jetzt noch immer leugnen, dass all das etwas mit den Musikstudios auf der Abbey Road zu tun, hat, dann ist Ihnen nicht mehr zu helfen.«

»In gewisser Weise stimme ich Ihnen zu, alter Knabe: in dem Fall ist auf jeden Fall Musik drin!« Er schlug mir auf die Schulter. »Auf, auf! Wir müssen uns schon wieder reisefertig machen.«

Es sollte zurück nach London gehen. Dieses Mal verzichteten wir darauf, noch einmal mit diesem Seelenverkäufer von einem Bus über Land zu fahren und bestellten ein Taxi. Auf dem Weg zum Bahnhof befahl Merridew dem Fahrer, einen Umweg zu fahren. Er sprach ungewöhnlich leise, und ich wagte nicht zu fragen, welcher Ort wohl unser Zwischenziel werden sollte. Außerdem gönnte ich meinem Freund seine kleinen Heimlichkeiten.

Ich merkte irgendwann an dem ein oder anderen Ladenschild, dass wir durch den Vorort Woolton fuhren, dem Heimatort von Eleanor Rigby und ihrer Mutter. Dass unsere Fahrt an einer Kirche aus dem ortstypischen rötlichen Sandstein endete, wunderte mich nicht.

Das war St. Peter, und als wir auf den Friedhof gingen, wusste ich auch gleich, nach wessen Grab wir jetzt suchen würden.

Aufmerksam lasen wir die Inschriften der Grabsteine, an denen wir vorübergingen. Das würde jetzt ohne Zweifel eine Weile dauern.

Doch dann war mit einem Mal von irgendwoher Musik zu hören. Ich erkannte den Schlager gleich. Es war *Ferry cross the Mersey*. Der neue Hit von *Gerry and the Pacemakers*. Die kamen auch aus Liverpool, aber das würde ich Merridew gegenüber nicht einmal erwähnen, denn die Spur der Musik schien er für ganz und gar nicht verfolgenswert zu erachten. Irgendjemand sang den Song laut mit, aber zu sehen war niemand.

Ein paar Gräber weiter ertönten blecherne Geräusche und das Prasseln von steinigem Erdreich. Jemand hatte sich schon fast bis zu den Schultern in die Erde hineingebuddelt. Seine Schaufelschwünge erfolgten im Takt der Musik, die aus einem kleinen Transistorradio auf einem Erdhaufen stand.

Merridew stützte sich auf seinen Gehstock und rief: »*Hat dieser Kerl kein Gefühl von seinem Geschäft? Er gräbt ein Grab und singt dazu!*«

»Hamlet, möchte ich wetten«, raunte ich.

Er zwinkerte mir zu. »Fünfter Akt, erste Szene.«

Der Mann hielt in der Bewegung inne und wandte sich uns zu. Er blickte aus der Tiefe zu uns herauf und kniff ein Auge zu, weil die Sonne ihn blendete.

»Ham Sie'n Problem damit, Sir? Stört hier doch keinen. Sind doch alle schon lange hinüber.«

Er war ein gut aussehender Kerl von etwa vierzig Jahren mit ebenholzfarbenem Haar, dessen Locken ihm in die Stirn hingen. Ich sah ihn im Geiste vor mir, wie er am Abend nach Hause ging, hastig etwas hinunterschlang, sich gründlich wusch und rasierte und zum Tanzen ging.

»Können Sie uns wohl sagen, wo wir das Grab von Eleanor Rigby finden?«, fragte Merridew mit lauter Stimme, um die Musik zu übertönen.

»Rigby?« Der Mann sah uns überrascht an. »Die Eleanor?«

»Genau die.«

»Aber die ist doch nicht tot, die hab ich doch letztens noch im *Mardi Gras Club* gesehen.« Seine schwarzen Augen funkelten wie eingelegte Oliven. Schwer zu sagen, was dieser Blick bedeutete.

»Kannten Sie sich gut?«, fragte ich.

Er schüttelte lachend den Kopf. »Mauerblümchen. Spaßverderberin. Will keiner so richtig was mit zu tun haben.«

»Wir suchen das Grab ihrer Mutter«, erklärte Merridew. »Sie starb wohl Ende der Dreißiger.«

»Oh ja, verdammt lange her. Die muss dann irgendwo da hinten liegen. Da sind die Gräber aus der Zeit. Aber warten Sie mal ...« Er streckten den Arm aus und drehte das Radio leiser. »Stanley!«, rief er laut. »Stanley, wo steckste?«

»Hier hinten! Was'n los?«

Eine plumpe Gestalt tauchte im Schatten einer Trauerweide auf. Der Mann in der Latzhose war deutlich älter und hatte ein langgezogenes Gesicht mit Doppelkinn. Allem Anschein nach war er gerade bei einem Nickerchen unterbrochen worden. Er kratzte sich ausgiebig am ganzen Oberkörper und gähnte, während er sich zu uns herüberquälte.

»Verzeihen Sie, wenn wir Sie bei einer wichtigen Arbeit unterbrechen«, knurrte Merridew. »Wir stehlen Ihnen auch nur ein oder zwei Minuten Ihrer überaus kostbaren Zeit.«

»Schon okay«, gähnte der Totengräber.

Der andere Mann kletterte behände aus dem Grab und klopfte sich den Schmutz von der Hose. »Die beiden suchen das Grab von Eleanor Rigby.«

Stanley schien nicht lange überlegen zu müssen. »Die liegt bei ihrer Familie, da hinten.« Er deutete in dieselbe Richtung wie sein junger Kollege. »Ist der Stein vom Großvater John Rigby. Gleich da vorne bei dem struppigen Cotoneaster, könnse gar nich verfehlen.«

»Danke vielmals, die Herren.« Merridew erhob den Gehstock zum Gruß.

»Warum suchense die denn?«, fragte Stanley und klemmte die Daumen hinter den Latz seiner fleckigen Hose.

»Wir sind entfernte Bekannte von ihrer Tochter.«

»Ah, die Elli«, sagte Stanley und setzte sich auf einen Grabstein. »Ist ja nach dem Tod ihrer Mum ganz in Thurstaston geblieben. Da war die erst siebzehn oder so. Ist heute noch ziemlich einsam, so hörte ich. Das Haus an der Vale Road, wo die mal zur Miete gewohnt haben, hat im Blitzkrieg ziemlich was abgekriegt.«

»Wo ist denn eigentlich der Vater abgeblieben?«, wollte Merridew wissen.

»Der schöne Thomas? Hat die Fliege gemacht, der Schürzenjäger. Ab nach Amerika. Blöder Kerl, hat hier überall Schulden gehabt. So'n Schwein, die Frau und kleines Mädchen mit dem ganzen Kummer zurückzulassen. Die Eleanor hat hier in der Kirche geputzt und die Blumen gepflegt und so. Die war so arm, die hat immer nach den Hochzeiten den Reis aufgekehrt, gewaschen und für sich und ihre Kleine gekocht. Müssense sich mal vorstellen!«

Merridew warf mir einen bedeutsamen Blick zu und sagte dann freundlich: »Ach, und der Pfarrer hat ihr dann diese Bleibe in Thurstaston besorgt, hörte ich.«

Der Alte nickte und zog ein riesiges Taschentuch aus der Hosentasche, mit dem er sich geräuschvoll schnäuzte, bevor er sagte: »Ja, hab ich gehört. Irgendwo am Meer hieß es, kleine Fischerhütte ohne Strom und Wasser, aber wenigstens 'n Dach überm Kopf.«

Merridew warf mir einen bedeutsamen Blick zu. Das Haus, das wir am Vormittag besucht hatten, war alles andere gewesen als eine heruntergekommene Fischerhütte.

Stanley legte den Kopf schief und hing seinen Erinnerungen nach: »War'n feiner Mann, der Pfarrer. Hat sich mächtig für die Gemeinde ins Zeug gelegt. Und für die Kirche, johooo! Da hat der nicht locker gelassen, bis das neue Dach drauf war. Spenden hat der gesammelt, Unmengen von Spenden! Da ist ein unglaubliches Geld zusammengekommen! Und über Nacht wurde das hier richtiggehend zum Hochzeitsparadies! Aber nicht nur Leute von hier sind unter die Haube gekommen. Von überall her.«

»Fast so wie in Gretna Green«, sagte ich lachend. »Heimlich an der schottischen Grenze vom Schmied getraut ...«

»Nee, da heiraten ja nur die, die von ihren Eltern keine Erlaubnis kriegen. Hier war das schon alles ganz hochoffiziell mit kirchlichem Segen und so.« Er räusperte sich geräuschvoll und spuckte hinter einen Grabstein. »Tschuldigung. Hier war damals fast täglich 'ne Hochzeit. Da hatte auch die Eleanor richtig was zu tun. N' Schlagersänger hat hier geheiratet. Und ein Minister aus London. Der Knabe, der jetzt 75 geworden ist. Hat hier in unserer St. Peter's Church geheiratet. Wusstense nicht, oder?«

Augustus Thackeray – Erst gestern hatte ich darüber in der Zeitung gelesen. Ich wollte Merridew darauf hinweisen, aber er winkte ab und schwang zum Abschied den Stock. »Herzlichen Dank, Gentlemen. Und nun wieder frischauf ans Werk und weitergegraben, damit zur Beerdigung alles fertig ist! Wie sagt man so schön: Man muss die Leichen feiern wie sie fallen!«

Wir gingen in die Richtung, die der Alte uns gewiesen hatte. An der Stelle neben dem struppigen Strauch, die er uns beschrieben hatte, wurden wir schließlich fündig. John Rigby war am 4. Oktober 1915 mit 72 Jahren gestorben. Einige Zeilen weiter unten fanden wir die Inschrift, die wir suchten: Eleanor Rigby. Ihr Todestag war der 10. Oktober 1939.

»Sie ist hier begraben worden, und ihr Name mit ihr«, murmelte Merridew. »Aber ihre Tochter heißt genau wie sie und hat weitergelebt. Und jetzt ist auch sie tot.«

»Ob der Name jetzt wohl in Vergessenheit gerät?«

Er zuckte mit den Schultern.

Da ertönte die Stimme des alten Totengräbers hinter uns. Er schien immer noch keine richtige Lust zu haben, zu arbeiten. »Was meinen Sie, ob die kleine Elli wohl auch hier zu liegen kommen wird?« Er machte ein gequältes Gesicht. »Na ja, Pete, mein Kumpel, der hat sich gerade ganz schön erschrocken, als er hörte, dass sie tot ist. Hat wohl mal versucht, so'n bisschen mit ihr rumzumachen.«

»Ich halte es für wahrscheinlich, dass sie hier zur ewigen Ruhe gebettet wird. Warum nicht?«, fragte ich. »Vielleicht sorgt ja dieser Pfarrer dafür, den Sie vorhin erwähnten. Ist es noch derselbe?«

Er riss die Augen auf. »Der? Noch hier?« Er lachte kollernd. »Neheee, der hat doch so richtig Karriere gemacht. Hat er aber auch verdient. So genügsam und demütig. Hat sich nix gegönnt, hat nur für die Kirche gelebt, hat sich immer selbst die Socken gestopft. Also am Anfang. Später hat die Eleanor ihm da ein bisschen geholfen. Zuerst wurd' er Bischof von Liverpool, dann wurd' er nach London berufen, und jetzt soll er sogar der Erzbischof von Canterbury werden!«

»Jetzt sagen Sie bloß, die Rede ist von Bischof McKenzie?«, rief Merridew und ließ die Augenbrauen in die Höhe tanzen.

»Ja, genau der! So ein frommer Mann! Kam als junger Mann aus Schottland hierher. Region Angus, Ostküste.

Da war er ein paar Jahre lang in so ner Klapse in Montrose der Anstaltspfarrer. Das will man sich nicht vorstellen. War'n Segen für uns, dass er irgendwann von den eingesperrten Irren hier zu uns kam, kann ich Ihnen sagen.«

Mein Freund strahlte ihn an. »Tausend Dank für Ihre Auskünfte, mein Bester. Dafür, dass Sie meistens mit ziemlich mundtoten Zeitgenossen zu tun haben, können Sie ganz vorzüglich plaudern.«

Der Mann schien nicht so ganz zu wissen, ob das ein Kompliment gewesen sein sollte, entschied sich aber für ein freundliches Winken zum Abschied.

Merridew pfiff, als wir zu dem wartenden Taxi zurückgingen, ein fröhliches Lied und tippte im Vorübergehen mit dem Gehstock auf den ein oder anderen Grabstein.

Ich wunderte mich sehr über diese neuen Erkenntnisse. »Bischof McKenzie, wer hätte das gedacht.«

»Ja, aber noch ein weiterer berühmter Zeitgenosse wurde erwähnt, Nigel.«

»Der frühere Minister, allerdings. Aber was bedeutet all das?«

Eine Antwort bekam ich noch nicht. Wann die Zeit für solcherlei Erklärungen gekommen war, bestimmte stets mein Freund.

Als wir zum Bahnhof von Liverpool fuhren, nestelte Merridew seine kleine Lupe aus der Tasche seiner karierten Weste. »Und nun geben Sie sich bei dem Notenblatt mal ein bisschen Mühe. Wenn Sie die restlichen Zeilen dann auch irgendwann herausbuchstabiert haben, sehen Sie vielleicht auch endlich ein bisschen klarer.«

Ich erkannte als erstes wieder die Worte *Treue* und *Segen*, dann entzifferte ich noch *Leben*, *brechen* und *untergeh'n*.

»Der Schwur der Treue, den B... B...«

Merridew seufzte theatralisch. »Herrje, Sie tun ja gerade so, als ginge es darum, die Enigma-Walzen zu dechiffrieren.« Und er deklamierte aus dem Stand:

»*Der Schwur der Treue, den Bund fürs Leben,*
Darf man nicht brechen, trotz höchstem Segen.
Es muss das Alte untergehn, bevor das Neue kann entstehn.
Das neue Spiel, es ist nun aus, gib auf.«

Abgesehen davon, dass mir schleierhaft war, zu welchem Zeitpunkt er das hatte enträtseln können, erkannte ich immer noch nicht den tieferen Sinn hinter den Zeilen.

Das Taxi quälte sich durch den dichten Verkehr der Liverpooler Innenstadt, und Merridew zog seinen Flachmann aus der Jacketttasche. Wir genehmigten uns einen Schluck besten Malt Whisky, und dann sagte er sehr zufrieden: »Ich bin froh, dass wir diese kleine Reise unternommen haben. Wir haben sehr wichtige Dinge erfahren. Zum einen: ich muss in meinem Leben nicht unbedingt ein weiteres Mal nach Liverpool oder in die nähere Umgebung.«

Ich schüttelte mit dem Kopf. »Und zum zweiten?«

»Wir haben das Leben einer buchstäblich armen Kirchenmaus kennengelernt, die wie durch ein Wunder einen Gönner fand, der ihr das Haus am Meer bescherte. Keine ärmliche Fischerhütte, sondern ein kleines adrettes Haus von nicht unerheblichem Wert. Dort lebte ihre Tochter bis zu ihrem plötzlichen Tod. Der Gönner wurde nie bekannt, sagte uns der Major.

Ferner erfuhren wir etwas über die Arbeitsstelle der Kirchenmaus und ihren Arbeitgeber. Der bescheidene, demütige Priester mit der steilen Karriere, der es schafft, eine Hochzeit nach der anderen in St. Peter zu Woolton auszurichten. Können Sie sich einen Grund denken, mein lieber Nigel, aus dem man – wenn man nicht aus der Gegend kommt – ausgerechnet in Woolton heiraten sollte?«

Ich musste zugeben, dass mir dazu nichts einfiel.

»Es geht um viel Geld, Nigel! Das Kirchendach wurde aufwändig renoviert. Dazu sind Unsummen von Spenden eingegangen, wie wir vorhin erfahren haben. So viele, dass es den Ruhm von Pfarrer McKenzie mehrte und ihn über Liverpool nach London weiterbeförderte und demnächst sogar nach Canterbury!«

»Wenn man bedenkt, von wo er kam ...«

»Eben, Nigel, eben! Das ist der springende Punkt! Das hüpfende Komma! Das vergnügt umhertanzende Semikolon! Er war Anstaltspfarrer in Montrose!«

»Ja, und?«

»In Montrose steht eine der ältesten Irrenanstalten Schottlands, das *Sunnyside Hospital*.«

»Aha. Muss ich das kennen?«

Er drückte mir erneut den Whisky in die Hand. »Hier, noch einen Schluck! Vielleicht erweckt das doch noch eine vereinzelte Gehirnzelle zum Leben!«

Ich trank brav, und er sagte mit kaum verhohlenem Triumph: »Wir haben uns gefragt, was die letzten Worte von Eleanor Rigby zu bedeuten haben!«

»Sunny Side?«

Es fiel mir im nächsten Moment wie Schuppen von den Augen. Das war zweifellos die Botschaft, die Eleanor Rigby weitergeben wollte, bevor sie für immer schweigen musste. »Eine Irrenanstalt?«

»In der man jemanden einsperrt ...«

»Jaja, aber wen ...?«

Der Schwur der Treue, den Bund fürs Leben,
Darf man nicht brechen, trotz höchstem Segen.«

»Merridew, helfen Sie mir! Worauf wollen Sie denn nur hinaus?«

»Dort kann man vortrefflich Leute aus dem Verkehr ziehen, wenn sie mehr stören als nützen! Bigamie!« Er spuckte das letzte Wort regelrecht aus.

»Bigamie?« Mir schossen die Worte von Adela Slocombe durch den Kopf, die absurderweise beteuert hatte, dass nur die Tatsache, dass sie bereits vermählt war, sie davon abhielt, meinen Freund heiraten zu wollen.

In diesem Moment hielt das Taxi vor dem Bahnhof.

»Es muss das Alte untergehn,
bevor das Neue kann entstehn.

Das neue Spiel, es ist nun aus, gib auf.« Merridew verstaute umständlich seinen Flachmann und sagte selbstzufrieden: »Diese Drohung wird der Frau zum Verhängnis geworden sein. So, und jetzt fahren wir zurück nach London. Und dort werde ich versuchen, etwas über diese Wohltätigkeitsveranstaltung in der Baptist

Church in der Abbey Road herauszufinden. Und dann sollte der Fall aber auch so langsam zu seinem Abschluss kommen!«

~~~

Mein feuerroter Nash-Healey glänzte von außen und duftete im Inneren nach den besten Pflegemitteln. Meine Werkstatt hatte die Anweisung in dieser Hinsicht an nichts zu sparen.

Das Licht der Straßenlaterne in der Abbey Road spiegelte sich auf dem feuerroten Lack der Kühlerhaube.

Merridew hatte erneut ein paar Telefonate geführt, und dann hatten wir uns im *Wilton's* ein mehrgängiges Menü gegönnt.

Ich vermutete, dass er damit die Küche von Merseyside vergessen machen wollte, aber er erklärte: »Wenn bei meinem Plan etwas schiefgeht, möchte ich zumindest vorher noch einmal ordentlich geschlemmt haben, alter Knabe!«, und prostete mir mit dem Champagnerglas zu.

Über unseren Fall verriet er mir so gut wie nichts. Vor dem Dessert ließ er sich dazu hinreißen, ein paar seiner Gedanken mit mir zu teilen: »Eleanor Rigby, das steht für mich nun fest, war nicht auf dem Weg irgendwohin, sondern sie kam von irgendwoher. Ich bin mir jetzt sicher, dass sie – genau wie Adela Slocombe – in der Baptist Curch war.«

»Sich durchschnorren? Immerhin hatte sie ja keine Bleibe mehr, seit sie nicht mehr bei dieser Trish logierte.«

»Nein, sie hat dort eine Botschaft überbracht. Erinnern Sie sich, sie wollte nicht mehr ›gute Miene zum bösen Spiel machen‹ wie ihre Mutter, und sie sagte: ›Mit mir läuft das jetzt anders‹, so sagte uns Trish.«

Mir kam die Liedzeile in den Sinn: »*Das neue Spiel, es ist nun aus, gib auf* ... Denken Sie, sie hat das irgendjemandem vorgesungen?«

»Oh nein, ich denke, das waren nur die Gedanken, die sie nicht mehr losließen. Sie schlichen sich sogar in ihre Musik. Ich denke, das war nur eine kleine Spielerei mit einer Melodie und ein paar reichlich dürftig zusammengeschusterten Reimen.«

»Was denken Sie, wen sie dort getroffen hat. McKenzie?«

Merridew nickte bedächtig. »Ich denke ja. Unseren feiner Vorzeige-Kleriker. Den Mann, dem einst ihre Mutter die Socken stopfte, und hinter dessen Geheimnis sie gekommen war. Er war an diesem Abend in der Abbey Road und hat eine Messe gelesen, bevor die große Suppenverteilung losging. McKenzie ist der Mann, der jeden traute, der eine Ehe ins Visier genommen hatte, obwohl ihm noch ein alter, angetrauter Klotz am Bein hing.«

»Das Sunnyside Hospital.«

»Dort verschwanden sie, und der Weg war frei für eine neue, lukrative Partnerin. So wie ich es sehe, war es ein regelrechtes Erfolgsmodell, das einen warmen Regen nach dem anderen in den Klingelbeutel fließen ließ.« Er schürzte die Lippen. »Wann hat wohl der sparsame, beflissene Pfarrer sich vom rechten Weg entfernt und das Wohl der Kirche über das der Menschen gestellt? Wann ist er dem Ehrgeiz anheimgefallen und hat zugelassen, dass sich eine gute Sache in eine schlechte verwandelt?«

»Bei Kirchenleuten bin ich mir da nie sicher«, entgegnete ich. »Ich vermute, dass sie im Radio gehört hatte, dass der Bischof McKenzie die Messe in der Baptist Church lesen würde. Und dort konnte Eleanor Rigby ihn im Trubel der anschließenden Wohltätigkeitsveranstaltung ansprechen und mit ihrem Wissen konfrontieren.«

»Nein, vorher, denke ich, Nigel, vorher.«

»Und wieso das?«

»Nun, weil dann noch genügend Zeit blieb, für ...« Er unterbrach sich und zog seine Taschenuhr heraus. »Apropos Zeit ... Ja, doch, ich denke, er hat jetzt genug Zeit gehabt.«

»Wer?«

Diese Frage hatte er mir im Restaurant nicht mehr beantwortet. Er hatte gezahlt und war dann mit mir ins Auto gestiegen. Natürlich nicht, ohne sich gebührend über den zu knapp bemessenen Innenraum zu beschweren: »Ich könnte drei Wochen kein Krümelchen zu mir nehmen, und doch hätte ich keinen Platz in dieser mickrigen Blechbüchse.«

Und dann hatte er mich zur Abbey Road gelotst. Es war mittlerweile elf Uhr. Die Zeit, zu der Eleanor Rigby starb.

»Es war also der Bischof«, sagte ich, als ich das Auto am Straßenrand in eine Parklücke gelenkt hatte.

»Der Bischof? Ach was. So ein Mann macht sich doch die Finger nicht schmutzig. Machen Sie den Wagen aus, Nigel.«

»Wenn es nicht der Bischof war, wer war es dann?«

Er schnaufte, als er die Tür öffnete und ein Bein hinausschob. »Ach Nigel, Sie fragen sich immer so viele Sachen. Warum geben Sie sich denn nicht selbst ab und zu mal die ein oder andere vernünftige Antwort?« Das zweite Bein folgte.

»Der Minister! Der Minister, den er traute! Der war es. Der mit der reichen Ehefrau! War er es, Merridew?«

Mit einem Grunzen zwängte er seinen gewaltigen Körper durch die Türöffnung in die kühle Abendluft hinaus. Eine Antwort gab er mir nicht.

Dann beugte er sich noch einmal zu mir herunter. »Sonst noch Vorschläge, junger Freund?«

»Der geheimnisvolle Fremde, der an ihrem Haus war?« Ich war ratlos und wedelte mit den Händen. »Der ... Totengräber? Mit dem hatte sie doch ein Techtelmechtel, und ...«

Sein mitleidiger Blick ließ mich schweigen. »Sie warten hier und tun bitte zum richtigen Zeitpunkt exakt das Richtige.«

War da etwa ein Zittern in seiner Stimme?

»Aber was ...«

Dann hatte er die Autotür ins Schloss geworfen und war davongestapft.

Und jetzt saß ich also hier im Auto und wartete, so wie er es mir befohlen hatte. Ich hätte gerne das Radio angemacht, um ein bisschen Schlagermusik zu hören, aber ich hatte das Gefühl, dass ich höllisch auf der Hut sein musste. Irgendetwas braute sich zusammen, das spürte ich.

Schließlich sah ich seine große, runde Gestalt, die am Rande des Zebrastreifens auftauchte. Er blieb am Rinnstein stehen und blickte sich gemächlich nach rechts und links um, die Hand geradezu majestätisch auf den Gehstock gestützt.

Schließlich setzte er den ersten Fuß auf die Straße, dann tat er den nächsten Schritt. Fast gemütlich bummelnd machte er einen Schritt nach dem anderen, bis er schließlich mitten auf der Straße stehenblieb. Er wartete auf etwas. Das Licht der Straßenlaternen ließ seine Konturen aufleuchten, sein Gesicht lag im Schatten. Ich war etwa fünfzig Fuß von ihm entfernt.

Und dann hörte ich, wie ein Motor aufheulte, und im Rückspiegel sah ich, dass aus der Ferne mit hoher Geschwindigkeit ein Wagen heranschoss.

Jetzt wusste ich, was Merridew vorhatte. Es war eine Herausforderung, eine Art Duell. Wer immer auch da angeschossen kam, er war der Mörder von Eleanor Rigby. Als er näher kam, erkannte ich einen todschicken MG A in Racing Green, und als er auf meiner Höhe war und mit beängstigender Geschwindigkeit auf meinen Freund zujagte, der immer noch kämpferisch und breitbeinig mitten auf dem Zebrastreifen stand, tat ich das, was er von mir verlangt hatte: Ich tat das Richtige zur richtigen Zeit.

Meine Rechte hatte schon längst den Zündschlüssel gedreht und den Motor gestartet, ich hatte den Gang eingelegt, und meine Finger hatten schon das Lenkrad umfasst. Mein Fuß stand bereits über dem Gaspedal, und meine Nerven waren zum Zerreißen gespannt.

Als ich sah, dass das, was nun kommen sollte, kaum mehr abzuwenden war, trat ich das Gaspedal durch und riss das Steuer nach links.

Mein geliebter Nash-Healey schoss aus der Parklücke und erwischte den anderen Wagen mit dem linken Kotflügel an der Seite. Der MG geriet ins Trudeln, Reifen quietschten, und nur um Haaresbreite verfehlte er meinen Freund, als er über den Zebrastreifen schoss und mit lautem Getöse gegen einen Laternenmast donnerte.

Ich zog die Handbremse an und sprang aus dem Wagen. Als ich im Vorbeilaufen meinem Freund zurief: »Alles klar, Merridew? Sind Sie verletzt?«, antwortete er: »Keine Beschwerden, mein Freund. Nur ein leichtes Sausen im Ohr« und zupfte sich das Revers seines Anzugs zurecht.

Die Motorhaube des MG hatte sich auf bizarre Weise um den Laternenmast herum verformt. Laut zischend quoll dichter Dampf darunter hervor. Die Frontscheibe war zersplittert, die Tür stand offen. Als ich hineinblickte, um zu sehen, ob ich helfen konnte, erkannte ich gleich, dass für den Fahrer jede Rettung zu spät kam. Der Kopf war blutüberströmt, die Augen waren starr ins Nichts gerichtet. Es war die Leiche von Major Middlemass.

※

»Er hat wirklich einen Fehler nach dem anderen gemacht«, resümierte Merridew, als wir am nächsten Vormittag beim Tee in seinem Salon saßen. »Erinnern Sie sich, dass er sagte: ›Hoffentlich kriegen Sie den Kerl‹.

Na, ich bitte Sie, Nigel, wen hätten wir denn seiner Meinung nach kriegen sollen?«

»Ich dachte, er meinte den geheimnisvollen Besucher mit dem Instrumentenkoffer.«

»Pah, Blödsinn. Den hat er doch nur erfunden, weil er plötzlich eine famose Gelegenheit erkannte, uns ein bisschen in die Irre zu führen. Und da wir ihm gegenüber nur von einem Unfall gesprochen hatten, fiel mir gleich auf, dass er sich mit seiner Bemerkung extrem verdächtig machte. Und außerdem sagte er uns, dass Eleanor Rigby verreist sei, obwohl er das gar nicht wissen konnte, da er gerade erst angekommen war.«

»Mit seinem dunkelgrünen MG. So ein schöner Wagen«, seufzte ich. Von dem Schaden an meinem geliebten Auto wagte ich gar nicht zu sprechen. Merridew würde mir ja doch nur empfehlen, ein neues, größeres zu kaufen.

»Er fuhr früher Rennen, erinnern Sie sich, Nigel?«

»Oh, ja, stimmt. Jetzt, wo Sie es sagen.« Ich nickte betrübt und stellte meine Teetasse auf dem Tisch ab. »Sein letztes Rennen hat ihn das Leben gekostet.«

»An derselben Stelle, an der er das von Eleanor Rigby auslöschte. Er lebte in Maidenhead. Ein Katzensprung von dort nach London. Der Erzbischof brauchte ihn nur anzurufen, und während der Messe hatte er Zeit genug nach London zu kommen und der armen Frau aufzulauern.«

»Klingt, als wäre er das Werkzeug des Priesters gewesen.«

»Oh nein, er handelte schon aus eigenem Interesse. Schließlich drohte auch die Entdeckung seines Geheimnisses. Er war ein Kunde von McKenzie, der ihm zur reibungslosen Abwicklung der zweiten Hochzeit verholfen hat. Er ließ dafür Mutter und Tochter ohne Miete in seinem Haus wohnen, damit die Machenschaften des Priesters geheim blieben. Der anonyme Spender war er selbst. Vermutlich wussten die beiden nicht einmal von dieser Abmachung. Als jetzt alles drohte herauszukommen, musste er handeln. Ich schätze, ohne das Vermögen seiner Frau stünde er mehr oder weniger mittellos da.«

»Für alle stand buchstäblich alles auf dem Spiel«, sagte ich und blickte auf die Zeitung, auf der die stolze Spendensumme von 43.000 Pfund zu lesen war, die der Geburtstag des Ministers Augustus Thackeray eingebracht hatte. »Für den da vermutlich auch.«

»Allerdings«, schnaubte Merridew. »Und für einige weitere Leute ebenfalls. Wenn man sich jetzt der Kirchenbücher von St. Peter in Woolton annimmt, werden sicherlich noch ein paar Köpfe rollen.« Er grinste mir zu. »Ich muss gestehen, ich liebe es, wenn Köpfe rollen. Vor allen Dingen die mit dem scheinheiligen Grinsen, den gönnerhaften Blicken und den goldenen Nasen.« Er wandte sich zu seinem Butler um, der gerade damit beschäftigt war, zwei Sherry einzuschenken.

»Cresswell, denken Sie, Sie schaffen es noch vor Mitternacht? Wir würden zu gerne anstoßen, bevor der erste Schnee fällt.«

Creswells Bewegungen wurden schneller. Und zittriger. Es klimperte und klapperte, und schließlich brachte er ein kleines Silbertablett mit zwei Gläsern. Wir griffen danach, und ich fragte: »Worauf trinken wir? Auf einen erneuten triumphalen Sieg von Ihnen?«

Aber Merridew setzte eine ungewohnt demütige Miene auf und sagte leise: »Nein, mein lieber Nigel, lassen Sie uns auf all die einsamen Leute trinken, denen wir in diesem Fall begegnet sind. Über so was sollten Ihre komischen Beatles mal ein Lied schreiben, statt immer nur über Herz und Schmerz und den ewig gleichen Firlefanz. Ein Lied über eine Frau, die nach der Hochzeit den Reis aufliest, oder über den Pfarrer, der abends seine Socken stopft … Ich habe Ihnen noch gar nicht gesagt, dass ich kürzlich auf einer Cocktailparty den Produzenten dieser langhaarigen Lümmel getroffen habe. George Martin. Scheint mir ein ganz patenter Knabe zu sein. Ich denke, ich werde ihm die Geschichte bei nächster Gelegenheit mal erzählen.«

»Auf all die einsamen Leute«, sagte ich. Wir erhoben die Gläser.

»Auf all die einsamen Leute.«

DAS GEHEIMNIS
DER DRITTEN SCHWESTER

(1970)

1

Es macht mich immer noch nervös, wenn Cresswell, der steinalte Butler meines Freundes Reginald Lord Merridew, mir Wein nachschenkt. Merridew hatte einmal behauptet, er ziehe zum Dinner nur noch Kleidung in den Farben der Speisen an, da das Unglück damit minimiert würde.

Merridew war über seine detektivischen Fähigkeiten hinaus auch für seinen unbändigen Appetit und das schier unglaubliche Fassungsvermögen seines Magens bekannt. Er hatte sich irgendwann einmal als den einzig wahren Erben Falstaffs bezeichnet, und ich fand, das traf es eigentlich ganz gut, zumindest, was die fleischlichen Genüsse anging.

An jenem Tag im August hatten wir in seiner Wohnung in Kensington ein köstliches Dinner zu uns genommen und ließen nun den Abend bei einem Gläschen Portwein ausklingen. Der Restaurantkritiker Maximilian Vandeveer vom Guardian war heute mit von der Partie. Er war meinem Freund, was Leibesfülle und Maßlosigkeit anging, durchaus ebenbürtig. Neben den beiden kam ich mir vor wie der sprichwörtliche Strich in der Landschaft.

Gerade wetterten sie gemeinsam über Henry Sebastian Carstairs, den neuen, jungen Restaurantkritiker vom Daily Telegraph, den Vandeveer seit Kurzem als seinen erbitterten Gegner betrachtete.

»Neue, schlanke englische Küche!«, jaulte Vandeveer auf. »Was soll das sein? Gedörrte Löwenzahnwurzel in Apfelessig-Traubenkern-Sud?«

Die beiden fülligen Männer lachten schallend, und schwenkten die Gläser, und der überaus kurzsichtige Cresswell hatte seine liebe Mühe, beim Nachschenken zu treffen.

»Dieser Carstairs ist ein Lump!«, rief Vandeveer. »Er hat mir kürzlich in einem BBC-Radiobeitrag einen steinzeitlichen Geschmack vorgeworfen!«

»Was ist gegen ein gescheites Mammutsteak oder ein paar goldige Säbelzahntigermedaillons einzuwenden?«, trompetete Merridew im Zustand höchsten Amüsements.

Da wurde Vandeveer plötzlich still und nachdenklich. »Nein, im Ernst, meine Freunde«, sagte er tonlos. »Dieser Mann ist ein bösartiger Scharlatan. Er ist jung und hat das, was offenbar heute mehr zählt als Sachverstand: Charisma.«

»Pah!« Merridew stürzte den Inhalt seines Glases hinunter. »Mit Charisma kann man die Zuschauer im Tingeltangel blenden, aber keine Gourmets.«

»Aber das ist es ja gerade! Wenn er ein Restaurant so richtig in die Mangel nimmt, ist wie von Zauberhand eine Kamera zugegen. Und das bedeutet nicht selten den Todesstoß für ein aufstrebendes neues Lokal.« Der fette Vandeveer ruckelte seinen Körper auf die vordere Kante des Chesterfieldsessels und setzte eine geheimnisvolle Miene auf. »Carstairs bedient sich angeblich sämtlicher Tricks. Er lässt sich, so hört man, von besonders ängstlichen Gastronomen eine lobende Kritik erkaufen!«

Ich äußerte mein Missfallen. »So etwas wie Berufsethos kennt er wohl nicht.«

»Ach was! Ein reines Fremdwort für ihn. Er würde Sie nach den Zutaten fragen, wenn Sie es ihm gegenüber erwähnten.« Vandeveer tat nun noch geheimnisvoller. »Und man sagt, dass die Restaurantbesitzer, die sich weigern, ihn zu bestechen, mitunter ganz unerwartet der ein oder andere gravierende kulinarische Fehlschlag ereilt.«

»Angeblich ... so hört man ... man sagt ... *Gerücht verdoppelt, so wie Stimm und Echo, die Zahl Gefürchteter!*«

»Carstairs droht zuerst mit einer vernichtenden Kritik, da hat er schnell Oberwasser. Aber es gibt Lokale, deren Speisen sind einfach so exquisit, dass auch der ruchloseste Kritiker nichts zu meckern findet. Und dann greift Carstairs zu anderen Mitteln. Ein Gastwirt aus Chelsea – ich nenne keine Namen – schwört, dass Carstairs dafür gesorgt hat, dass in seiner Küche auf unerklärliche Art und Weise Dinge versalzen wurden, dass über Nacht Schimmel und Verderben seine vorbereiteten Speisen befielen. Sie mussten am nächsten Tag in Windeseile die Speisekarte komplett umkrempeln. Wenn es nicht rechtzeitig aufgefallen wäre, hätte das unweigerlich den Ruin des Lokals bedeutet!«

»Sabotage?« Merridew rumorte sich nun auch aus der Tiefe seines Sessels nach vorne und kniff unheilvoll die Augenbrauen zusammen. »Wenn das wirklich so ist, muss man ihm das Handwerk legen, diesem Schurken!«

Vandeveer versuchte das, was er nun sagte, möglichst unverfänglich klingen zu lassen, was ihm keinesfalls gelang. Weder Merridew noch ich konnten seine nur oberflächlich kaschierte Absicht übersehen, als er sagte: »Gilbert Logue, ein Freund von mir, hat jüngst ein Restaurant an der Südküste eröffnet, in dem die Wiederkehr der klassisch britischen Kochkunst zelebriert wird: *The Four Feathers* ist ein alter Gasthof in der Nähe von Rye in East Sussex. Und nun ratet mal, meine Freunde, wer morgen für zwei Nächte in einem Zimmer im *Mermaid Inn* in Rye logieren wird.«

Ich sah ihn überrascht an. »Etwa Henry Sebastian Carstairs?«

Vandeveer nickte und faltete dabei sein Doppelkinn auf und zu wie eine Ziehharmonika.

»Und woher wissen Sie das?«

Er betrachtete seine Fingernägel und räusperte sich affektiert. »Man arbeitet fleißig für die Zeitung, ist nebenbei ein spendabler Mensch und hat überdies so seine Informanten.«

In Merridews Augen funkelte es mit einem Mal vor Unternehmungslust. »Wie das gütige Schicksal es will, verfügen wir gerade über ein bisschen freie Zeit«, sagte er genüsslich und fragte mich, ohne dabei den Blick von Vandeveer abzuwenden: »Das ist doch so, nicht wahr, Nigel?« Er hielt sein leeres Glas auffordernd in die Luft, was Cresswell nicht bemerkte. Als Merridew schließlich ungeduldig mit dem Fingernagel dagegen tippte, klang es wie ein kleines Glöckchen, und der Butler reagierte schließlich und schenkte nach.

»Doch, doch«, sagte ich leichthin. »Keine weiteren Verabredungen in den nächsten Tagen, und nach dem opulenten Mahl des heutigen Abends werde ich vielleicht sogar übermorgen auch wieder so etwas wie Appetit entwickeln können.«

»Hurra!« Vandeveer klatschte in die Hände. »Ihr reist selbstverständlich auf meine Kosten! Ein Zimmer im kuschligen Mermaid Inn ist schon so gut wie bestellt, und eine Reservierung im Four Feathers folgt auf dem Fuß!«

»Wir brechen morgen früh auf!«, rief Merridew. »Cresswell, wie schnell haben Sie gepackt? Nur das Nötigste bitte. Wir reisen in einem sehr, sehr kleinen Auto!«

2

»The Four Feathers, soso«, sinnierte Merridew. »Sie kennen den berühmten Roman von Mason?«

Wir fuhren durch die flache Ebene der Romney Marsh. Die Straßen waren von Hecken gesäumt, hinter denen auf endlos scheinenden saftigen Marschwiesen gemütlich die Schafe grasten.

»Das ist doch diese Sache mit dem Deserteur, oder?«

»Deserteur, Quatsch! Der Soldat Faversham quittiert ganz formell den Dienst und bekommt von seinen drei Freunden und seiner Verlobten je eine weiße Feder, die seine Feigheit symbolisieren sollen. Daraufhin geht er in den Sudan, wo der Mahdi-Aufstand tobt, rettet seine Freunde und heiratet seine Verlobte. Und alle erhalten am Ende von ihm ihre schmachvollen Federn zurück.«

»Bisschen schwülstig, oder?«

»Ach, was wissen Sie junger Schnösel denn schon! Ist das da hinten wohl Rye?«

Im mittäglichen Dunst sahen wir in der Ferne eine Ansammlung von Häusern auf einem flachen Hügel, aus deren Mitte ein klobiger kleiner Kirchturm mit einem spitzen Dach herausragte.

»Könnte hinhauen. Der Karte nach sind es nur noch etwa acht Meilen«, sagte ich »Dort ist es ganz hübsch.«

»Sie waren schon einmal dort?«

»Ist eine Ewigkeit her.«

»Jede Menge buckliges Kopfsteinpflaster, so hörte ich. Nun ja, wir sind ja nicht zum Vergnügen da.«

Mit dem Kopfsteinpflaster behielt Merridew recht. Als wir wenig später die steile Mermaid Street hinauffuhren, wurden wir kräftig durchgeschüttelt, und es klapperte und rappelte derart, dass ich das Gefühl hatte, an meinem alten Nash-Healey müsste sich augenblicklich jede einzelne Schraube aus ihrem Gewinde lösen.

Unsere Unterkunft, das Mermaid Inn war ein traumhaft schönes, altes Fachwerkhaus, das sich wunderbar in die pittoreske blumengeschmückte Kulisse der Straße einfügte. Jeder Winkel hier bot ein reizendes Postkartenmotiv. Wir bogen linker Hand in eine Toreinfahrt ein, wobei man zweifelsohne mit einem größeren Fahrzeug als dem meinen seine liebe Mühe gehabt hätte.

Die von wildem Wein umrankten kleinen Fenster hatten Butzenscheiben, die Eingangstür stellte die erste Prüfung für großgewachsene Menschen dar.

»Du meine Güte, ist das alles eng«, knurrte Merridew, als wir eintraten. »Und die Decken sind so niedrig, dass ich mit meiner Frisur sämtliche Spinnweben wegbürste.«

»Aber immerhin habe ich irgendwo gelesen, dass Shakespeare mit seiner Schauspieltruppe hier gewesen sein soll.«

Das verfehlte seine Wirkung nicht. Merridew hob sogleich anerkennend die Brauen. »Oh, wirklich? Was Sie nicht sagen! Wunderbares altes Gemäuer. Hier werden wir uns sicher sehr wohlfühlen!«

Die kleine, etwas füllige Frau an der Rezeption las mit prüfendem Blick unsere Einträge im Anmeldebuch und blickte überrascht auf. »Lord Merridew?«, entfuhr es ihr. »Etwa *der* Lord Merridew?«

Mein Freund schmunzelte in gespielter Verlegenheit. »Nun, ich kann es nicht leugnen. Aber Schschscht ... Wir sind mehr oder weniger inkognito hier.«

Sie senkte die Stimme zu einem Flüstern. »Etwa wegen der Tierdiebstähle?«

Er richtete sich brüsk auf. »Tierdiebstähle? Was denn für Tierdiebstähle, Miss?«

»Die ersten Preise bei den Dorfwettbewerben ringsum. Alle werden gestohlen. Schafe, Schweine, Hunde ... Sie machen den ersten Platz und – husch – sind sie verschwunden!«

Merridew kräuselte die Lippen. »Ich versichere Ihnen, dass es keinesfalls ein paar entwendete Vierbeiner sind, die uns hierherführen.«

Ihre Augen wurden noch größer. »Etwa ein Mord?«

»Hat es denn einen gegeben?«, erwiderte ich.

»Ist schon was her. Vor sieben Jahren wurde dem Vater unserer Gemeindeschwester Rough der Schädel eingeschlagen. Aber da weiß man ja, dass es sein Saufkumpan war.«

Merridew unterbrach unser Geplänkel. »Wenn wir jetzt bitte unsere Zimmer sehen könnten, Miss!«

»Aber sicher!« Sie klingelte nach dem Zimmerdiener. »Man hat für Sie das Elisabethanische Zimmer reserviert, Sir. Dort nächtigte schon Elisabeth I., und es gibt von dort sogar einen Geheimgang hinunter zur Bar!« Sie zwinkerte ihm in plumper Vertraulichkeit zu.

»Und wo bin ich untergebracht?«, fragte ich.

»Sie schlafen im Kingsmill Zimmer, benannt nach dem Anführer der berühmten Hawkhurst Schmugglerbande. Wenn der Schaukelstuhl sich des Nachts plötzlich bewegt, seien Sie unbesorgt, das ist nur die Witwe von George Gray, dem Bandengründer, die dort von Zeit zu Zeit spukt.«

Der Diener erschien und holte unsere Koffer. Wir folgten ihm über knarrende Holzstufen in den ersten Stock.

»Zimmer eins«, sagte Merridew im Plauderton, als er im Vorbeigehen mit dem Gehstock sachte gegen die Tür tippte. »Spukt dort auch jemand?«

»Oh ja, Sir«, sagte der Mann, ein rotgesichtiger, älterer Knabe. »Es ist das meistbespukte Hotel in ganz England. In Nummer eins kann es Ihnen passieren, dass sie morgens wach werden, und Ihre Kleider, die Sie über Nacht auf dem Stuhl abgelegt haben, sind triefend nass.«

»Ein undichtes Fenster oder ein löchriges Heizungsrohr?«, vermutete ich.

»Weder noch, Sir. Die Dame in Weiß, die nachts vor dem Kaminfeuer sitzt.«

Merridew beugte sich zu mir und flüsterte mir ins Ohr: »Na, da wird sich unser feiner Mr Carstairs ja freuen. Er wohnt nämlich in genau diesem Zimmer, wie ich gerade an der Rezeption habe lesen können.«

Während ich mir ein wenig das Hotel und die nähere Umgebung ansah, hatte Merridew sich in seinem gewaltigen Himmelbett ausgeruht. Trotzdem schien er mir am frühen Abend noch nicht so recht erholt zu sein, denn er legte den Fußweg an meiner Seite nur widerwillig murrend zurück. Rye war ein gemütliches Städtchen mit kleinen Häusern und zahlreichen Geschäften, die rund um die Parish Church angesiedelt waren. Merridew fluchte über die unebenen Wege, damit hatte ich ja schon gerechnet. Er fand, die Zeit des Kopfsteinpflasters sei nun wohl doch endlich vorbei, denn von den Lastenpferden, die mit ihren Hufen darauf früher guten Halt gefunden hatten, sei weit und breit keins mehr zu sehen.

Wir beschlossen, den Ort des zu erwartenden Geschehens aufzusuchen.

»Die Zeit drängt«, brummte Merridew.

»Denken Sie, es ist Gefahr im Verzug?«

»Allerdings! Ich habe die Tea Time verschlafen!«

Der Weg zum Gasthaus führte uns einmal quer durch den Ort. Rye gehörte zu den Cinque Ports, dem Verbund der historischen Hafenstädte an den Küsten von Kent und Sussex, so hatte ich in der Schule einmal gelernt. Ich erinnerte mich unscharf an den Schulausflug, der uns vor vielen Jahren hierhergeführt hatte. »Wir waren auch an den Kreidefelsen, den berühmten Seven Sisters, westlich von Hastings«, erzählte ich. »Ob ich die Namen der Cliffs noch zusammenkriege? Warten Sie mal ... Haven Brow, Short Brow, Rough Brow, Brass Brow ...«

»Konzentrieren Sie sich lieber mal auf unseren Fall, Nigel«, ordnete Merridew an.

»Haben wir denn überhaupt einen Fall?«

»Zumindest haben wir einen Auftrag. Das neue Restaurant ist gewissermaßen die Falle, die für den heimtückischen Gastro-Saboteur ausgelegt ist. An uns ist es nun, ihn zu erwischen, sobald er hineintappt.«

»Er hat das Hotel für zwei Nächte gebucht. Das bedeutet doch, dass er mit hoher Wahrscheinlichkeit nicht lange fackeln wird, oder?«

»Da stimme ich Ihnen zu, Nigel. Er nimmt sich offenbar nicht viel Zeit. Ein bisschen Zeit für die Anbahnung, ein bisschen für die Durchführung und ein bisschen, um den Todesstoß auszuführen.«

»Klingt fast nach Akkordarbeit.«

Die High Street führte bergab auf das alte Landgate Stadttor zu. Wir fanden das Four Feathers unweit davon am Fuß des Hügels, über den sich das Städtchen ausgebreitet hatte. Es war ein altes Tudor Gebäude, dem offenbar erst kürzlich ein neuer Anstrich verpasst worden war. Die Balken leuchteten in glänzendem Schwarz, und die Gefache strahlten schneeweiß.

Aus einem grünen Lieferwagen lud gerade ein rundlicher, fast kahlköpfiger Mann in farblich passender grün gemusterter Weste mehrere Weinkisten aus, in denen es munter klimperte. Das Geräusch entlockte Merridew ein zufriedenes Grunzen.

Und fast im selben Augenblick konnte ich gerade noch einer großen Sackkarre ausweichen, die aus der anderen Richtung ein plumper, bulliger Kerl mit Stoppelkinn mit lautem Quietschen heranschob. Mehrere Kisten und Säcke waren darauf gestapelt, Porreestangen und Karottengrün guckten dazwischen hervor.

Er lieferte sich mit dem Mann in der Weste so etwas wie ein kleines Rennen, wer es mit seinen Waren zuerst durch den Hintereingang schaffen würde. Beinahe gab es ein Gerangel, und es wurden laute Flüche und

Beschimpfungen ausgestoßen. Der tumbe Riese mit der Sackkarre setzte sich schließlich mit einem groben Foul durch, und ich konnte dem dicken Kahlkopf, der ins Straucheln geriet, gerade noch die Kiste abnehmen, bevor sie seinen Händen entglitt.

»Alf, dieser Flegel«, schimpfte der Mann und tupfte sich mit einem Taschentuch den Schweiß von der Stirn. »Genauso versoffen wie sein Vater!«

Merridew versuchte, eines der Weinetiketten im Inneren der Kiste zu erspähen und hob respektvoll die Augenbrauen. »Vorzügliche Ware, die Sie da heranschaffen«, sagte er anerkennend.

»Ein Lokal dieser Güte steht und fällt mit seinen Weinen«, sagte der Mann und nahm die Kiste wieder an sich. Er hielt sie fast so zärtlich wie einen Tragekorb mit einem Neugeborenen. »Das Four Feathers wird noch Sterne sammeln, da bin ich mir sicher. Mr Logue braucht nur etwas Zeit und Ausdauer, und schon bald wird man ihn und sein Haus überall kennen.«

»Rum ist auch nicht an einem Tag gebraut worden!«, kicherte Merridew fröhlich. »Dann werden wir uns mal von der Qualität der Küche überzeugen. Kommen Sie, Nigel.«

Wir betraten das Lokal durch den Haupteingang und wurden von einer jungen Frau willkommen geheißen. Ein Tisch war bereits für uns reserviert, und die Strapazen des Fußwegs waren offenbar bei meinem Freund im Nu in Vergessenheit geraten. Ja, Merridew schien dieses minutiös vorausgeplante Abenteuer nun doch sehr zu genießen, da uns dem Duft nach wahre kulinarische Freuden zu erwarten schienen.

»Alles ist für uns vorbereitet Nigel, nur essen müssen wir noch selbst«, sagte er mit einem Strahlen. »Und das können wir doch eigentlich ganz gut, oder?«

Auf dem Weg zu unserem Tisch ließ ich den Blick über die rustikale Dekoration wandern. Ähnlich dem Mermaid Inn hatte man hier der Tradition einen hohen Stellenwert beigemessen. Das gefiel mir angesichts der neuen Nüchternheit, die dieser Tage in Londons Gastronomie allenthalben Einzug hielt, sehr gut.

Wir hatten einen Platz am Fenster, mit Blick auf die Tower Street. Mit großer Sorgfalt studierte mein Freund die Speisekarte und fand dort offenbar viel Erquickliches. Seine Ahs und Ohs und Hms klangen zufrieden und vorfreudig.

»Wir bestellen zunächst den pochierten Steinbutt und Lobster à la Riseholme – angeblich eine lokale Spezialität. Was sagen Sie dazu, alter Knabe?«

Ich nickte zustimmend. Die Wahl der Speisen oblag bei solchen Gelegenheiten immer meinem Freund. Dabei zeigte sich wieder, dass er in dieser Hinsicht mehr Hedonist als Traditionalist war.

»Danach sautiertes Hühnchen mit Tomaten, dann schieben wir ganz keck ein erfrischendes Limonen-Sorbetchen mit einem stimulierenden Schluck Wodka dazwischen, und hernach lassen wir uns das vielversprechende Lammkarree mit Minzsoße munden. Und nach dem Käse nehmen wir zum Dessert grüne Feigen mit Crème. Stimmen Sie zu?«

Das tat ich. Und ich wurde belohnt. Jeder einzelne Gang, der uns im Folgenden serviert wurde, war von unbestreitbarer Köstlichkeit.

»Ich weiß nicht, wie Sie das sehen, Merridew«, sagte ich nach dem Hühnchen. »An diesen Speisen könnte kein noch so bösartiger Kritiker einen Makel finden.«

»Wohl wahr!«, trompetete Merridew und tupfte sich mit der Serviette die Lippen ab. »Das bestärkt mich in meiner Vermutung, dass Carstairs hier gezwungen sein wird, zum Äußersten zu greifen, wenn der Hausherr nicht zahlt. Aber jetzt trinken wir erst mal!« Er schwenkte das Glas. »Für Frankreich und seine Bewohner habe ich ja im Allgemeinen ausgesprochen wenig übrig, wie Sie wissen, aber dieser Montrachet, der von dort in unser Glas gelangt ist, ist flüssiges Gold!«

Das ganze Essen wurde von ganz und gar wunderbaren Weinen begleitet, die Merridew auswählte. Auch in dieser Hinsicht konnte ich mich stets auf ihn verlassen.

Wann immer ich ihn ermahnte, dass alles, was wir hier jetzt zu uns nahmen, später unweigerlich von seinem Freund bezahlt werden musste, machte er eine wegwerfende Geste und prostete mir zu. »Meinem Freund Max Vandeveer würde es das größte Vergnügen bereiten, uns hier auf seine Kosten schlemmen zu sehen, glauben Sie mir!«

Und als ich ihn beim Lammkarree zaghaft daran erinnerte, dass unser Auftrag uns unter Umständen auch in der vor uns liegenden Nacht beschäftigen könnte, lachte er nur munter auf. »Wer kann schon mit vollem Magen ruhig schlafen?«

»Malen Sie den Teufel nicht an die Wand, Merridew.«

»Lassen Sie sich Zeit und kauen Sie alles gut durch, mein lieber Nigel. Wie sagte unser großer Dichterfürst dereinst: *Unruhig Essen gibt ein schlecht Verdau'n!*« Er hielt sein Glas gegen das Licht, ließ den Château Lafite darin blutrot funkeln und summte genießerisch vor sich hin.

Als ich einige Zeit später gerade ermattet den Dessertlöffel beiseitegelegt hatte, trat ein Mann zu uns an den Tisch.

»Guten Abend, Gentlemen«, sagte er freundlich. Er hatte einen schmalen, grauen Schnurrbart und silbern glänzende Schläfen. Das ehemals schwarze Haar war säuberlich gescheitelt, und an seinen Händen trug er mehrere klobige Siegelringe. »Mein Name ist Gilbert Logue. Ich hörte, Sie sind auf Einladung eines gemeinsamen Freunds bei uns?«

»Maximilian Vandeveer!«, sagte Merridew. »Prächtiger alter Knabe. Ja, ihm haben wir dieses fulminante Menü zu verdanken.«

»Dann darf ich davon ausgehen, dass es Ihnen gemundet hat?«

»Oh, das hat es, Teuerster. Und wie es das hat!« Merridew rupfte sich die Serviette aus dem Kragen und erhob sich schnaufend. »Glauben Sie mir, dass es wohl keinen Deut übertrieben ist, wenn ich Ihnen sage, dass das Lamm ein Gedicht war, und zwar eins, das sich reimt! Das Fleisch war so unbeschreiblich zart. So etwas bekommt man in ganz London nicht!« Dann deutete er Logue gegenüber eine Verbeugung an. »Bitte richten Sie Ihrem Küchenchef mein überschwänglichstes Lob aus!«

»Aber natürlich! Das werde ich mit Freuden tun.«

Wie aufs Stichwort erschien das von der weißen Mütze gekrönte Antlitz des Kochs über den beiden Flügeln der

Schwingtür, durch die es in die Küche ging. Seine Wangen leuchteten ebenso rot wie seine abstehenden Ohren.

Merridew entdeckte ihn und reckte den Arm in die Höhe. »Bravo, mein Bester! Bravissimo!«

Der Koch strahlte ebenfalls und winkte mit einer dankbaren Geste zurück.

Logue schien überaus stolz zu sein. »Wissen Sie, Gentlemen, wir haben unser Lokal erst vor zweieinhalb Wo…« Er brach schlagartig mitten im Satz ab, und ich folgte seinem erstarrten Blick, der an uns vorbei durch das Fenster hinaus auf die andere Straßenseite fiel. Dort stand ein wenig außerhalb des Lichts der Straßenlaterne ein junger Mann mit lässig zurückgekämmtem dunklem Haar und kurz rasiertem Bart in einem grauen Staubmantel.

Er stand einfach nur da, fast lässig auf einen grünen Schirm gestützt und starrte in unsere Richtung.

Logues Hände begannen auf der Stelle zu zittern. Die Ringe machten leise klackernde Geräusche, als sie gegeneinanderschlugen.

»… Wochen, ja.«, fing er sich wieder. Seine Stimme vibrierte ein wenig. »Vor zweieinhalb Wochen haben wir eröffnet. Es ist noch nicht alles so eingespielt, wie es sein sollte, aber …«

»Im Gegenteil! Famos! Alles ganz prächtig. Die Speisen, die Weine …« trompetete Merridew und machte mir nicht den Eindruck, als habe er Logues Unsicherheit überhaupt zur Kenntnis genommen. »Sie müssen mir unbedingt sagen, wer Ihnen diese exquisiten französischen Weine liefert!«

»Ein hiesiger Händler, Martin Magpie, der Schwager meines Kochs. Ich glaube, er beliefert auch einige Lokale in London, und ich könnte Ihnen ...« Die Nervosität gewann jetzt offenbar die Oberhand. »Bitte verzeihen Sie, wenn ich mich jetzt wieder ... ich fürchte, ich muss in der Küche ... Einen schönen Abend noch, Gentlemen!« Er entfernte sich mit ungewöhnlich schnellen Schritten. Noch im Hinausgehen hörten wir, wie seine Stimme laut wurde. Was er sagte, war nicht zu verstehen. Jenseits der auf und zu schwingenden Tür antwortete eine Männerstimme, und der laute Dialog ging in ein leises Murmeln über.

»Da ist aber einer ganz schön durch den Wind«, murmelte Merridew mit einem Schmunzeln. »Kann einem leidtun, der Bursche. Ich fürchte, Carstairs setzt ihn bereits mächtig unter Druck.«

»Der Meinung bin ich auch! Ich glaube, Sie haben es nicht mitbekommen, Merridew, aber da draußen auf der anderen Straßenseite ...«

»Ich weiß, ich weiß. Etwa sechs Fuß groß, schwarzes Haar, Bart, heller Mantel, grüner Regenschirm. Das ist Henry Sebastian Carstairs. Und wenn Sie jetzt noch einmal hinsehen, Nigel, werden Sie feststellen, dass er inzwischen verschwunden ist.« Er riss die Augen plötzlich weit auf, und seine Bäckchen über dem grauen Bart leuchteten wie die Rücklichter eines Eisenbahnwaggons, als eine Etagere mit Petits Fours zu uns an den Tisch gebracht wurde. »Aaaah, da kommen ja noch ein paar süße kleine Schweinereien!«

3

Rückblickend kann ich es getrost als eine meiner enttäuschendsten Hotelübernachtungen bezeichnen. Das Mermaid Inn war zweifelsohne ein fabelhaftes Hotel, die Zimmer mit den Holzvertäfelungen und den Himmelbetten waren fürstlich ausgestattet, die Matratzen erstaunlich bequem. Nein, all das war nicht Grund meines Ungemachs.

Es war vielmehr die Tatsache, dass Merridew und ich die Nacht sitzend in meinem geliebten roten Flitzer auf dem Hotelparkplatz verbrachten, die mich so sehr verdross.

Merridew nickte an meiner Seite immer wieder ein, und sein Schnarchen, das jedes Mal augenblicklich einsetzte, klang fast so, als springe der Motor an. Ich selbst konnte aufgrund der auf Dauer unbequemen Position und des prallvollen Magens sowieso kein Auge zumachen.

Also versuchte ich im Halbdunkel die Wandinschrift zu entziffern, die mit schwungvollen Pinselstrichen auf den Seitentrakt des Hotels geschrieben worden war:

»*Wirst du zur Nacht vom Trappen der Pferdehufe wach,*
Steck nicht den Kopf zum Fenster raus,
bleib ruhig im Gemach.
Wer vieles fragt, dem werden meist Lügen nur zum Lohn.
Kehr dich zur Wand und schlaf, mein Kind,
die Freunde zieh'n davon.«

Ich musste diese Zeilen wohl unwillkürlich halblaut vor mich hin gemurmelt haben, denn Merridew wachte davon auf. »Rudyard Kipling«, sagte er schmatzend. »Das Lied der Schmuggler.

Fünfundzwanzig Ponies
Poltern durch das Düster –
Für den Pfarrer Branntwein,
Knaster für den Küster;
Spitzen für ein Fräulein,
Briefe dem Spion.
Kehr dich zur Wand und schlaf, mein Kind,
Die Freunde zieh'n davon.«

Mir wollte sonst wirklich niemand einfallen, den man um Mitternacht wecken konnte, und der dann ohne Umstände die Lyrik unserer großen Dichter zu rezitieren vermochte.

»Ein richtiges Schmugglernest muss dieses Rye mal gewesen sein, so las ich«, murmelte mein Freund und kratzte sich ausgiebig am Bart. »Die hatten so viel Brandy, dass sie ihn zum Fensterputzen benutzten. Muss wohl mal kurz weggedöst sein. Irgendwas Neues?«

»Nichts außer ein paar Fledermäusen und ein paar Hotelangestellten, die ein paar Mal hin- und hergelaufen sind. Vielleicht auch der ein oder andere Geist.«

»Da bin ich ja beruhigt.«

»Wir könnten jetzt gemütlich im weichen Bett liegen, Merridew.«

»Als ob das das höchste der Gefühle wäre. Ich kann nicht sagen, dass ich diese knarrenden und knarzenden Betten sehr mag. Und überdies ist der Geheimgang hinunter zur Bar unverschämt schmal. Ein stattlicher Mann wie ich passt da überhaupt nicht durch.«

»Ich habe das Gefühl, dass hier nichts weiter passieren wird. Wer sagt uns denn überhaupt, dass Carstairs gleich in der ersten Nacht zuschlägt?«

»Mein Gefühl. Und das ist nun mal so verlässlich wie der Glockenschlag des Big Ben. Wenn er diesen Restaurantbesitzer Gilbert Logue schon kontaktiert hat, wird er keine unnötige Zeit vergeuden. Denken Sie dran: übermorgen früh reist er ab, und wenn er wirklich etwas Ruchloses vorhat, wird er das zweifellos im Schutze der Nacht erledigen. Immerhin braucht er am nächsten Tag viel Öffentlichkeit, wenn er auf dem Plan auftaucht, um die Ernte seiner Tat einzufahren und die Presse zu alarmieren.« Er gähnte und sperrte dabei den Mund so weit auf, dass eigentlich unweigerlich sein Unterkiefer aus den Gelenken hätte springen müssen. »Was halten Sie davon, wenn ich jetzt mal für ein Viertelstündchen Wache schiebe?«

»Das wäre überaus freundlich. Das Einzige was bei mir einschläft, sind meine Füße. Ich muss ein paar Schritte ums Auto machen.«

Gerade als ich nach dem Türgriff langte, packte Merridew meinen Arm. »Stopp!«, flüsterte er. »Wir warten einen Moment mit dem Aussteigen!«

Mit dem Zeigefinger der anderen Hand deutete er auf den Hoteleingang. »Wenn sich nicht der unterneh-

Ich sprang auf die Tür zu und stieß sie vollends auf. Wir würden dem Restaurantbesitzer helfen, den Eindringling festzusetzen! Ich fühlte mich jetzt noch wacher, als es ohnehin schon der Fall gewesen war. Gerade als ich mit mutigem Gebrüll in das vor uns liegende Dunkel hineinrennen wollte, blendete mich das Aufblitzen einer Taschenlampe, und als ich die Arme hochriss, um das grelle Licht abzuwehren, rammte mich eine Gestalt frontal mit einer derartigen Wucht, dass ich rückwärts taumelte und zu Boden stürzte. Ich konnte undeutlich erkennen, wie mein Freund mit dem Gehstock ausholte und aus Leibeskräften zuschlug. Ein unterdrückter Aufschrei war zu hören, aber der Angreifer rannte durch das Dunkel davon, ohne dass wir ihn hätten aufhalten können.

Als Merridew mir auf die Füße half, hörten wir hinter der Hausecke einen Motor aufheulen, und ein Auto brauste davon. In welche Richtung der Wagen fuhr, war unmöglich zu sagen.

Ich rieb mir den schmerzenden Steiß und ging hinter Merridew her, der sich mit erhobenem Stock und vorsichtigen Schritten ins Dunkel des Gasthauses wagte.

Dort drinnen hatte es ein Kampf gegeben, das war deutlich zu hören gewesen. Wenn der Mann, der mich gerade zu Boden gestoßen hatte, mit dem Wagen abgehauen war, handelte es sich bei ihm vermutlich nicht um Carstairs. Das bedeutete, dass Carstairs noch im Haus war.

Merridew fand den Lichtschalter und betätigte ihn. Ein kleiner, schmaler Gang zwischen mehreren Regalen hindurch führte zur nächsten Tür. Dahinter war eine Notbeleuchtung eingeschaltet, die ein kränkliches Licht in der geräumigen Küche verbreitete. Wir sahen Töpfe und Pfannen, Schneidebretter und zersplitterte Gläser auf dem Boden liegen. Ich schaltete das Licht an, und kalt und weiß drang es in jeden Winkel des Raumes. Eine glänzende Flüssigkeit stand auf den Fliesen, und jeder unserer Schritte verursachte ein schmatzendes Geräusch. Hinter der großen Kochinsel, die in der Mitte des Raumes stand, war die Spitze eines Schirms erkennbar. Als wir um die Ecke blickten, sahen wir den Körper von Henry Sebastian Carstairs, dessen Kopf halb in einem großen Topf voller Flüssigkeit hing. Es roch köstlich nach einer kräftigen, schmackhaften Rinderbrühe. Um den Kopf schwammen Lauch, Knochen und halbe, gebräunte Zwiebeln. Große Fettaugen glitzerten auf der Oberfläche wie ein Teppich aus kostbaren Perlen.

»Ach du meine Güte!«, hauchte ich schockiert.

Dann sah ich plötzlich die Luftblasen, die aus der Brühe aufstiegen. Und Merridew bemerkte sie ebenfalls.

»Nigel, er atmet noch!«, brüllte er. Ich ging sofort auf die Knie, wobei ich mich auf dem glitschigen Boden kaum halten konnte, und riss mit aller Kraft den leblosen Körper herum. Die Brühe spritzte durch die Gegend. Das Gesicht von Carstairs war von Selleriestückchen, Karotten und Lorbeerblättern verklebt. Aus seinem Mund kamen glucksende, röchelnde Geräusche und ein paar Worte, die ich kaum verstehen konnte.

»Morgen Nacht ... dritte Schwester ...«, glaubte ich herauszuhören. »... aufhalten ... Rough ...«

»Ich kann ihn nicht verstehen, Merridew«, hauchte ich atemlos.

»Rough ...«, gurgelte es, und ein Schwall von Brühe sickerte aus dem Mund. Und noch einmal: »... Rough ...« Dann kippte der Kopf kraftlos zur Seite und die Atmung setzte aus. Als ich in Carstairs' Halsbeuge nach dem Puls tastete, spürte ich dort nichts mehr.

4

Merridew fuhrwerkte ungeniert mit einem Löffel in einer Kasserolle herum. »Eine Soße ist nur eine richtig gute Soße, wenn man sie auch kalt löffeln kann«, dozierte er und verleibte sich eine Portion der sämigen, dunkelbraunen Flüssigkeit ein. Er verdrehte beseelt die Augen. »Ich versichere Ihnen, dass Carstairs an dieser Köstlichkeit jedenfalls noch keine Schandtat verübt hat.« Genüsslich leckte er sich über die Lippen.

Wir warteten auf Gilbert Logue, den Merridew ebenso telefonisch alarmiert hatte wie die hiesigen Ordnungshüter. Die kleine Polizeistation lag oben auf dem Hügel, gleich neben dem Friedhof, und es konnte nur Minuten dauern, bis einer der Beamten hier auftauchen würde. Vorsichtshalber war auch gleich die übergeordnete Sussex Police in Hastings benachrichtigt worden.

»Was hatte Carstairs wohl vor?«, fragte ich und zupfte mir die Hosenbeine zurecht. Die fette Brühe hatte unübersehbar große Flecken hinterlassen, die ich vermutlich nie wieder aus meiner Kleidung rauskriegen würde.

Merridew schnaubte verächtlich und lüpfte einen weiteren Deckel. »Na, was wird er schon vorgehabt haben?«

»Ich meine, wie hatte er konkret vor, die Speisen zu verderben? Irgendwas auf den Gasherd stellen? Zum Überkochen bringen? Zum Anbrennen?«

Mit einem Kopfschütteln öffnete Merridew den Kühlschrank. Er fingerte ein wenig in dessen Innenleben herum und holte schließlich eine metallene Platte hervor, auf der kalte Bratenscheiben unter einer Folie schlummerten. Eine von ihnen befreite er mit flinken Fingern, nur um sie danach in seinem Mund verschwinden zu lassen. »Nein«, sagte er mampfend. »Ich glaube, er ging anders vor. Etwas Angebranntes ist schließlich gleich erkennbar. Das findet doch gar nicht erst den Weg zum Gast. Im schlimmsten Fall brennt nicht nur die Speise an, sondern gleich die ganze Bude ab. Das wäre dann Brandstiftung, und das scheint mir nicht so recht zu seinem Konzept zu passen.« Er schraubte ein großes Einmachglas auf und versuchte, mit einer Gabel ein paar sauer eingelegte Kürbisstücke herauszufischen. Ein feiner Essiggeruch mischte sich unter den Duft der Rinderbrühe, der immer noch über allem lag.

»Tja, jetzt hat er nasse Klamotten«, murmelte ich und blickte auf die am Boden liegende Leiche hinunter. »Auch ohne die untote weiße Frau am Kaminfeuer.«

»Ich tippe auf die Soßen«, sagte Merridew schmatzend. »Ein paar sind schon für morgen vorbereitet. Dahinten in diesem Kupferkessel ist eine ganz und gar göttliche dunkle Soße für die Wildgerichte. Wird morgen nur noch mit Butter aufgeschlagen und abgeschmeckt. Versalzen wäre da also auch nicht das Mittel der Wahl gewesen, wie Sie mir zustimmen werden.«

»Sie meinen, er hätte etwas anderes hineintun wollen?«

»Zweifellos.«

»Aber in seinen Taschen hatte er nichts!« Diese hatte ich bereits untersucht, was mir ein paar weitere Fettflecken eingebracht hatte.

Merridew zuckte mit den Augenbrauen, während er interessiert ein Schüsselchen mit einem süßen Dessert untersuchte. »Ja, wo kann es denn anders sein?« Sein Tonfall war der eines Großvaters, der seinem Enkelkind den Ball versteckt hatte.

»Sie wissen es, oder?«

»Hm!« Er mimte den schulterzuckenden Unwissenden, während er das süße Dessert kostete. Als er meinen tadelnden Blick registrierte, sagte er unschuldig: »Ich prüfe nur die Qualität der Speisen! Wer weiß, ob Carstairs nicht doch schon ... Übrigens: warm.«

»Das Dessert? Warm?« Er hatte es doch gerade erst aus dem Kühlschrank geholt.

»Nein, das ist ein ganz und gar köstliches Syllabub. Eine wahrlich traditionelle, süße Schweinerei. Appetitlich kalt. Aber bei Ihnen: wärmer!«

Jetzt begriff ich! Er wollte meine Schritte lenken.

Ich ging ein wenig zur Seite.

»Kälter.«

Dann fiel mir der Schirm ein. Als ich mich danach bückte, jubelte Merridew: »Heiß!«

Ich bin nicht abergläubisch und fürchte mich nicht vor dem Unglück, das ich heraufbeschwöre, wenn ich Spiegel zerbreche, schwarze Katzen passieren lasse oder einen Schirm im Haus aufspanne. Trotzdem öffnete ich dieses Exemplar mit einem gewissen Unbehagen. Meine Sorge war durchaus berechtigt. Augenblicklich plumpsten aus den Falten des Schirmstoffs ein paar Kunststoffhandschuhe und einige kleine Tütchen und Fläschchen auf die Arbeitsplatte der Kücheneinrichtung.

Ich hob sie nacheinander auf und betrachtete sie eingehend, während Merridew sich über meine Schulter beugte und mir ins Ohr schmatzte.

»*Nux vomica*«, las ich. Die Schrift auf dem Etikett des kleinen, braunen Pipettenfläschchens war winzig und krakelig.

»Brechnuss«, sagte Merridew. »Nomen est omen.«

»Und was ist das hier?« Ich wendete ein Papiertütchen hin und her, öffnete es und entdeckte darin winzige Spuren einer staubigen Substanz. »Kaum lesbar, das Etikett. Botu… Botuli…«

»Man muss kein Lateiner sein, um das zu übersetzen und kein Biologe, um zu wissen, wozu das gut oder vielmehr überhaupt nicht gut ist. Der *Bacillus Botulinus* löst die fiesesten Fleischvergiftungen aus, die man sich nur erträumen kann.«

In einem kleinen Kunststoffbeutelchen schließlich waren schon von außen ein paar braune Brocken zu erkennen. Ich öffnete es und roch daran. »Pilze?«

»Da wird er sich was Feines für die Wildsoße überlegt haben. Garantiert gallebitter, das Zeug, aber bei stark gewürzten Speisen fällt es vermutlich nicht auf.«

Wir hörten sich nähernde Schritte und aufgeregtes Atmen.

Gilbert Logue stand im nächsten Moment im Türrahmen und starrte fassungslos auf das Bild, das sich ihm bot. Sein Gesicht war erhitzt und seine Haare hingen ihm ungebändigt in die Stirn.

»Oh mein Gott!«, rief er und stolperte durch die Unordnung auf uns zu. »Ist das …? Ist er …«

Merridew stellte seine Dessertschüssel beiseite und breitete besänftigend die Hände aus. »Ja genau, *das* ist und *er* ist. Machen Sie sich keine Sorgen, Logue. Er wird Ihnen und Ihrem Lokal keinen Schaden mehr zufügen können.«

»Aber die Polizei! Die Presse! Das Aufsehen!«

»Ist alles nichts im Vergleich zu dem, was Sie erwartet hätte, wenn der Plan dieses Mannes aufgegangen wäre«, versuchte auch ich ihn zu beruhigen.

»Er hatte Sie bereits im Visier, richtig?«, forschte Merridew nach.

Logue starrte uns an. »Was meinen Sie? Ich weiß nicht, wovon Sie reden.«

»Dass wir hier sind, haben Sie unserem gemeinsamen Freund Max Vandeveer zu verdanken. Wir sind über Carstairs und seine Machenschaften im Bilde.«

Logue seufzte abgrundtief und nickte ergeben. »Dieser Dreckskerl hat nicht einmal bei mir gegessen, das müssen Sie sich mal vorstellen! Den halben Tag ist er um mein Lokal herumgeschlichen, hat mein Personal und die Lieferanten in scheinbar harmlose Gespräche verwickelt, und als er mich irgendwann allein zu fassen kriegte, stellte er sich frech vor und schlug mir ohne Umschweife eine monatliche Zahlung von 500 Pfund vor. Dafür wären mir ein journalistischer Lobpreis allererster Güte und garantierte Ruhe für die nächsten Jahre sicher, so sagte er.«

»Aber Sie haben abgelehnt?«

»Oh ja, bei Gott, das habe ich!«, sagte Logue bestimmt. »Das sind die Methoden der Mafia, so etwas dürfen wir in England gar nicht erst einreißen lassen. Tja, und daraufhin drohte er mir mit der völligen Vernichtung.«

»… die ihn nun selbst ereilt hat.« Mitleidslos tippte Merridew mit der Schuhspitze gegen die linke Hand des Toten, an der noch Suppengrün klebte.

Ich selbst schnupperte an meinen Fingern. Sie rochen immer noch nach Liebstöckel und Muskat. Ich tippte mir mit dem Zeigefinger gegen die Zungenspitze. Sie schmeckten auch danach. Und sie schmeckten ein bisschen bitter.

Flackerndes Blaulicht drang plötzlich durch die offenstehende Tür in die Küche. Ein Motor erstarb und Schritte näherten sich.

Zwei Polizisten betraten den Raum. »Mr Logue«, sagte der Eine. »Sind das die Einbrecher? Wurde etwas gestohlen? Fehlt Geld in der Kasse?«

Merridews Bartstoppeln zitterten augenblicklich erbost. »Bevor Sie jetzt Ihren ganzen Katalog mit uninspirierten Routinefragen runterrasseln, werfen Sie lieber einen Blick auf den Toten!«

»Oh, verdammt!«, entfuhr es dem zweiten Polizisten. »Meine Fresse, ein Unfall?«

Merridew kicherte. »Tja, hat der arme Mann sich etwa verschluckt? Oder litt er unter einer Sellerieallergie? Oder ist er womöglich unglücklich gestolpert und mit dem Kopf in die Brühe gefallen?«

»Verzeihung Sir, und wer sind Sie?« Der erste Polizist räusperte sich wenig amüsiert und zückte einen kleinen Schreibblock.

»Mein Name ist Reginald Lord Merridew, 11. Earl of Grothbury!« Mein Freund warf sich in die Brust.

Der andere Polizist rammte seinem Kollegen einen Ellenbogen in die Seite. »He, Andy, das ist dieser ...«

»Ja, ganz recht, dieser Detektiv!«, dröhnte Merridew. »Freut mich, dass zumindest einer der beiden Herren von mir gehört hat!«

Mir lag daran, dass wenigstens ein paar der Fragen, die sich die Polizisten stellten, beantwortet wurden: »Wir kamen dazu, als dieser Mann getötet wurde. Leider konnten wir seinen Mörder nicht erkennen. Was immer wir tun können, um bei dieser Sache zu helfen, das tun wir gerne.«

»Verzeihen Sie, Eure Lordschaft«, erklärte der erste Polizist mit zerknirschtem Gesichtsausdruck. »Wir stehen hier momentan mächtig unter Druck. Ich weiß nicht, wann es zuletzt so einen Trubel bei uns gab. Ein Viehdieb treibt seit ein paar Wochen bei uns sein Unwesen!«

Merridew war bereits besänftigt. »Viehdiebstahl, hm ja, ich hörte davon. Haben Sie etwa auch noch Ketzer, Falschmünzer und Grenzsteinrücker in Ihrem entlegenen Landstrich?«

»Es sind immer die ersten Plätze bei den Wettbewerben auf den Village Fêtes.«

Der andere Polizist begann aufzuzählen: »Ein Schaf in Winchelsea, ein Schwein in Peasmarsh, ein Ochse in Appledore, ein 450 Pfund schwerer Kürbis in ...«

Wie aus dem Nichts überkam mich auf einmal ein flaues Gefühl in der Magengegend. Ich spürte, wie mir heiß und kalt zugleich wurde, und das mulmige Rumoren steigerte sich mit beängstigender Geschwindigkeit zu einer Übelkeit nicht gekannten Ausmaßes. Sie wühlte sich gärend durch meinen Bauch und schäumte mir bis zum Gaumen hinauf. Als ich begann, unsicher hin und her zu schwanken, starrte mich Merridew mit einem Mal an und rief entsetzt: »Nigel, mein alter Freund, ist Ihnen etwa nicht wohl?«

Meine Lippen konnten keine Worte mehr formen, aber was dann kam, war als Erklärung völlig ausreichend.

5

Als ich aus einem unruhigen Schlaf voller wilder Träume erwachte, stand die Sonne vor den kleinen Fensterchen meines Hotelzimmers schon am Himmel. Ich sah ein paar Möwen vorbeisegeln.

Auf meinem Nachttisch standen eine Tasse und ein Teller mit einem angebissenen Stück Weißbrot. Die Erinnerung an die Geschehnisse der letzte Nacht kehrte nur langsam zurück.

Überaus vorsichtig beschloss ich auszuprobieren, wie sich mein Gesamtzustand wohl darstellen mochte, schob die Decke beiseite und schwang langsam die Beine aus dem Bett. Als ich mich ganz bedächtig aufrichtete, erfasste mich, wie zu erwarten war, ein leichter Schwindel. Mein Mund war trocken, und ich trank einen Schluck kalten Kräutertee aus der Tasse. Es schmeckte schauderhaft, aber es schien immerhin meinen geschundenen Magen nicht allzu sehr aufzuregen.

An der Tür war ein leises Klopfen zu hören. Das konnte unmöglich mein Freund Merridew sein. Dieser Mann war schließlich außerstande leise Töne zu produzieren.

»Nigel«, flüsterte es auf dem Flur. »Leben Sie noch, alter Knabe?«

Ich hatte mich geirrt, es war fraglos seine Stimme. Mein Freund überraschte mich doch stets aufs Neue.

»Kommen Sie rein«, sagte ich schwach, und augenblicklich wurde die Tür aufgeschoben.

Merridew steckte ausgehfertig in seinem Dreiteiler aus Harris Tweed und sah unverschämt frisch und ausgeruht aus. In seiner Hand hielt er ein kleines Tablett, auf dem er ein Glas mit einer Flüssigkeit undefinierbarer Farbe balancierte.

»Nein, nein, ich werde nichts zu mir nehmen!«, protestierte ich vorauseilend. »Nie wieder!«

»Oho, diese Einstellung ist ein Fehler, Nigel!«, flötete er, während er mit beschwingtem Schritt auf mein Bett zueilte. »Sie kennen doch die bewährte Taktik, den Teufel mit dem Beelzebub auszutreiben?«

»Die lehne ich ab!«

Er lachte fröhlich und stellte das Tablett auf dem Nachttisch ab. »Bertram Wilberforce Wooster, ein Freund meines Vaters, verfügte über einen Butler, der auf den Namen Jeeves hörte. Und diesem wahren Juwel unter allen Dienstboten verdanken wir das Rezept zu diesem Wundertrunk.«

Er reichte mir das Glas, und ich wagte nicht einmal daran zu schnuppern.

»Sie können mir vertrauen. Alles ganz natürliche Zutaten! Nicht unbedingt eine Zusammenstellung, die sich anbietet, aber wirkungsvoll. Wie oft hat diese Mixtur mir schon Stunden, Tage und Wochen unrettbar verloren geglaubter Lebenszeit wiedergebracht, wenn mein Körper wieder einmal nach einer ausschweifenden Festivität den Dienst versagte.«

»Ich habe nicht gesoffen Merridew, ich habe mich heute Nacht selbst vergiftet!«

»In der Tat, so sieht es aus. Sie haben mit diesen Bakterien und Pilzen tatsächlich rumgefuhrwerkt, als wären es Backzutaten. Aber Sie haben immerhin heute selbstständig die Augen geöffnet. Das ist mehr als ich so manches Mal von mir behaupten konnte. Trinken Sie!«

»Das werde ich nicht tun!«

»Keine Widerrede!«

Ich war zu schwach für eine Revolution, und so nippte ich vorsichtig an dem Glas.

Aber Merridew trompetete plötzlich lautstark das Kommando »Auf Ex!«, und reflexartig stürzte ich alles herunter.

Schlimme Dinge geschahen. Es brauste mir in den Ohren, das Licht wurde heller, Flammen loderten meinen Hals hinab und breiteten ihre Hitze bis in meine Fingerspitzen aus. Und von einem Moment auf den anderen fühlte ich mich mit einem Mal belebt und innerlich gereinigt.

»Das ist ein Zaubertrank!«, sagte ich völlig außer mir vor Verwunderung. »Damit könnte man ein Vermögen machen!«

»Ach was, dazu sind kostbare, hochprozentig gefüllte Flaschen besser geeignet. Trauen Sie sich schon einen stärkenden Happen zu?«

Ich winkte ab. »Wir wollen das Schicksal nicht herausfordern.«

Eine halbe Stunde später sah ich Merridew im Speisezimmer des Hotels mit überaus gemischten Gefühlen bei der Vernichtung eines gigantischen Frühstücks zu.

Er schaufelte Heringe, Bacon, Tomaten, Schweinswürstchen, Eier und Nierchen in sich hinein und hob immer wieder mahnend die Gabel. »Gottlob waren es nur Spurenelemente dieses Dreckszeugs, das Sie sich unabsichtlich verabreicht haben. Stellen Sie sich nur mal vor, was passiert wäre, wenn es Carstairs gelungen wäre, die Soße zu verseuchen! Stellen Sie es sich vor.«

Ich versuchte, genau das nicht zu tun und kaute an meinem trockenen Toast herum.

»Erinnern Sie sich an seine letzten Worte«, murmelte ich. »Ich habe heute Nacht jede Menge wirres Zeug geträumt. Immer wieder waren da seine Worte, die irgendwo aus einem Mund inmitten eines fettigen Knäuels von gekochtem Suppengrün drangen. Es ging um morgen Nacht. Und um eine … die dritte Schwester … und immer wieder sagte er Rough. Ganz schönes Kauderwelsch, wenn Sie mich fragen. Rough, was soll das sein?«

»Dämmert es Ihnen nicht? Immerhin haben wir diesen Namen gestern schon einmal gehört.«

»Haben wir?«

»Eingeschlagener Schädel … Na?«

Ganz allmählich kam die Erinnerung. Die Dame an der Rezeption hatte am Vortag den Namen Rough erwähnt.

»Die Gemeindeschwester!«, sagte ich. »Da hätten wir dann auch die Schwester, die Carstairs erwähnte!

Merridew nickte zustimmend und trank seinen Tee aus. »Und es gibt sogar eine Verbindung von der allseits bekannten und beliebten Gemeindeschwester Honoria Rough zum Four Feathers, wie mir die Rezeptionistin vorhin verraten hat: Der Bruder von Miss Rough ist Farmer und liefert Gemüse an Mr Logue. Ein bisschen zurückgeblieben aber harmlos, sagt die Frau von der Rezeption.«

Ich versuchte nachzudenken ohne gleich Kopfschmerzen zu bekommen. »Die dritte Schwester, soso ... aber es gibt doch in so einem Sprengel gemeinhin nur eine einzige Gemeindeschwester, oder?«

»Vielleicht hat sie ja nicht nur diesen einen Bruder, sondern auch noch zwei Schwestern. Über die Familienverhältnisse wusste die Rezeptionistin sonst leider nichts.«

»Doch, dass ihrem Vater der Schädel eingeschlagen wurde.«

»Stimmt. Nicht, dass ich es vergessen hätte, aber ich fand es nicht erwähnenswert.« Merridew legte das Besteck beiseite und betrachtete mit großer Anteilnahme und auf die Brust gelegtem Kinn mein halb aufgegessenes Stück Toast. »Oh je, so kommen Sie aber nicht wieder richtig auf die Beine.«

Er hatte recht. »Ich lege mich jetzt am besten wieder hin«, sagte ich matt. »Die Übelkeit ist zwar verschwunden, aber ich fühle mich immer noch ein bisschen wacklig.«

»Im Gegenteil!«, beschwor mich Merridew. »Was Sie jetzt unbedingt brauchen, um zu Ihrer alten Form zurückzufinden, ist eine ordentliche Portion frischer Luft!«

Jede Widerrede wäre zwecklos gewesen, und so zogen wir eine Viertelstunde später los, um uns im sonnendurchfluteten Städtchen ein wenig die Füße zu vertreten.

Wir hatten den schon fast gewohnten Weg eingeschlagen und schlenderten zur Kirche.

»Es wird wohl kaum die Gemeindeschwester gewesen sein, die Carstairs zuerst eins hinter die Löffel gegeben und ihm dann diese Suppe eingebrockt hat«, plauderte Merridew.

»Ihre Wortspielchen waren auch schon mal origineller«, murrte ich.

»Schade, ich hätte noch ein paar pfiffige Sätze mit ›abgebrüht‹ und ›ausgekocht‹ und all so was auf Lager gehabt.«

Ich betrachtete beiläufig die schiefen Grabsteine und dachte daran, dass es sicher traumhaft wäre, einfach mal so rumzuliegen. »Sie haben natürlich recht, Merridew. Diese Tat sieht nicht wie die einer Krankenschwester aus. Obwohl gerade die oft ganz schön rabiat sein können.«

»Wozu nun wieder der Name Rough passen würde.«

Ich stimmte ihm mit einem schwachen Lachen zu. Plötzlich hielt er mir den Gehstock quer vor die Brust. »Momentchen mal, alter Knabe«, sagte er leise. »Schauen Sie mal. Wen haben wir denn da?«

Es war kurios. Gerade erst hatten wir von Krankenschwestern gesprochen, und angesichts der Person, die nur etwa vierzig Fuß entfernt mit hektischen Schritten am Kriegerdenkmal vorbeihuschte, musste ich daran denken, dass man diese weißbekittelten Wesen kaum wiedererkannte, wenn sie einem irgendwo in Straßenkleidung begegneten. So ging es einem auch bei Richtern und Zugschaffnern. Man sah sie und wusste, dass man sie kannte, kam aber um alles in der Welt nicht drauf, woher.

Dieser Mann dort trug einen dunklen Pullover und eine mittelbraune Lederjacke, und ohne seine weiße Küchenjacke erkannte ich ihn aus den genannten Gründen nicht sofort. Deshalb musste mir Merridew auf die Sprünge helfen.

»Segelohren wie Schaumlöffel«, murmelte er, und der Groschen fiel bei mir.

»Der Koch des Four Feathers.« Wir hatten ihn am Vorabend nur ganz kurz gesehen. »Läuft der vor jemandem weg?«, fragte ich. So sah es jedenfalls aus. Er war atemlos und wirkte überaus gehetzt.

»Nein, sehen Sie doch, immer wieder dieser hektische Blick auf die Armbanduhr. Da ist jemand unterwegs zu einem Rendezvous.«

»Na ja, warum auch nicht?«

Merridew schüttelte verärgert den Kopf. »Was lernen Sie eigentlich, wenn Sie mit mir unterwegs sind? ›Warum auch nicht?‹ hilft bei Ermittlungen niemals weiter. ›Warum?‹ ist die Frage, um die sich buchstäblich alles dreht! Warum tun Menschen bestimmte Dinge und warum lassen sie dafür andere?« Er beschleunigte seinen Schritt. »Hopp hopp, wir wollen herausfinden, warum er hier ist, warum er sich so hektisch umschaut und warum er dauernd auf die Uhr guckt!«

Es war ausgesprochen selten, dass Merridew mir auch nur einen Schritt voraus war, aber heute war er eindeutig besser in Form als ich.

Wir umrundeten die Kirche und sahen den Koch gerade noch durch das Eingangsportal in ihrem Inneren verschwinden. Wir folgten ihm in vorsichtigem Abstand.

Es waren ein paar Touristen in der Kirche und einige alte Damen, die tuschelnd und raschelnd den Blumenschmuck erneuerten. Jeder Schritt schallte durch die kühle Stille des Gotteshauses.

Über unseren Köpfen schwang das riesige Pendel einer im Verborgenen liegenden Uhr langsam hin und her. So etwas hatte ich noch nie gesehen. Die runde metallene Scheibe an ihrer Stange erinnerte mich unangenehm an eine der schauerlichsten Geschichten von Edgar Allan Poe, in der sich ein Perpendikel mit messerscharfen Kanten tiefer und tiefer auf die gefesselte Gestalt eines Häftlings in den Katakomben von Toledo herabsenkt.

»Dort hinten!«, sagte Merridew leise und wies mit dem Stock nach rechts. Der Koch durchschritt eine weitere Tür, und wir folgten.

Als wir in den kleinen angrenzenden Raum hineintraten, stöhnte Merridew auf. »Hier geht es zum Turm hinauf! Uns bleibt aber auch nichts erspart!«

Ich fand, dass ich mit meinem angegriffenen Zustand wohl zweifellos der Leidtragendere war, sagte aber nichts. Entschlossen stapften wir die hölzernen Stufen hinauf.

Aber dann war für Merridew die Expedition auch schon zu Ende. Der Gang, der sich vor uns auftat, war selbst für jemanden mit meinen Körpermaßen sehr schmal und niedrig.

»Ab hier übernehmen Sie, Nigel!«, keuchte mein Freund. »So eng wie der Geheimgang im Hotel! Ich werde mich höheren Orts beschweren müssen!«

Und ich ging weiter, nachdem ein mir entgegenkommendes asiatisches Ehepaar den Gang freigegeben hatte. Er führte, linker Hand nur durch ein Gitter begrenzt, quer über das Mittelschiff der Kirche und mündete im Glockenturm, wie unschwer an den Glockenseilen zu erkennen war, die durch einige kreisrunde Löcher in der Decke baumelten, und deren Enden gerafft an ihren Haken an den Wänden hingen. Hier war auch die Kirchturmuhr, zu der das Pendel gehörte. Aber von dem Koch war weit und breit keine Spur. Er musste noch höher gestiegen sein.

Nach weiteren hölzernen Stufen fand ich mich in der Glockenstube wieder. Ich zählte nicht weniger als acht große, grünlich schimmernde Glocken, die mit ihren riesigen hölzernen Schwungrädern geduldig darauf warteten, in Bewegung versetzt zu werden. Dann würde ich nicht in diesem Raum sein wollen. Eine letzte Leiter führte schließlich zur Turmspitze hinauf. Dass ich zwischen den Sprossen hindurch in die Tiefe blicken konnte, steigerte mein Wohlbefinden nicht gerade.

Als ich den letzten Tritt erreichte und die vor mir liegende, kleine hölzerne Tür aufklappte, sah ich eine steinerne Balustrade und einen rund um das spitze Turmdach verlaufenden Gang. Die Möwen kreischten ausgelassen am blauen Himmel, und ich wagte mich ins Freie. Undeutlich hörte ich eine Unterhaltung, die jenseits des spitzen Daches geführt wurde.

Es waren zwei Männerstimmen. Ich pirschte mich langsam an die nächste Ecke heran. Für die Schönheit des Örtchens, auf das ich von hier einen famosen Ausblick hätte genießen können, hatte ich keinen Sinn. Ich näherte mich vorsichtig der Rundung des Dachs und wagte es nicht, den Kopf weiter nach vorne zu recken, aus Sorge, man könnte mich sehen.

»Nie wieder, hörst du!« Das klang sehr aufgebracht. »Wenn du dich auch nur noch mal in der Nähe blicken lässt, dann ...«

»Dann was? Drohst du mir?«

»Ja, ich drohe dir!«

»Von euch hat sich ja keiner getraut!«

»Für uns steht ja auch nicht so viel auf dem Spiel wie für dich! Und jetzt gib den Schlüssel her!«

»Hier hast du ihn, verdammt!« Ein Klimpern war zu hören, und dann ein unterdrückter Fluch.

»Und jetzt lass mich in Ruhe, ich komme sonst noch zu spät nach Wittersham!«

Hektisch blickte ich hin und her. Wo sollte ich hin? Wo würde man mich nicht entdecken?

In diesem Moment kam eine munter schwatzende amerikanische Familie durch die Klappe ins Freie geklettert. Es wurde auf einen Schlag sehr laut auf dem Kirchturm. Ich war gezwungen, zurückzuweichen, und plötzlich konnte ich den Koch sehen, der allein dort stand, mit verschränkten Armen und wütend malmenden Zähnen auf die Dächer von Rye hinabblickte und eine Zigarette rauchte. Der andere Mann war weg! Als ich mich eilends zwischen den Amerikanern durchschlängelte, sah ich gerade noch, wie sich die Klappe hinter ihm schloss. Ich kam zu spät, um zu sehen, wer dieser zweite Mann gewesen war und fluchte, was vor allen Dingen die amerikanischen Kinder zu amüsieren schien.

So schnell ich konnte, machte ich mich an den Abstieg. Als ich schließlich wieder festen Boden unter den Füßen hatte, fand ich Merridew, der mitten unter dem Pendel stand und mit den Blicken dessen sanftem Schwung folgte.

»Wie? Was? Verloren?« Er sah mich mit weit aufgerissenen Augen an, als ich ihm Bericht erstattete. »Es gibt nur einen einzigen, winzig schmalen Gang dort hinauf und ebenso wieder hinunter und Sie haben ihn tatsächlich verloren?«

»Ich hatte gehofft, Sie würden hier unten aufpassen, und ...«

»Pah!« Von einer Verfehlung seinerseits wollte er nichts hören. »Sagen Sie mir lieber noch mal, welchen Ort der Mann erwähnt hat?«

»Ich glaube, es war Wittersham.«

Er fasste mich beim Arm und dirigierte mich mit sanfter Gewalt zum Schwarzen Anschlagbrett neben der Eingangstür der Kirche. »Dann haben wir ja noch mal Glück gehabt, Nigel.«

Er tippte mit dem Stock gegen ein buntes Plakat.

»Village Fête in Wittersham? Heute?«

»Oh ja, das wird lustig! Kokosnusswerfen, Eselreiten, Tombola und Eis! Freuen Sie sich auch so sehr wie ich?«

»Aber dort sind hunderte von Menschen. Woher sollen wir wissen, wer ...«

Statt einer Antwort zog er seine Taschenuhr aus der Weste und blickte mit gerunzelter Stirn auf das Zifferblatt. »Wir sollten nicht allzu viel Zeit verbummeln, mein Bester. Zur unvermeidlichen Preisverleihung dürfen wir nämlich keinesfalls zu spät kommen.«

Das Plakat versprach die verschiedensten Lustbarkeiten, aber vor allen Dingen wies es auf eine große Gemüse- und Tierkonkurrenz hin.

Ich hatte in diesem Moment zwar nur eine ungefähre Ahnung, welchen Zweck mein Freund mit dem Besuch des Fests verfolgte, aber im Laufe der Jahre hatte ich gelernt, dass die Überraschung am Ende umso größer war, je weniger ich wusste.

6

Mit dem Nash-Healey legten wir die Strecke nach Wittersham in knapp zwanzig Minuten zurück. Ich hatte mich durchgesetzt, als es darum ging, mit offenem Verdeck zu fahren. Schließlich hatte mir Merridew reichlich frische Luft versprochen. Und die hatten wir bekommen, als wir durch das Marschland geflitzt waren.

Der kleine Ort platzte aus allen Nähten, und wir hatten Mühe, einen Parkplatz zu finden. Das Zentrum des Vergnügens lag auf der Wiese hinter der Wittersham Village Hall.

Zahlreiche Stände und Zelte waren über den ganzen Platz verteilt, bunte Wimpel und Girlanden waren kreuz und quer gespannt.

Auf einer kleinen Bühne musizierte eine Blaskapelle, und die Kinder rannten munter lärmend umher oder maßen ihre Kräfte beim Tauziehen oder Sackhüpfen.

Ich blieb standhaft und ließ mich von meinem Freund nicht dazu überreden, mit Ringen nach Gegenständen zu werfen, die ich sowieso nicht haben wollte. Und mir stand auch nicht der Sinn nach Scones und selbstgemachter Marmelade, Keksen oder dick glasiertem Kuchen. Beim Auftritt der scheppernden und stampfenden Morris Dancers bekam ich Kopfschmerzen.

Alles in allem war das Fest, bei dem ganz Wittersham aus dem Häuschen zu sein schien, meiner heutigen schwachen Konstitution ganz und gar nicht zuträglich.

Ich fragte mich, wie mein Freund das Kunststück zustande bringen wollte, in diesem Trubel einen einzelnen Mann zu finden, von dem wir weder wussten, wer er war, noch wie er aussah.

Merridew schien allerdings vorübergehend völlig das Interesse an dem Tod von Henry Sebastian Carstairs verloren zu haben. Er beteiligte sich vielmehr mit Begeisterung an dem allseits beliebten Schätzspiel, bei dem es darum ging, das Gewicht eines Früchtekuchens zu erraten, der schon von Weitem so aussah, als sei er schwer wie ein Schmiedeamboss.

Er gab einen Tipp ab: »4 Pfund und 15,5 Unzen!« Er drückte der jungen Frau hinter dem Stand einen Schilling in die Hand und diktierte ihr seinen Namen.

Danach begutachtete er die Preise der Tombola und beschloss, dass die Teilnahme sich nicht lohnte. Es sei denn, man schwärmte für ein Bowle Set, Filzpantoffel oder jede Menge Selbstgehäkeltes.

»Wir wollen lieber mal sehen, was in der Village Hall noch so geboten wird«, sagte er munter. Er schien sich prächtig zu amüsieren. »Das Landleben, Nigel, das Landleben! Eine Village Fête ist der Inbegriff der rustikalen Vergnügung, mit der sich das Landvolk inmitten all seiner Mühen und Anstrengungen ein wenig Frohsinn bereitet. Man spielt unschuldige Spielchen, sammelt Geld für das neue Kirchendach und zeigt nebenher ganz stolz, was man so alles in Garten, Gewächshaus und Schweinestall herangezogen hat. Aaah, sehen Sie nur!«

Wir hatten die große Halle betreten und blickten auf eine lange Tafel, auf der fein säuberlich geputzt und zurechtgestutzt Zwiebeln, Rote Bete, Lauchstangen, Zucchini und zahlreiche Sorten von Kartoffeln gezeigt wurden. Zu je drei oder vier Stück wurden sie auf weißen Tellern der Jury, die mit Block, Bleistift und Maßband unterwegs war, zur Beurteilung präsentiert.

Einige Gemüsesorten waren bereits mit Bewertungskärtchen versehen. Besonders mit dem Lauch schien man sich schon ausgiebig beschäftigt zu haben.

Merridew war regelrecht beseelt und begutachtete mit schnuppernd vorgereckter Adlernase die frischen Blätter, Knollen und Stängel. »Wie sagte Falstaff: ›*Lass den Himmel Kartoffeln regnen!*‹«

Plötzlich drückte er seinen dicken Zeigefinger auf eine Karte. »Sie werden es Zufall nennen, aber ich glaube an das Schicksal!«

Ich las: *Erster Preis – Drei Pastinaken – Mrs H. Rough, Snargate*

Als ich aufblickte, sah ich im nächsten Moment dann auch gleich die stolze Pastinakenzüchterin selbst auf der anderen Seite des Tisches. Sie war deutlich an den Insignien ihrer Zunft zu erkennen. Über ihrem weißen Kittel trug die Gemeindeschwester eine hellblaue Strickjacke, und in ihrem drahtartigen, grau melierten Haar war mit Klammern eine kleine weiße Haube befestigt. Sie redete sehr resolut auf eine dürre, wehrlos aussehende Greisin ein und reckte immer wieder das kräftige Kinn nach vorne. »Merken Sie es sich: man muss im Frühjahr rechtzeitig das alte Laub, den Pferdemist und die Hornspäne in den Boden einarbeiten«, erklärte sie mit erhobenem Zeigefinger. »Lassen Sie sich nicht diesen Kunstdünger andrehen, hören Sie! Haben Sie verstanden, kein Kunstdünger!« Die zerbrechliche Alte hätte nicht widersprochen, selbst wenn sie zu Wort gekommen wäre. »Ich bekomme meine Hornspäne bei einem Hufschmied aus Whatlington und einem Altenheim in Hawkhurst.«

Ob das fortwährende Nicken der alten Frau Zustimmung bedeutete, oder ob es sich um ein Nervenleiden handelte, war nicht erkennbar.

»Nun, ich denke, Schwester Rough wäre durchaus imstande gewesen, Carstairs ... hinter die Löffel ... Suppe einbrocken und so«, raunte ich Merridew zu.

»Abgebrüht und ausgekocht vielleicht sogar. Jedenfalls ziemlich resolut, um nicht zu sagen rau, diese Schwester Rough.«

Irgendwo über unseren Köpfen knackste und piepste es plötzlich in einem Lautsprecher, und dann forderte uns eine blecherne Stimme auf, uns zur Hauptbühne zu bewegen, wo nun die Preise vergeben würden.

Wir beobachteten Schwester Rough, die nach draußen ging und unablässig auf die alte Frau einredete. »Je mehr Sie den Pferdemist zerkleinern, umso größer wird das Vergnügen für Ihr Gemüse sein!« Der Zeigefinger stand mahnend steil aufrecht. »Was benutzen wir nicht?«

»Kunstdünger«, piepste die alte Frau.

Die Kapelle spielte einen schmissigen Tusch, und dann wurde das erste preisgekrönte Tier auf die Bühne geführt. Es war eine unglaublich große, schneeweiße Gans mit voluminöser Brust und leuchtend gelben Füßen und gelbem Schnabel. Um ihren Hals hatte man eine blauweiße Sieger-Kokarde gebunden, und die Besitzerin führte das störrische Tier an einer Leine auf die Mitte der Bühne, wo es fauchte, schrie und aufgeregt mit den Flügeln schlug.

»Miss Magdala Brent gewinnt mit ihrer Gans Clarissa den ersten Preis unseres Haustier-Wettbewerbs! Applaus, Ladies und Gentlemen!«

Ich hatte Schwester Rough nicht aus den Augen gelassen, und so entging mir auch nicht, dass sie auf einmal von ihrem Opfer abließ und sich quer durch die Menge kämpfte. Beim Teezelt wartete ein Mann auf sie, und mit einen Mal wusste ich, wen der Koch oben auf dem Kirchturm getroffen haben musste. Das war unverkennbar der Mann, der am Vortag Salat und Gemüse an das Four Feathers geliefert hatte. »Sehen Sie, Merridew! Wie sagte die Frau von der Rezeption? Die Gemeindeschwester hat noch einen leicht zurückgebliebenen Bruder! Alf Rough!« Der Mann war groß und plump und ließ die Unterlippe hängen, sodass der Mund die ganze Zeit halboffen stand.

»Donnerwetter, Nigel, gut aufgepasst!« Merridew stieß mir den Ellenbogen in die Seite. »Sehen Sie nur, die Pudelmütze, die er bis zu den Augenbrauen runtergezogen hat. Ich möchte wetten, dass er darunter eine prächtige Beule verbirgt.«

»Aber was steckt hinter all dem? Was wusste Carstairs über diese Schwester?«

Merridew sah mich verblüfft an. »Das wissen Sie noch nicht?«

»Wenn ich ehrlich bin, nein!«

»Aber es ist doch ganz simpel ...«, begann Merridew, aber dann wurde er lautstark von der Lautsprecherstimme unterbrochen. »Und mit 4 Pfund und 15,5 Unzen hat ein einziger Gast exakt richtig geschätzt. Und das ist auch kein Wunder, denn er ist ein im ganzen Land bekannter Detektiv, der für seine Spürnase berühmt ist. Wir sind sehr stolz, dass er heute bei uns zu Gast ist! Ladies und Gentlemen, bitte begrüßen Sie mit mir auf der Bühne niemand geringeren als den berühmten Reginald Lord Merridew!«

Die Kapelle spielte mit anscheinend großem Vergnügen eine reichlich blecherne Version von *Marching Strings*, und Merridew stolzierte unter großem Applaus auf die Bühne.

Der Moderator gratulierte ihm wortreich und übergab ihm den Früchtekuchen, den er gewonnen hatte. Dann überreichte ihm ein Reverend mit ehrerbietiger Verbeugung noch dazu eine Flasche Champagner.

»Sagen Sie uns doch bitte, Eure Lordschaft«, plauderte der Moderator ins Mikrofon. »Wie kamen Sie dem exakten Gewicht auf die Spur? Was waren die Indizien? Mussten Sie die Lupe benutzen?«

Das Publikum amüsierte sich königlich, und jeder Witz wurde mit großem Gelächter quittiert. »Gab jemand den Rosinen ein Alibi? Hatten die Mandelstifte ein Motiv?«

Merridew genoss die Aufmerksamkeit und trat an das Mikrofon, den Kuchen in der Rechten und die Flasche in der Linken.

»Als William Shakespeare einst sagte ›*Wer aus dem Weizen einen Kuchen haben will, muss das Mahlen abwar-*

ten‹, gab er uns einen Hinweis, verehrtes Publikum: Bei einem solchen Schätzspiel gilt es zunächst einmal, sich die erforderlichen Mengen der jeweiligen Zutaten im Kopf zu addieren. Wenn man dann für den Backprozess einen gewissen Prozentsatz an verdunstender Flüssigkeit abzieht, sagen wir in diesem Fall ungefähr ...«

Ein Aufschrei ließ in diesem Moment alle zusammenfahren: »Clarissa!«, rief eine hysterische Frauenstimme von irgendwoher. »Clarissa ist weg! Sie wurde gestohlen!«

Merridews und meine Blicke trafen sich über die Köpfe der augenblicklich aufgeregt durcheinander schnatternden Menschen hinweg.

Ich gab ihm einen Wink mit dem Kopf, und wir bewegten uns beide auf das Zelt der Wahrsagerin zu, den einzigen Platz, wo es im Augenblick menschenleer war.

»Die Gemeindeschwester!«, rief Merridew, der über den Rasen auf mich zu stolperte und Mühe hatte, Stock, Kuchen und Champagnerflasche zu balancieren. »Wo sind Schwester Rough und ihr Bruder hin?«

»Ich fürchte, ich habe sie verloren«, gab ich kleinlaut zu. »Als Sie plötzlich auf die Bühne mussten, war ich für einen Augenblick unaufmerksam, und ...«

»Na, schon gut, davon geht die Welt nicht unter«, erwiderte mein Freund unerwartet nachsichtig. In Gedanken hatte ich mir bereits mehrere Entschuldigungen zurechtgelegt.

Merridew betrachtete das Flaschenetikett und murmelte »*À la bonne heure* – feines französisches Tröpfchen.«

»Wo sollen wir sie suchen?«

»Na, wir wissen immerhin, wo sie wohnt: in einem Ort namens Snargate. Und ich vermute, dort werden wir sie jetzt auch antreffen. Sie, ihren Bruder ... und die Gans!«

»Die Gans?«, fragte ich verblüfft. »Sie meinen, diese beiden sind die Viehdiebe?«

»Aber sicher doch! Das liegt doch auf der Hand! Schaf, Schwein, Ochse, Gans ... Wonach hört sich das an?«

»Nach ... Tieren?«

»Nach einer reichhaltigen Speisekarte, Nigel!«

»Also liefern sie nicht nur Karotten und Radieschen?«

»Das werden wir jetzt herausfinden, mein Bester!« Er brachte es fertig, sich die Flasche so unter den Arm zu klemmen, dass er mit der nun freien Hand ein Stück des Kuchens abbrechen und sich in den Mund stopfen konnte. »So«, sagte er mampfend. »Nur noch 4 Pfund und 11,3 Unzen!«

7

Merridew hatte darauf bestanden, vor Antritt der Fahrt das Verdeck zu schließen, was ich ihm nicht verwehrte. Snargate war ein winziger Weiler, nur acht Meilen entfernt von der Village Fête in Wittersham. Als wir dort ankamen und einen Farmer nach dem Weg zum Haus der Roughs fragten, klopfte sich Merridew die letzten Krümel des restlos verzehrten Früchtekuchens aus den Falten der seinen prallen Bauch umspannenden Weste.

Der Mann hatte uns mit undeutlichem Genuschel den Weg beschrieben und nach einer wahren Zickzackfahrt durch die Felder, entlang an Wassergräben und vorbei an endlosen Hecken, rollten wir schließlich auf einen Hof zu, der einen schmucklosen aber nicht ungepflegten Eindruck machte.

»Und Sie glauben wirklich, dass das Lamm, das wir gestern Abend verzehrt haben, noch letztes Wochenende auf dem Siegertreppchen in irgendeinem Dorf der Umgegend gestanden hat?«

»In Winchelsea, um genau zu sein, Nigel.«

»Also das beste Fleisch vom besten Tier für die beste Küche«, sagte ich und schaltete den Motor ab. Ich versuchte mir die rabiate Schwester und ihren tumben Bruder vorzustellen, wie sie mit Sack und Vorschlaghammer die Tiere in ihre Gewalt brachten. Ein Ochse war darunter gewesen, wie ich mich in diesem Moment erinnerte. Nicht gerade ein Pappenstiel, so ein Vieh beiseitezuschaffen.

»Haben Sie einen Schlachtplan?«, fragte ich, als wir auf das Eingangstor zumarschierten.

»In erster Linie setze ich auf den Überraschungsangriff. Der wiegt häufig mehr als Truppenstärke und Waffenbestand.« Merridew legte die Hand an den Riegel des Gatters, und im selben Moment erhob sich auf der anderen Seite lautes Gebell. Zwei große, struppige Hunde kamen auf uns zugeschossen und sprangen kläffend und zähnefletschend von innen gegen die Bretter.

Das Blöken mehrerer Schafe wurde laut. Es wurde verstärkt vom Gemecker einer Schar von Ziegen, von heiserem Eselsgeschrei, Pferdegewieher und lautem Grunzen einer Schweineschar.

Dann mischte sich das Geschnatter mehrerer Gänse unter den infernalischen Lärm. Vier der gefiederten weißen Tiere kamen angriffslustig fauchend und flügelschlagend auf uns zugerannt.

Eine von ihnen trug tatsächlich noch die blauweiße Kokarde vom Volksfest in Wittersham am Hals. Wir waren der richtigen Spur gefolgt!

Merridew sah mich einen Moment lang beifallheischend an, aber er hatte keine Zeit, seinen Triumph auszukosten. Dieser Überraschungsangriff konnte keinesfalls als geglückt bezeichnet werden.

Ein lautes Brüllen ertönte, und Alf Rough tauchte in der Haustür auf. In seinen Händen hielt er einen groben Knüppel, und er stapfte mit hoher Geschwindigkeit auf uns zu.

»Was wollt Ihr hier? Ihr Gesindel! Schert euch weg!«, brüllte er. Die Tiere sprangen vor ihm auseinander. Er hatte sich nicht einmal die Zeit genommen, Schuhe anzuziehen. Seine groben Socken, mit denen er über den staubigen Platz rannte, waren löchrig und ausgeleiert.

Selten hatte ich Merridew ratlos gesehen. Jetzt war er es. Er schien nicht imstande, sich zu bewegen. Wie paralysiert starrte er auf den Angreifer, der mit Riesenschritten näherkam.

»Alf!«, schallte es über den Hof. Am Gewächshaus erschien die plumpe Gestalt der Gemeindeschwester Honoria Rough. In ihren Händen hielt sie eine doppelläufige Flinte.

»Und was jetzt, Merridew?«, rief ich panisch. »Geordneter Rückzug oder gleich bedingungslose Kapitulation?«

Ein donnernder Schuss krachte durch die Luft, und die Tiere verstummten und stoben auseinander. Alf Rough war stehengeblieben und zog ängstlich den Kopf ein.

Schwester Rough hatte den Lauf der Flinte in die Luft gereckt und kam nun mit resolutem Schritt auf uns zugetrampelt. Im Gegensatz zu ihrem Bruder trug sie Stiefel.

»Alf, koch Tee!«, befahl sie. »Oder wollen die Herren lieber selbstgemachte Limonade?«

Die alten Korbmöbel befanden sich im letzten Stadium der Auflösung, und zumindest bei Merridews Sessel hegte ich die Befürchtung, dass er diese Teestunde nicht überstehen würde. Bei jeder seiner Bewegungen knisterte und ächzte er wie ein siecher Greis, der ein Klavier schleppte. Dass Merridew zu seinem Tee auch noch mit großem Genuss ein gewaltiges Stück *Victoria Sponge Cake* verzehrte, machte die Lage noch prekärer.

»Mein Bruder Alf backt ihn wie kein zweiter«, sagte Schwester Rough. »Er ist ein Goldjunge, mein Alf. Kümmert sich um den Haushalt, kann nähen, stopfen, kochen und backen. Und er kriegt wirklich jeden Fleck aus den Klamotten, das schwöre ich.«

Ihr Bruder setzte das Limonadenglas ab und errötete leicht.

»Er mag ein bisschen grob aussehen, kann aber keiner Fliege was zuleide tun, wissen Sie.«

Die Limonade schmeckte köstlich, was Alf Rough mit ein paar Blättchen Zitronenmelisse und einem Hauch geraspelten Ingwer erklärte.

»Sie sind ein bisschen blass, Mr Bates«, sagte Miss Rough. »Soll Alf Ihnen einen Kräutersud aufgießen?«

Ich wehrte hastig ab. »Es geht mir schon viel besser, danke.«

Sie wandte sich wieder an meinen Freund und schüttelte fassungslos den Kopf. »Dass Sie wirklich geglaubt haben, wir würden diese unschuldigen Tiere entführen, um sie in den Kochtopf eines Restaurants hinein ... also wirklich.«

»Das war die Geschichte, die uns die Fakten erzählten, Miss Rough. Und Sie müssen zugeben, dass wir hier auf Ihrem Anwesen mehr als ein Dutzend Tiere finden würden, die von den Preisrichtern der Region zu den feinsten und gesündesten ihrer Art gekürt wurden.«

Ich blickte zu den Wiesen hinüber und sah die Kühe und Schafe im Licht des zur Neige gehenden Tages friedlich grasen. Hühner badeten im sonnenwarmen Staub und die Ziegen vollführten ausgelassen ihre Bocksprünge. Es sah aus wie der Garten Eden.

»Das sind allesamt Gottes Geschöpfe«, sagte die Gemeindeschwester, die meinem Blick gefolgt war. »Wir sind ihnen dankbar, wenn sie uns ein paar Eier oder etwas Milch schenken, denn damit bedanken sie sich auf ihre Weise bei uns, weil wir ihnen das kostbarste geschenkt haben, was es auf Erden gibt.« In ihren sanften Worten schwangen Demut und Güte mit, zwei Dinge, die man auf den ersten Blick nicht mit ihrem groben Wesen in Verbindung brachte.

»Die Freiheit«, sagte ihr Bruder hohl. Sie schenkte ihm dafür ein liebevolles Lächeln und griff nach seiner behaarten, großen Hand.

Und dann ereiferte sie sich auch gleich schon wieder: »Dort, wo die armen Kreaturen vorher waren, wurden sie geschniegelt, gestriegelt, geföhnt und manikürt und was weiß ich noch! Das ist doch kein Tierleben, in dem man nicht herumtollen, sich nicht im Dreck suhlen oder am Baum schubbern darf! Das ist beinahe ebenso schlimm, als ob sie geprügelt würden oder hungern müssten. Was mein Bruder und ich getan haben, das ist ein wahrer Segen für diese Lebewesen, glauben Sie mir!«

Merridew tupfte sich den Mund mit der Serviette ab.

»Das will ich alles glauben, meine Liebe«, sagte er freundlich. »Es gibt nur wenige Orte, an denen ein wohlgeratenes Tier gewissermaßen seine göttliche Erfüllung erlangt. Der eine ist der Busen der Natur, der andere ist ein gemütliches Plätzchen in meinem Magen.«

Schwester Rough wollte lautstark protestieren, aber Merridew hob abwehrend die Hand. »Gemach, gemach! Wie Sie es auch drehen und wenden, Sie haben Viehdiebstahl begangen. Dafür wird man vermutlich selbst hier in Sussex heute nicht mehr gehängt, aber es ist und bleibt eine Straftat. Und nur der deliziöse Kuchen Ihres Bruders hält mich davon ab, sofort die Polizei herbeizurufen!«

Die Geschwister Rough schwiegen mit gesenktem Blick und zusammengekniffenen Lippen.

»Aber warum ein preisgekrönter Riesenkürbis von über dreißig Stones?«, fragte mein Freund.

»Nur zur Ablenkung«, brummte Alf Rough. »Wir essen seit zwei Wochen fast nur noch Kürbis. Noch Kuchen?«

Merridew winkte ab. »Bleibt nur noch die eine, überaus wichtige Frage: Warum musste dieser Carstairs unbedingt sterben?«

»Ja, das wissen wir doch nicht!«, empörte sich Honoria Rough. »Alf hat gesagt, dass er gestern neugierig ums Lokal geschlichen ist und dumme Fragen gestellt hat. Aber das ist doch kein Grund, jemanden totzuschlagen!«

»Ich hab ja auch gar keinen totgeschlagen, verdammich noch mal!«, rief Alf Rough, riss sich die Mütze vom Kopf und schlug damit auf den Tisch.

Merridew und ich sahen es gleichzeitig. Auf seinem Schädel, der ebenso ungleichmäßig mit Stoppeln übersät war wie sein Kinn, sahen wir keine einzige Beule, keinen blauen Fleck, keinen noch so kleinen Kratzer. Das war nicht der Mann, der in der letzten Nacht eine unsanfte Begegnung mit Merridews Gehstock gehabt hatte.

Merridew rückte jetzt auf seinem Korbstuhl nach vorne, sodass sich die vorderen Beine gefährlich nach außen bogen. »Sie erwähnten, dass Carstairs lauter dumme Fragen gestellt habe, Mr Rough«, sagte er mit einem Mal ganz aufgeregt. »Darf ich fragen, worum es sich bei diesen Fragen drehte?«

Alf Rough sah uns skeptisch an. Sein Vertrauen in uns war allem Anschein nach nicht besonders groß. Dass wir ihn gerade eines Mordes bezichtigt hatten, trug sicher seinen Teil dazu bei.

»Was soll der denn schon gefragt haben? Blödes Zeug. War ein blöder Typ.« Er leckte sich über die herabhängende Unterlippe. »Wollte wissen, wo der Wein herkam. Vom blöden Schwager vom Koch, sag ich.«

»Martin Magpie!«

»Genau der. Auch ein blöder Typ! Dem hätte ich vorhin beinahe auch schon wieder eine getachtelt!«

»Auf dem Fest?«

»Hat den Champagner für die Siegerehrung geliefert. Blödmann, aber wirklich.«

Merridew wandte mir den Kopf zu. Dann sprang er auf und der Korbsessel bog sich ächzend in seine ursprüngliche Form zurück. »Tausend Teufel, Nigel, Sie dürfen mich nun einmal so richtig beschimpfen! Ein einziges Mal dürfen Sie sagen, dass ich ein Idiot war, dass ich auf der falschen Spur, dem falschen Dampfer, dem Holzweg war. Na los!«

Ich öffnete gerade den Mund, da sagte er auch schon: »Na gut, dann nicht. Aber ich hätte es Ihnen nicht verdenken können, Nigel!«

»Aber was war denn falsch?«, fragte ich irritiert. »Die Küche, die Tiere ... es schien doch alles ganz klar zu sein.«

»Schien, schien, schien ...! Und doch ist es anders! Die dritte Schwester, die wir suchen ist nämlich nicht diese Schwester Rough, sondern eine andere!« Er klatschte in die Hände. »Los, Sie dürfen jetzt noch einmal nach Herzenslust mit Ihrer fragwürdigen Schulweisheit angeben! Beten Sie doch noch mal die Seven Sisters runter! Das haben Sie doch gestern noch so gut gekonnt.«

»Die Kreidefelsen?« Ich hatte nicht die leiseste Ahnung, wohin das führen sollte. »Na gut: Der erste Felsen ist der Haven Brow, dann kommt Short Brow, dann Rough Brow ...«

»Rough Brow!«, trompetete Merridew. »Die dritte Schwester, um die sich alles dreht, ist die Raue Kuppe! Der dritte Felsen der berühmten Seven Sisters!«

Dann beugte er sich zu mir hinunter und sah mich mit weit aufgerissenen Augen an. »Es geht um Schmuggel, Nigel!«

»Schmuggel?«

Er nickte heftig. »Seit Jahrhunderten betreiben die Menschen an dieser Küste ein riskantes aber einträgliches Geschäft. Ein paar von ihnen können offenbar auch heute noch nicht davon lassen!«

»Aber was wird denn geschmuggelt?«

»*Für den Pfarrer Branntwein, Knaster für den Küster ...*« Das Abendrot ließ sein Gesicht aufflammen. Er fuhr sich aufgeregt mit der Zungenspitze über die Lippen. »Wein, Nigel, wunderbarer, sündhaft teurer französischer Wein!«

8

Merridew brütete während der Fahrt an die Küste vor sich hin. Er haderte damit, dass er bei diesem Fall nicht gleich auf Anhieb richtig gelegen hatte.

Immer wieder betrachtete er das Etikett der Champagnerflasche und schüttelte den Kopf. »Gerade einmal fünfzig Meilen ist die französische Küste entfernt. Es gibt weit und breit keinen besseren Platz, um diese flüssigen Kostbarkeiten ungesehen ins Land zu schaffen. Eine gefährliche Unternehmung bleibt es trotz allem!«

Ich erinnerte mich an die Worte des Kochs, die ich auf dem Kirchturm gehört hatte. Jetzt war klar, dass er sie an seinen Schwager Martin Magpie, den Weinhändler gerichtet haben musste. »Erinnern Sie sich, Merridew, er sagte: ›Für uns steht ja auch nicht so viel auf dem Spiel wie für dich!‹ Das trifft in diesem Falle durchaus zu, oder?«

Merridew brummte halbwegs zustimmend.

Ich beschloss, ihm etwas zu tun zu geben: »Bitte sehen Sie mal auf der Karte nach.«

»Wer bin ich? Etwa Ihr zweiter Offizier, oder was?«, raunzte er.

»Wenn wir uns von der falschen Richtung nähern, müssen wir unnötig lang über den Strand latschen. Das kann nicht in Ihrem Interesse liegen, Merridew.«

»Gott bewahre!« Er faltete umständlich die Straßenkarte auf und suchte schnaufend nach unserem Zielort. »Es ist offenbar ein Nest namens Cuckmere Haven, das wir ansteuern müssen«, brummte er.

Der Himmel verdunkelte sich bereits, und ich schaltete die Scheinwerfer ein. Die Straße wurde schmäler, je mehr wir uns der Küste näherten. Das Örtchen Cuckmere Haven lag an der Mündung eines Flusses mit gleichem Namen. Irgendwann ging die Straße in einen Weg aus Kieselsteinen über, und ich hatte Sorge, mich mit dem Auto festzufahren. Angestrengt versuchte ich, die Bereiche mit dem festeren Untergrund zu erwischen, bevor unser Ausflug womöglich ein allzu frühes Ende nahm. Mittlerweile war es noch finsterer geworden.

Der Ärmelkanal lag grau und wenig einladend vor uns. Weiter westlich blitzte in regelmäßigen Abständen das Licht eines Leuchtturms auf.

Der Weg machte eine Biegung nach links, und jetzt sahen wir auch unser Ziel: die nur noch schwach leuchtenden weißen Felswände der Seven Sisters.

»Wie schnell wird die Polizei wohl hier sein?«, fragte ich. Der Gedanke daran, in dieser menschenleeren Gegend einen Kampf mit ein paar skrupellosen Schmugglern aufzunehmen, die Kreidefelsen im Nacken und das Meer vor der Brust, behagte mir ganz und gar nicht. Ich musste an *Jamaica Inn* denken und sah im Geiste schon zahnlose, ungewaschene Grobiane mit den fürchterlichsten Tätowierungen auf uns losstürmen.

»Kann nicht lange dauern. Wenn ich das richtig sehe, werden es die Jungs aus Hastings sein, die hier zuständig sind. Jetzt schalten Sie mal besser das Licht aus, Nigel.«

Obwohl das mein Unbehagen noch verstärkte, tat ich, was er verlangte. Das Tageslicht reichte kaum noch aus, dass ich den Weg auch nur erahnen konnte. »Wir werden uns festfahren, Merridew!«, fluchte ich.

»Na, nun spielen Sie mal nicht die Zimperliese, Nigel. Nur noch ein kleines Stückchen. Stellen Sie sich doch dort vorne neben diesen Wagen. Was halten Sie davon?«

Er hatte recht. Schemenhaft machte ich die Umrisse eines grünen Jowett Bradford ein paar Yards vor uns aus.

Als wir den Nash-Healey links davon parkten, erkannten wir den Schriftzug, der sich über das Heck des Lieferwagens spannte: *Magpie – Feine Weine*. Saß noch jemand darin?

»Leer«, knurrte Merridew. »Das Spielchen hat schon angefangen. Wir sind keine Minute zu früh gekommen, will mir scheinen.«

Als das Motorengeräusch meines Autos verebbte, hörten wir das Rauschen des nahen Meeres. Obwohl dieses beständige Tosen alles andere zu überdecken schien, trauten wir uns beim Aussteigen nicht, Lärm zu verursachen. Die Türen drückten wir leise ins Schloss, die Schritte auf dem Kies machten wir langsam und bedächtig.

Ein Wind trug salzige, kühle Luft heran. Ich wusste nicht, ob es die erfrischende Brise war oder die Anspannung, die mir eine Gänsehaut über den Rücken jagte.

Wir gingen zum Strand hinab. Es war, wie fast überall an der Südküste, ein Kiesstrand. Allem Anschein nach herrschte Flut. Die Wellen leckten mit weißen Schaumzungen über den Strand. Vermutlich war dies genau die richtige Zeit, um mit einem Boot nahe genug an den Strand zu kommen. Ich hielt Ausschau nach Lichtern auf dem Wasser, während Merridew neben mir her stapfte und leise murmelte: »Haven Brow, Short Brow, Rough Brow ... Aha, da vorne ist die dritte Schwester, Nigel! Und sehen Sie nur, dort sind auch Leute.«

In der Tat sah ich das Aufflackern zweier Taschenlampen und undeutliche Bewegungen dunkel vermummter Gestalten am Fuß der Klippe.

»Und hier ist Euer Gastgeber, der liebe Martin Magpie«, ertönte plötzlich eine Stimme hinter uns. Wir fuhren herum, und augenblicklich erfasste uns der grelle Lichtkegel einer Taschenlampe. Wir konnten Magpie nicht erkennen, weil wir von dem gleißenden Licht geblendet waren.

»Tut mir leid, Gentlemen«, sagte Magpie hämisch. »Ich würde Sie ja nur zu gerne auf einen süffigen Franzosen einladen, aber ich habe bedauerlicherweise noch eine Menge Arbeit.«

»Oh ja, das wissen wir, Magpie«, sagte Merridew angriffslustig. »Wir wissen alles über Ihre finsteren Machenschaften!«

»Wie schön, damit ersparen Sie mir weitschweifige Erklärungen. Vor allen Dingen aber müssen wir keine kostbare Zeit verplempern. Ich habe nämlich alle Hände voll zu tun, und es wäre für mich und meine Männer ausgesprochen störend, wenn Sie uns bei dieser Tätigkeit über die Schulter schauen würden!«

»Das Spiel ist aus, Magpie!«, rief Merridew dröhnend, holte unerwartet mit dem Gehstock aus und schlug zu. Die Taschenlampe fiel zu Boden, und ihr Lichtkegel trudelte wild umher.

Dann hörten wir, wie mit einem klickenden Geräusch ein Revolver entsichert wurde.

»Jetzt hab ich die Schnauze aber voll von euch Lackaffen«, sagte Magpie garstig. Wir konnten ihn im schwachen Licht der am Boden liegenden Leuchte undeutlich erkennen. In seiner Rechten hielt er eine Pistole, deren Lauf auf uns gerichtet war. Er trug heute keine affig gemusterte Weste, sondern einen dunklen Pullover. Langsam ging er jetzt in die Knie und tastete mit der Linken nach der Taschenlampe. Auf seiner Glatze prangte deutlich sichtbar ein großes Pflaster, an dessen Rändern die Haut dunkel verfärbt war und eine Ahnung davon vermittelte, mit welcher Wucht Merridews Stock ihn erwischt hatte.

Dann leuchtete er uns wieder an und lachte leise. »Dann mal weiter im Text.« Er erhob die Stimme und rief seinen Leuten am Fuße der Klippe etwas zu: »Alles okay, Jungs. Ich erledige das hier. Ihr wartet auf das Boot!«

Ein undeutliches Rufen vom Strand schien ihm Antwort genug zu sein. »Dann darf ich Sie mal bitten, wieder in Ihr hübsches Auto zu steigen«, sagte er, und ohne ein Wort setzten wir uns in Bewegung.

»Oh, ein Zweisitzer«, sagte er, als wir an meinem Wagen ankamen. »Lassen Sie mich mal nachdenken. Ach ja, so machen wir es. Eine Fahrt mit offenem Verdeck.«

»Auch das noch«, knurrte Merridew unwirsch. Eingedenk der entsicherten Pistole traute ich mich nicht zu widersprechen, entriegelte die Halterungen und klappte das Gestänge nach hinten. Die Bespannung faltete sich zusammen, und mit einem sanften Druck ließ ich die Verriegelung einrasten.

»Schönes Auto«, sagte Magpie. »Schade drum.« Dann befahl er: »Einsteigen!«

Als wir Platz genommen hatten, kletterte der korpulente Mann schnaufend hinter uns und setzte sich auf das zusammengefaltete Verdeck. Draufgängerische Jugendliche taten so etwas. Wichtigtuerische Typen aus dem Jetset und Filmstars. Sie taten es, wenn Leute zuschauten, wenn sie auffallen konnten. Uns sah niemand zu. Wir waren allein mit der Nacht, den Felsen und dem Meer. Von der Polizei war breit und breit nichts zu sehen.

»Ich sage Euch nicht, auf welchen von Euren Köpfen ich meinen Revolver gerichtet habe, Jungs. Aber ihr könnt sicher sein, ich drücke ab, wenn ihr Zicken macht.«

»Was haben Sie vor, Magpie?«, fragte ich. »Machen wir eine kleine gemeinsame Urlaubsreise?«

»Ihr zwei macht eine Urlaubsreise. Eine lange, lange, lange Urlaubsreise.« Er lachte gehässig. »Ich bringe euch nur zum Bahnhof.«

Und dann fuhr ich los. Ich nahm den Weg, den er mir beschrieb. Immerhin durfte ich die Scheinwerfer einschalten. Inzwischen hatte sich die schwarze Nacht über die Küste gelegt. Weit hinten im Westen sah ich noch einen schwachen Streifen Abendlicht. Schon in wenigen Minuten würde auch der verschwunden sein.

Der Weg, über den er mich dirigierte, war holperig und uneben. Ich vermutete, dass er die Waffe keineswegs auf einen unserer Köpfe gerichtet, ja, dass er noch nicht einmal den Finger am Abzug hatte, denn der Wagen ruckelte störrisch hin und her, und es hätte nur allzu leicht passieren können, dass sich unabsichtlich ein Schuss löste. Trotzdem schwebten wir beide zweifellos in höchster Gefahr.

Wir fuhren bergauf, und ich begann zu ahnen, was er vorhatte. Es war der Küstenweg, der in der Höhe entlang der Abbruchkante der Kreidefelsen führte.

»Glauben Sie, Sie kommen damit durch, Magpie?«, fragte Merridew. »Wir haben die Polizei in Hastings alarmiert.«

»Na, und was werden die schon finden, wenn sie hier irgendwann ankommen?«, rief Magpie lachend. »Meine Jungs und ich sind im Nu fertig. Und wenn nicht, dreht das Boot der Franzosen ab. Kein Problem. Das Einzige, was die Polizei findet, ist ein Autowrack mit zwei Typen aus der Stadt, die sich das Genick gebrochen haben.«

»Aber Ihr Geschäft ist gelaufen«, versuchte ich ihn zu provozieren.

Magpie lachte laut auf. »Na und? Die Küste ist lang! Wir finden einen anderen Platz! Wir machen das hier unten seit ewiger Zeit. Es ist der freie Handel, in den uns keiner reinpfuscht. Kein Zoll, kein Staat, keine Obrigkeit!«

Im nächsten Moment fühlte ich seine Hand auf meiner Schulter. »Und jetzt hältst du da vorne an, Kumpel. Und dann werden wir sehen, ob euer Auto vielleicht sogar am Ende fliegen kann.«

Ich ließ den Wagen zu der Stelle rollen, die er mir gezeigt hatte. Das Gras war dürr, der Untergrund fest und steinig. Leicht abschüssig führte er auf die Kante der Klippe zu.

»Motor aus!«, befahl Magpie. Widerwillig befolgte ich seine Instruktionen und zog die Handbremse an. »Schlüssel her!«

Langsam reichte ich den Schlüssel nach hinten, und dann sagte er: »Bremse lösen!«

»Hören Sie doch mal, Magpie ...«, setzte ich in einem letzten verzweifelten Versuch an, ihn zur Vernunft zu bringen.

Er knurrte nur: »Handbremse lösen!« Und ich tat es. Der Wagen rollte mit einem leisen Schnurren langsam los.

Ich wagte einen vorsichtigen Blick zur Seite. Das Licht der Taschenlampe erhellte Merridews Hinterkopf und legte das Gesicht dafür in umso tieferen Schatten. Und doch glaubte ich so etwas wie ein Funkeln in seinen Augen erkennen zu können.

Und im nächsten Moment ertönte ein lauter Knall, fast wie ein Schuss. Champagner schäumte aus der Flasche, und mit einem schrillen Aufschrei stürzte Magpie rückwärts aus dem Auto. Der Korken musste ihn empfindlich getroffen haben. Ich riss das Steuer herum und brachte den Wagen etwa dreißig Fuß vor dem Klippenrand zum Stehen. Laut hörbar zog ich den Hebel der Handbremse an. Dann sprang ich aus dem Wagen und lief zu Magpie hin, der sich auf dem Boden krümmte. Zuerst las ich die Taschenlampe auf, dann den Revolver, und dann machte ich mich auf die Suche nach dem Autoschlüssel.

Merridew war ebenfalls ausgestiegen und kam gemächlich auf den am Boden liegenden Magpie zustolziert. Er drückte ihm die Spitze des Gehstocks auf die Brust und sagte: »*So groß ist meine Freude, dass sie vom Kummer Tränen borgt, sich zu entladen.*«

Dann sahen wir in der Ferne das Blaulicht zweier Polizeifahrzeuge herannahen.

»Gratulation zu diesem famosen Schuss, Merridew«, sagte ich.

»Ach was, es ist gar nicht weiter schwer, auf so kurze Distanz zu treffen, selbst wenn man rückwärts ein Ziel anvisiert ohne es sehen zu können. Eine simple mathematische Berechnung des Drucks, des Ausfallswinkels und der Krümmung der Flugbahn.« Er räusperte sich und zupfte sich das Revers seines Tweedjacketts zurecht. »Zu gerne würde ich jetzt mit Ihnen auf den Ausgang dieses Abenteuers anstoßen, alter Knabe, aber bedauerlicherweise hat der Champagner eine Temperatur, die ihn schlichtweg untrinkbar macht.«

Jürgen Ehlers

FANTOM

Taschenbuch, 312 Seiten
ISBN 978-3-95441-562-5
13,00 EURO

»… dann kommt eine größere Bombe!«

Oktober 1966. Ein unbekannter Erpresser fordert von der Bundesbahndirektion Hamburg nicht weniger als 50.000 DM. »WENN ZUG NICHT ENTGLAIST IST HABT IHR NOCH MAL GLÜK GEHABT«, schreibt er. Ist da ein Spinner am Werk? Als eine Bombe die Schließfächer im Hamburger Hauptbahnhof zerfetzt, wird offenbar, dass der Verbrecher es ernst meint. Seine neue Forderung beträgt jetzt das Doppelte: 100.000 DM. Die Zeitungen reden panisch von einem Fantom. Der Erpresser selbst nennt sich Roy Clark – nach dem Titelheld eines Fortsetzungsromans aus der Bild-Zeitung.

Mit den Ermittlungen wird Kommissar Wilhelm Berger beauftragt. Als die Geldübergabe scheitert, steigert sich das Fantom in einen regelrechten Gewaltrausch: verbogene Bahngleise, Stahltrossen, gespannt über Schienenstränge, weitere Bomben, Verletzte … Berger sucht nach einer Möglichkeit, dem Erpresser eine Falle zu stellen, der eiskalt angedroht hat: »NÄCHST MAL WIRD SCHLIMMER.«

»Ehlers fängt sowohl die Atmosphäre als auch die Rahmenbedingungen liebevoll detailliert und stimmungsvoll ein. Es ist eine wahre Freude, in diese Zeit, die gar nicht so weit entfernt und doch so andersartig erscheint, einzutauchen. Ehlers hat Figuren und Zeitgeschichte überaus glaubwürdig in Szene gesetzt. Eine exzellente Zeitgeiststudie.«
(krimi-couch.de zu »Neben dem Gleis«)

Franziska Franke

SHERLOCK HOLMES UND DAS ORAKEL DER RUNEN

Taschenbuch, ca. 300 Seiten
ISBN 978-3-95441-579-3
13,00 EURO

Undercover im Land der Fjorde

Nach dem gefährlichen Kampf mit seinem Erzfeind Professor Moriarty und dem Sturz in die Schweizer Reichenbachfälle gilt der berühmte Meisterdetektiv Sherlock Holmes offiziell als tot und reist nun schon eine ganze Weile unerkannt umher, stets begleitet von seinem Assistenten und Biografen David Tristram. Er nennt sich Sven Sigerson und gibt vor, Norweger zu sein. Und das obwohl er kein Wort norwegisch spricht. Kann das gutgehen?

Die Feuerprobe wartet auf ihn, als ihn ein äußerst bizarrer Fall ausgerechnet nach Norwegen lockt: Dort ist die Stabkirche von Storavik spurlos verschwunden, und die Kirchenleitung bittet ihn darum, sie wiederzufinden. Anders Rasmussen, der zuständige Pfarrer, scheint hingegen nicht besonders bekümmert zu sein, da ihm eine Runeninschrift im Inneren des Gotteshauses und die heidnischen Motive der Schnitzerei des Portals ein Dorn im Auge waren. Als der Pfarrer vom Turm der Kirche von Bjørnfjelden in den Tod stürzt, ist Holmes nicht geneigt, an einen Selbstmord des streitbaren Geistlichen zu glauben.

Wolfgang Schüler

SHERLOCK HOLMES UND DAS OSTSEEGOLD

Taschenbuch, 272 Seiten
ISBN 978-3-95441-563-2
12,00 EURO

Das Geheimnis des Wikinger-Schatzes

Nicht einen Moment glaubt der berühmte Privatdetektiv Sherlock Holmes daran, dass es sich bei den irrlichternden Phantomen, die angeblich die Ostsee-Insel Hiddensee heimsuchen, um die Geister der Wikinger handelt, deren Goldschatz vierzig Jahre zuvor ebendort gefunden wurde. Dennoch nimmt er den Auftrag des Museums in Stralsund an, in dem der spektakuläre Goldfund verwahrt wird.

Der Museumsdirektor vermutet hinter dem Hiddenseer Mummenschanz Schatzgräber, die äußerst skrupellos vorgehen: Ein Inselbewohner ist mit gebrochenem Genick aufgefunden worden, ein zweiter hat den Verstand verloren und ist in die Stralsunder Irrenanstalt eingeliefert worden.

So nimmt Holmes also gemeinsam mit Dr. Watson die unbequeme Fahrt mit Postdampfer, Fähre und Pferdekarren auf die noch sehr unwirtliche Insel auf sich, um dort den angeblich übernatürlichen Erscheinungen auf den Grund zu gehen.

»… eine vergnügliche, hochinteressante und vor allen Dingen authentische Lektüre, von der man sich nur schwer losreißen kann.«
(LITERRA, Florian Hilleberg zu
»Sherlock Holmes und die letzte Fahrt der Lusitania«)

KRIMINALROMAN

Ralf Kramp

IHR MORD, MYLORD

MP3-CD, ca. 7,5 Std.
ISBN 978-3-95441-566-3
13,00 EURO

Ralf Kramp

NOCH EIN MORD, MYLORD

MP3-CD, ca. 7,5 Std.
ISBN 978-3-95441-567-0
13,00 EURO

Dieser übergewichtige Snob kann bisweilen eine richtige Nervensäge sein. Trotzdem ist Reginald Lord Merridew unbestritten einer der klügsten Köpfe Englands. Er löst seine Fälle ganz ohne die Hilfe von Computer oder Handy, denn wir befinden uns mitten in den Nifty Fifties, den Swinging Sixties und den Super Seventies.

Egal, ob jemand nach Shakespeare-Manier meuchelt, ob die Lösung zum Rätsel im Pie-Rezept verborgen ist, oder ob eine gestohlene Oscar-Statuette als Mordwaffe dient – Lord Merridew ist seinem Freund und Begleiter Nigel Bates stets um mehrere Nasenlängen voraus.

Diese amüsanten Kriminalerzählungen stecken voller raffinierter Anspielungen auf Literatur, Film und Fernsehen und sind durchdrungen von der tiefen Liebe des Autors zum British way of life.

»*Ein genialer Vorleser*« (Aachener Zeitung)

»*Mit wechselnden Stimmen schlüpfte Kramp in die Rollen seiner Protagonisten und verlieh ihnen so einen unverwechselbaren Charakter.*« (Rheinische Post)